DE AVOND IS ONGEMAK

不快な夕闇

マリーケ・ルカス・ライネフェルト
國森由美子 訳

Marieke Lucas Rijneveld

早川書房

不快な夕闇

DE AVOND IS ONGEMAK
by
Marieke Lucas Rijneveld

Originally published by Uitgeverij Atlas Contact, Amsterdam
Translated by
Yumiko Kunimori
First published 2023 in Japan by
Hayakawa Publishing, Inc.
This book is published in Japan by
direct arrangement with
Uitgeverij Atlas Contact B.V.

カバーデザイン／Faber
日本語版装幀／早川書房デザイン室

本書の出版にあたり、オランダ文学基金の助成金を受けました。

Nederlands
letterenfonds
dutch foundation
for literature

不安は想像の翼を授けてくれる――モーリス・ヒリアムス

「おれはなにもかも新しくしてやる！」と書いてある
だがその和音は悲しみの物干しロープのようで
この冷酷なはじまりから逃れようとする者の信念を
剃刀のように鋭い烈風がつんざく
氷雨がたたきつけ　開いた花をガラス状に蹂躙し
惨劇の中を犬野郎が毛をぶるりと震わせ　きりりと乾かしている

――『ヤン・ヴォルカース詩選集』（二〇〇八年）より（國森正文・訳）

第一章

一

わたしがジャケットを脱がなくなったのは、十歳の時だった。あの朝、お母さんは凍るような寒さだからとわたしたちひとりひとりにおっぱいクリーム《アュエルザルフ》を塗ってくれた。それはボゲナ社の黄色い缶にはいっていて、ふだんは乳牛たちの乳首のひび割れやたこやカリフラワーみたいな瘤の手当てに使われるだけだった。缶のふたは脂まみれで、食器ふきのふきんをかぶせてまわさなければ開けられなかった。軟膏は乳牛の乳房《チチカブ》のシチューみたいなにおいがした。塩こしょうした厚切りの牛のおっぱいとブイヨンの一緒にはいった鍋がキッチンで火にかかってたことがあったけど、それはもう、わたしの肌に塗られたくさい軟膏と同じくらいぞっとするようなものだった。それでもお母さんは、チーズの外側をさわったり軽くたたいたりして熟成してるかどうか確かめる時みたいに、わたしたちの顔に太い指で軟膏をごしごしすりこんだ。わたしたちの青白い頬っぺたはハエの糞《フン》だらけのキッチンの裸電球のもとでてかてか光った。電球にはもう何年も、きれいな花柄のランプシェードをつけるつもりでいたのに、村でそういうのを見かけてもお母さんはもっとほかのも見たいからって、もう三年もそのまんまだ。クリスマスの二日前のその朝も、わたしはお母さんの脂でぬるぬるの親指を目の穴に感じていて、あんまり強く押したら眼球がビー玉みたいに頭の内側にコロコロころがるんじゃないかと、ついさっきも心配になったところだった。お母さんはきっとこう言う。「そうやっていつもふらふら落ち着かない目をしてるからさ。よきクリスチャンが、いつ何時天《なんどき》が開《ひら》けるかと神さまを見あげるみたいにじっと見つめるってことをしないんだから」でも、ここでは天を裂くのは吹雪だけで、アホ顔《づら》して眺めるものなんかなにもない。

朝食のテーブルの真ん中に、クリスマスの天使の絵柄の紙ナプキンをしいた葦《あし》のパンかごが置いてあった。天使たちはおちんちんの前をガードするようにトランペットやヤドリギの枝を持っていた。紙ナプキンを裸電球の光に透かしてみても、そこがどうなってるのか見えなくて、きっと、くるくるロール状のサンドイッチ用ハムみたいになってるんじゃないかと想像した。紙ナプキンの上に、お母さんはパンをきちんと並べていた。白パン、ケシの実つきの全粒パン、小粒の干しぶどう入りのローフパン。お母さんはローフパンのカリッとした表面に茶こしでパウダーシュガーをていねいにふりかけていた。それはまるで、今朝、牛舎へ追い立てる前に牧草地にいた、ブリスターへッド種の牛たちの背にうっすらと積もっていた初雪のようだった。お弁当のパンの袋をとめるクリップは、必ずラスクの缶の上に置いてあった。そうじゃないとわたしたちがなくしちゃうからだ。結んで閉じると、結び目のところが悲しんでる顔みたいだとお母さんは思っていた。

「はじめにハムとかチーズのほう、甘いのはそのあとだからね」といつものようにお母さんは言った。それが決まりだった。そうすればわたしたちは大きく強く、そして、聖書のゴリアテみたいに大きく、サムソンみたいに強くなるというのだった。それと、大きなグラス一杯のミルクを必ず飲むことになっていた。それはたいてい、一、二時間前にタンクから出したなま温かいミルクで、たまにまだ黄色っぽいクリームの層があって、あんまりゆっくり飲んでるとそれが口の中の上あごにくっついたままになる。一番いいのは、目を閉じてグラス一杯ごくごくっと飲み干しちゃうことなんだけど、お母さんはそんなの失礼だって言う。ミルクを急いで飲むかゆっくり飲むか、牛の体を味わうかどうかなんて、聖書には書かれていないのに。わたしはパンかごから白いパンを一枚とって、上下をさかさまにお皿に置いた。そうすると、ちょうど小さい子の青白いお尻にそっくりで、そこにちょっとチョコレートペーストを塗ろうものならもうそのもの、兄さんたちもわたしもそれをいつもおもしろがった。兄さんたちは何度も「おまえ、また尻《ケツ》とか糞《クソ》とかなめんのかよ」と言った。ただ、わたしはチョコレートペーストの前に、まずハムとかチーズのほうを食べなくちゃいけなかったけど。

「金魚を暗い部屋に長いことずっと置いておくと、白くなるんだよ」わたしは一番上の兄、マティースに小声でささやきながら、パンの上にボイルソーセージのスライスを六枚、耳の内側にぴったりおさまるようにのせた。**六匹のブタがいます。そのうち二匹は食べられてしまいました。さて、ブタは何匹残っているでしょうか？**　ひと口食べるごとに、頭の中で先生の声が聞こえた。あのくだらない計算問題って、リンゴとかケーキとかピザとかクッキーとか、なぜ食べ物と組になって出題されるのかよくわからないけど、とにかく先生はわたしがいつかは計算できるようになって、計算ドリルがいつか赤ペンまみれでなくなるのは無理だとあきらめていた。時刻の読み方を覚えるのも一年かかった。お父さんは何時間もわたしにつきあってキッチンのテーブルに学校の学習用の時計と一緒に座り、たまに絶望的になって時計を床に投げつけて、すると時計が壊れて中身がびよよんと飛びだしてベルが鳴りっぱなしになっちゃって……そして、いまでも時々、時計の針がミミズに見えたりする。魚釣りにいく時、牛舎の裏の土をピッチフォークで掘りかえして集めるあのミミズたち。あれって、親指と人差し指でつまむといろんな方向にくねくね蠢《うごめ》いて、何度か軽くたたくとようやく、ちょっとのあいだだけ静かになる。ちょうど、お菓子屋さんの〈ファン＝ラウク〉で売ってる、赤くて甘い、靴ひもをイチゴ味にしたみたいなグミそっくりだった。

「みんな一緒の時にないしょ話するなんて、いけないんだよ」と、キッチンのテーブルのわたしのむかい側のオブの隣りに座っている妹のハンナが言った。気に入らないことがあると、ハンナは唇を左から右へ動かす。

「ハンナのちっちゃい耳にはまだ大きすぎる言葉ってのがあって、その耳の穴にはいっていかないんだよ」口に食べ物をほおばったまま、わたしは言った。

下の兄のオブは退屈しのぎにグラスの中のミルクを指でかきまわして、ミルクの膜を引きあげるとそれをすぐにテーブルクロスになすりつけた。それは白っぽい鼻水みたいにこびりついた。汚ならしいったらない。そして、あしたはテーブルクロスのそっち側、干からびたミルクの膜がこびりついてるほうがわたしのところにくるかもしれないと思った。そうしたら、わたしは自分のお皿をテーブルの上に絶対置かないだろう。紙ナプキンは飾りのためで、朝食のあとにはお母さんがそれをきれいにのばしてキッチンの引き出しにもどすこと、汚れた指や口をふくためじゃないことをわたしたちはみんな知っていた。わたしはどこかで、紙ナプキンを蚊を握りつぶすみたいにクシャクシャにするのも、ナプキンにプリントされてる天使の翼が折れたり、天使の白い髪がイチゴジャムで汚れたりしてかわいそうだなとも思っていた。

「おれ、すげえ青白く見えるっていうんなら、家にいないで逆に外に行けって話だよな」とマティースはささやいた。そして笑って、〈デュオ・ペノッティ〉（ミルク・ホワイト二色が一緒に入っているチョコレートスプレッド）のミルクチョコの茶色いのが絶対つかないようにホワイトチョコのほうだけをめがけてナイフを突っこんだ。うちに〈デュオ・ペノッティ〉があるのは、学校の長いお休みの時だけだった。わたしたちはもう何日もお休みになるのを楽しみにしていて、こうして、クリスマス休みに突入したいま、ついに時が来たのだった。お母さんが紙の保護シートをはがして、ビンの縁にまだこびりついてるシールを取りのぞいてから、茶色と白のまだら模様をちょっとこっちに向けて見せてくれるのは、最高の瞬間だった。それは、世界にひとつしかない、生まれたての仔牛の模様みたいだった。ビンにはその週一番成績のよかった人が最初に手をつけていいことになっていて、わたしの番はいつも最後だった。

　わたしは椅子の上で体をずらしながら前後に移動していた。つま先がすれすれのところでまだ床につかなかったから。みんなに家の中にいてほしくてしかたがなかった。パンにのせた六枚のボイルソーセージのスライスみたいに、家からはみ出さずにいるように。きのうの〈今週のまとめ〉で、クラスの担任の男の先生がしてくれた、南極のペンギンたちの中には魚をとりにいったままもどってこないのもいるっていう話、なにも意味もなく言ったんじゃないんだろうな。わたしたちは南極に住んでるわけじゃないけど、ここだって寒い。湖が凍っちゃって、牛たちの水飲み用のコンテナが氷だらけになるくらいに。

　朝食のわたしたちのお皿の横に、水色のフリーザーバッグがそれぞれ二枚ずつ置いてあった。わたしはそれをつまみあげて問いかけるようにお母さんを見た。

「ソックスにかぶせて履くんだよ」お母さんがにっこりして頬っぺたにえくぼを作りながら言った。「そうしたらあったかいし、足も濡れないからね」そのあいだ、お母さんは、牛の出産の手助けをしているお父さんの朝食を用意していた。一枚パンにバターを塗り終えると、そのたびに親指と人差し指でナイフを先まですべらせて、指先についたバターをナイフの背でぬぐいとっていた。お父さんは、いまはきっと牛の横のミルクスツールに座って初乳を絞りとってるところだった。湯気のあがる牛の背の上に浮かぶ、いくつかの小さい雲。荒い息と煙草の煙。ふと、お父さんのお皿の横にフリーザーバッグがないのに気づいた。たぶん、お父さんの足は大きすぎるんだ。二十歳くらいの時、刈り取り脱穀機《コンバイン》の事故で変形した左足は特に。テーブルのお母さんの横には、朝作るチーズの味を調べる銀色のチーズの検査棒が置いてあった。お母さんは、チーズを切る前、表面のワックスの上から真ん中に検査棒を挿しこんでぐるぐる二回転させてから、ゆっくりと引きぬいた。そして、教会の聖餐式で白いパンを食べる時にじっと考えながら信心深くするみたいに、チーズをゆっくりと、中に入っているクミンのひと粒まで見つめて食べた。オブは一度、ふざけて言った。「イエスさまの体もチーズでできてて、だからおれたち、一日にチーズを二枚だけしかパンにはさんじゃいけないいんだぜ。そうじゃないと、イエスさまの体があっという間になくなるんだ」

お母さんが朝のお祈りを唱えて「貧しき者にも富める者にも――あまたの者が悲しみのパンを食するあいだ、主はわれらにやさしく、よく糧を授け給うた」と神さまに感謝を捧げたあと、マティースは椅子を後ろに引いて、黒いスケート靴を首のまわりにひっかけ、お母さんが何人かの知り合いの家の郵便受けに入れるよう頼んだクリスマスカードをジャケットのポケットにつっこんだ。マティースは前にも湖に出かけたことがあった。そして友達の何人かと一緒にポルダースケート大会に参加していた。三十キロのコースで、優勝者はマスタードつき乳房《チチカブ》シチューのひと皿とパン、そしてその年の二〇〇〇という数字の入った金メダルをもらった。わたしはフリーザーバッグもマティースの頭にかぶせてあげたかった。首のまわりにぎゅうぎゅう押しこんで長時間あったかくしていられるように。マティースはわたしの髪をぐしゃぐしゃっとかき乱した。わたしはすぐにまたもとどおりに直して、ついでにパジャマにちょっとついてたパンくずを払った。マティースはいつも髪を真ん中で分けて、前髪をジェルで固めていた。それは、お母さんがいつもクリスマスの頃にくるんとカールさせたバターが二つお皿にのってるのにそっくりだった。バターを容器からじかに取るのはお祝いらしくない、そんなのはふつうの日用だとお母さんは思っていた。イエスさまの生まれた日はふつうの日ではなかった。たとえ、それが毎年くり返し起こることじゃなくても。イエスさまがわたしたちの罪のために毎年死んでくださるんじゃないのと同じに。そんなの変なのとわたしは思っていた。そしてよく考えた――あの気の毒な男の人はもうとっくのむかしに死んでるのに、みんなそれを忘れちゃったにちがいない。だけど、そんなことは言わないようにしよう、じゃないとつぶつぶ飾りのついたクリスマスのリングクッキーもなくなっちゃうし、東方の三博士やベツレへムの星のクリスマス物語を話してくれる人もいなくなる。

マティースは鏡の前で前髪のチェックをしようと玄関ホールへいった。そんなの凍るような寒さでカチカチになって、おでこにぺちゃんこになって張りつくに決まってるのに。

「一緒に行ってもいい？」とわたしはきいた。お父さんは屋根裏からわたしの木のスケート靴を持ってきて、茶色い革のバンドでわたしの靴にくくりつけた。数日前からわたしはもうスケートを履いて家じゅうを歩きまわっていた。両手を背中に当てて、床にあとをつけないようにと刃にプロテクターをつけて。そうしたらお母さんだって、スケート大会に出たいというわたしの願いを掃除機で吸い取って歩かなくてもすむし。わたしのふくらはぎは硬くなった。氷の上を折りたたみ椅子を押しながらでなくてもすべれるくらい練習した。

「いや、だめだ」マティースが言った。それから、わたしにだけ聞こえるように小声になった。

「おれたち、むこう岸へ行くんだからさ」

「わたしだってむこう岸へ行きたい」わたしはささやいた。

「おっきくなったら、連れてってやるよ」毛糸の帽子をかぶると、マティースはにっこりした。歯の矯正ブリッジの青いゴムのジグザグ模様が見えた。

「日が暮れる前に帰るよ」マティースはお母さんにむかって声をあげた。そしてドアを開けるともう一度ふり返ってわたしに手をふった。この光景を、わたしはあとで何度も思い浮かべることになった。マティースの腕がもうあがらなくなるまで。そして、結局わたしたちはちゃんとバイバイって別れたんだったかなと疑問に思いはじめた時まで。

二

うちのテレビには、ネーデルラント1と2と3の三つのオランダ国営放送しか映らなかった。お父さんによれば、そこには裸《ヌード》が出てこないからだという。お父さんは〈ヌード〉という言葉を、まるでさっきコバエが口の中に入っちゃってたみたいに、唾まじりに吐きだすようにして発音した。その言葉からわたしがまっさきに連想したのは、毎晩お母さんが水を張ったお鍋の中に皮をむいて裸にして放りこむジャガイモと、そのぽちゃんという水音だった。だけど、裸の人たちのことをあんまり長く考えてると、ちょうど〈エイヘンハイマー《じぶんのひみつ》〉っていう種類のジャガイモみたいに、そのうち自分から芽が出て、ナイフのとがった先でそれを柔らかい身からほじくり出さなくちゃいけなくなるというのは想像できた。鹿の角みたいな緑の芽は、それが大好物のニワトリたちのエサにした。わたしは、テレビが収納してある楢《オーク》のキャビネットの前で腹ばいになった。木のスケート靴の金具がひとつ、わたしが怒って居間の隅っこに靴をけっとばした時に棚の下にころがったのだ。わたしはむこう岸へ行くには小さすぎ、牛舎の裏の排水溝の上をすべるには大きすぎる。そもそも、そんなのはスケートとは呼ばないし、すり足で歩いてるのに近い。ガチョウたちがそこに降りてなにか食べるものはないかと探しているようなものだ。それに、氷の上のすべったあとからは牛糞のにおいが立ちのぼって、スケートの刃が薄茶色になる。村じゅうのだれもが行く大きな湖でのポルダースケート大会なんかじゃなく、すっかり着ぶくれしたわたしたちが排水溝の氷の上で草の生えてる両岸をよたよたと行き来している姿はおバカなガチョウたちみたいで、さぞみっともなかったにちがいない。

「マティースを見には行けない」お父さんが言った。「仔牛が一頭、下痢してるからな」

「だけど、約束したじゃない」と、わたしは大声をあげた。もう足にフリーザーバッグだって履いたのに。

「例外だ」お父さんは言って、頭の黒いベレー帽をまゆ毛まで引きずり下ろした。わたしは何度かうなずいた。例外にはかなわないし、牛たちが最優先だと決まっていたし、どっちみち、だれもそれに逆らえなかった。たとえ気を引こうとしなくても、お腹いっぱいのずんぐりした図体で牛舎の中にごろんと寝そべっていても、例外を手に入れるのは牛たちだった。わたしはふくれっ面で腕組みをした。せっかくフリースラント地方伝統の木のスケート履いて練習したのに、なんの意味もなかった。わたしのふくらはぎは玄関ホールにあるお父さんと同じくらい大きな陶器のイエスさまのよりももっと硬かったのに。わたしはフリーザーバッグをわざとゴミ箱に投げ捨てた。そして、お母さんが紙ナプキンみたいにまた使おうと思っても使えないように、コーヒーかすやパンくずの奥のほうにぎゅうぎゅう押しこんだ。

キャビネットの下は、ほこりっぽかった。ヘアピン、干からびたレーズン、レゴブロックが見つかった。お母さんは親戚や教会の長老たちがやってくる時にはキャビネットの戸を閉めた。お客さんたちには、晩にわたしたちが神の道からはずれてテレビを見ているのを知られてはいけなかった。というのも月曜日にはお母さんは決まって言葉あてクイズ番組の〈Lingo《リンゴー》〉を見ていて、わたしたちはみんな、お母さんがアイロン台のむこうから言葉を当てられるよう、物音も立てずにしんとしていなくちゃならなかったから。正解が出るたびに、アイロンのスチームの音が聞こえて、シュッと蒸気があがった。たいていは、聖書の中に出てくる言葉じゃなかったけど、お母さんは知っているみたいだった。お母さんはそういう言葉を赤くなる言葉と呼んでいて、なぜかというと頬が赤くなるからだけど、それでも知っているみたいだった。オブが一度、テレビの画面が真っ黒な時に話してくれたけど、テレビは神さまの目で、お母さんがキャビネットの戸を閉めたらそれは、神さまにわたしたちを見られたくないからだって。お母さんはそういう時、わたしたちのことを決まって恥ずかしく思っていた。なぜかというと、〈リンゴー〉がついてる時間じゃないのに赤くなるような言葉をわたしたちが大声で口にしたりしたから。そしてお母さんは、わたしたちのちゃんとした通学用の服から油汚れや泥を洗い落とすように、わたしたちのあごのあいだに固形のグリーンソープを挟みこみ、そんな言葉を口から洗い流そうとした。

　わたしはスケート靴の金具を見つけようと床を手で探った。寝そべっているところからキッチンを見ていたら、突然お父さんの牛舎用のグリーンの長ぐつが冷蔵庫の前に現れるのが見えた。長ぐつの側面には藁の穂や牛糞がこびりついていた。きっと、野菜室のニンジンの葉っぱを取りにきたんだろう。お父さんはつなぎの作業服の胸のポケットにいつも入れているひづめナイフで葉っぱを切り取っている。そして、もう何日も冷蔵庫とウサギ小屋を行ったり来たりしていた。ハンナの七歳の誕生祝いの時のケーキの余りだったトムプース（オランダ独特のミルフィーユ風なケーキ）まで持っていっちゃった。わたしは冷蔵庫を開けるたびに、それを食べたくてたまらなかった。どうにもがまんできなかったから、ピンクのアイシングの隅っこをこっそり爪で削りとって口に入れたり、冷蔵庫に入ってるあいだに固まってきた中のクリームの層に指で穴をあけて、人差し指に黄色い帽子がのってるみたいにした。お父さんは気づかなかった。「なにか思いこんだらわき目もふらず突き進むんだから」親戚のうち、信心深いほうのおばあちゃんがお父さんのことをそう言った。それで、わたしは疑った。お父さんはわたしが隣りのリーンおばさんにもらったウサギをあと二晩寝たらやってくるクリスマスディナーのために太らせてるんじゃないかと。そうじゃなければ、お父さんがウサギの世話に忙しいなんてことは一度もなかったし、小型の家畜はお皿に盛る料理むきだとお父さんは考えていて、目の前ぜんぶがそれだけになるほど大きな動物だけがお父さんは好きだったから。わたしのウサギはその半分もない。お父さんは一度「体の中で一番折れやすい部分は首の骨だ」と言った――その時、お母さんがひとつかみのヴァーミセリ（スープなどに入れると短時間で火の通る極細のパスタ）をお鍋の上で手で細かく砕くような、ポキンという首の骨が折れる音が頭の中に聞こえた――そして、屋根裏の柱にはついこのあいだから輪っかの結び目のあるロープがかかっていた。「ブランコ用のだ」とお父さんは言ったけど、いまだにブランコはなかった。なぜ、そのロープがふつうにドライバーやお父さんのボルトコレクションのある物置きにじゃなくて屋根裏にかかっているのか、わたしにはわからなかった。そして思った。たぶん、お父さんはわたしたちに見せようとしているんだ。たぶん、わたしたちが罪深かったらそうなるんだ。一瞬、首の折れたわたしのウサギが屋根裏のマティースのベッドの裏側で、ロープにだらりと吊りさがっているところが思い浮かんだ。そうするとお父さんがウサギの皮を剝ぎやすいのだ。きっと、朝お母さんがジャガイモの皮むき用のナイフでボイルソーセージの皮をはがし取るみたいにするんだろう。わたしのウサギのディウヴェルチェは、ただ、バターを薄くしいた大きなシチュー鍋に入れられて、キッチンのガスの火にかけられるんだろう。そうして、家じゅうにウサギの焼けるにおいがするんだろう。わたしたちミュルダー家はみんなして、遠くからにおいをかいで、クリスマスディナーのしたくができて、あとは取り分けるだけだ、腹ぺこにしておかなきゃってわかるんだろう。わたしは、いつもならエサを節約しなくちゃいけないのに、ディウヴェルチェにはいまや、ニンジンの葉っぱをあげてからさらに計量容器にまるまる一杯すくってあげていいことになっていたことに気づいた。オスだったけど、テレビ番組〈シンタクラース子どもジャーナル〉（聖ニコラース祭の期間〔十一月上旬から十二月六日〕に毎年放映される子ども向けの番組）の司会のくるくるヘアーの女の人の名をつけたのは、その人がとてもきれいだと思ったからだった。プレゼントのウィッシュリストには、真っ先に〈ディウヴェルチェ〉と書きたくてしかたがなかったけど、もうしばらく待つことにした。それに、おもちゃ屋さんのプレゼント候補カタログにもディウヴェルチェが載ってるのをまだ見たことなかったし。

　わたしのディウヴェルチェには、ただ単に、ウサギを食べなくたっていいという以上の気持ちがあった。それははっきりしてた。だからわたしは、朝ごはんの前にお父さんと一緒に外にいた牛たちを冬のあいだの世話のために牛舎の中へ誘導しにいった時、ほかの動物のことを提案した。わたしは牛追い棒を持っていた。一番いいのはわき腹を棒でぴしっとたたくことで、そうすると牛たちは歩き続ける。

「クラスの子たちは、カモとかキジとか七面鳥とか、そのお尻のところからジャガイモやニンジンや、ネギとかビーツとかをいっぱいに、もうはちきれそうになるまで詰めたのを食べるんだよ」

わたしは横からお父さんを見た。お父さんはうなずいていた。村には、いろんなうなずきかたがあった。それだけでもだれかわかった。わたしはもうみんなのを見て知っていた。お父さんのは、家畜商の人にもするやつで、安すぎる値をオファーされたけど、それはかわいそうな牛に欠点があるからで、これを逃すともうずっとそのままになっちゃうから受け入れなくちゃいけない時のうなずきかただった。

「キジだらけだよ、ヤナギ畑のところが」とわたしは言って、家の左側の木が生い茂ったあたりを見た。木のあいだや地面の上にキジたちがいるのをわたしは時々見ていた。キジたちはわたしを見るとまるで石がぽとんと落ちるみたいに突然木から落っこちて地面の上で死んだみたいに動かないままになって、わたしが近くに見えなくなるとようやくまた頭をもたげた。

お父さんはまたうなずいて、牛追い棒を地面に当てると「シィィィィッ、ほらいくんだ」と牛たちを追いたてた。こんなことを話したあと、わたしは冷凍庫の中を見た。でも、合いびき肉とスープ用野菜のパックのほかには、カモもキジも七面鳥もなかった。

お父さんの長ぐつがまた見えなくなった。キッチンの床には、藁の穂が何本か残ってるだけだった。わたしはズボンのポケットに金具を入れると、靴を脱いでソックスで階段を上って、裏の敷地を見渡せるわたしのベッドルームへ行った。ベッドの縁のところにうずくまりながら、さっき、牛たちを牛舎に入れてモグラ罠を点検するために牧草地へもどった時、お父さんがわたしの頭の上に置いた手のことを考えた。もし獲物がかかっていなければ、お父さんの手はズボンのポケットの中にキュッと差しこまれたままで、それはごほうびをねだるなという意味で、そうでない時、つまり獲物がかかって、お父さんと一緒に錆びたドライバーでこじあけて、ねじれて血だらけの体を引き出す時とはちがうのだった。わたしは、小さな命がなにも知らずに罠にかかったのを目にして涙が頬っぺたを流れるのをお父さんに見られないようにと、前かがみになってその作業をした。お父さんがその手で、チャイルドロックつきの窒素のビンのふたをねじって開けるのと同じようにわたしのウサギの首をひねるところが目に浮かんだ。そうするのが、たったひとつのやり方なんだろうと思う。そしてお母さんが、死んだディウヴェルチェを銀のお皿にのせるところも。ふだんは日曜日に教会に行ったあと、ヒュザーレンサラダっていう、具のたくさん入ったポテトサラダを盛りつけるお皿の上に。お母さんは、マーシュの葉っぱをしいた上にウサギをのせて、キュウリのピクルスやトマトの切ったのやスライサーでラペにしたニンジン、タイム少々で飾りつけるだろう。わたしは自分の両手を、そのぐにゃぐにゃした輪郭をじっと見た。その手は、ものをしっかり持つ以外のことに使うには、まだ小さすぎた。わたしの手はお父さんやお母さんの手の中にまだおさまるけど、お父さんやお母さんの手はわたしの手の中にはおさまらない。それが二人とわたしのちがいだった。二人はウサギの首のまわりや、塩水の水槽の中でひっくり返したばかりのチーズに手をかけることができる。二人の手はなにかを探していた。だけどもし、人や動物を愛情のこもった手でつかむことができなくなったら、放してあげたほうがいいし、もっと別のことに使うほうがいい。

わたしはベッドの縁におでこをどんどん強く押しつけた。そして肌に冷たい木が押しつけられるのを感じながら目を閉じた。お祈りって、たぶん、暗闇で光るわたしのグロウ・イン・ザ・ダークのかけぶとんみたいなものだとはいっても、暗いところでしなきゃいけないなんて変だと時々思った。ただ、それなりに暗ければ星や惑星は光るんだし、夜から守ってくれる。神さまに祈るのも同じにちがいない。わたしは指を組み合わせた自分の手を膝《ひざ》の上に置いた。そして怒りながらマティースのことを考えた。いまごろマティースは氷の上に出ている屋台の一軒で、ホットチョコレートを飲んでいるんだろう、頬っぺたを赤くして大会に参加しているんだろう、そして、あしたには氷が解けはじめるだろう、と。あのくるくるヘアーの司会の女の人は、屋根がつるつるすべって霧が出るから、シンタクラース（聖ニコラースのこと。米国のサンタクロースのもととなったとも言われているが、基本的にクリスマスと直接の関わりはない）のお供のピートたちの足もとが危ないし道に迷うかもしれませんと、注意を呼びかけてた。マティースだって、自分のせいだとしてもそうなるかもしれない。わたしは、グリースを塗って箱に入れてまた屋根裏にしまうだけになっている目の前のスケート靴をしばらく見ていた。そして、自分がいまのところはまだ小さすぎること、でも、いつになったらちゃんと大きくなるのか、それがいったいドアの柱の何センチのところなのかだれも教えてくれなかったことを考えた。そして、神さまに祈った。「どうか、わたしのウサギではなく、兄のマティースを連れていってくださいませんでしょうか、アーメン」

三

「だけど、死んでなんかいない」とお母さんは獣医さんに言った。お母さんはお風呂の縁から起きあがり、はめていた水色のボディミトンを手からぬきとった。ちょうど、ハンナのお尻をきれいにしようとしていたところだった。そうしないと寄生虫がつくかもしれないからなんだけど、寄生虫はキャベツの葉にするみたいにヒトの体内にも穴を開ける。わたしはそうならないように自分で洗える年齢だったから、獣医さんがノックもせずに突然お風呂場へ入ってきても、腕を膝のあたりにやって少しは裸を隠すことができた。慌てた声で獣医さんが言った。「むこう岸のすぐ近くだ、ふだんは船の通るルートだから氷が薄すぎたんだ。もうずっと先頭をすべってて、だれにも姿が見えなくなってたんだ」わたしはすぐに、これはウサギのディウヴェルチェのことじゃないとわかった。さっき、いつものように小屋でニンジンをかじってたから。獣医さんの声は深刻だった。獣医さんは牛のことでよくうちに来ていた。ここには牛のため以外に来る人はあんまりいなかったけど、でも今回はなにかがおかしかった。牛のことなんかまだ一度も言っていなかったし、わたしたち——

子どもたち――のことを暗にさして「牛さんたちはどうしてるかな？」ともきかなかった。獣医さんが頭を下に向けた時、わたしはバスタブの上にある小窓から外を見ようと上半身をのばした。日が暮れてもう暗くなりはじめていた。黒い服を着た教会の執事さんの一団がわたしたちの肩に腕をまわしかけるために、だんだん近づいてきた。こうして毎日、執事さんたちはみずから晩を連れてくる。マティースは何時かわからなくなっちゃったんだ、そういうことはよくあったし、だからお父さんから文字盤が光る腕時計をもらったんだ、きっとまちがえて上下さかさまにつけちゃったにちがいない、それとも、クリスマスカードを届けてまわっているのかも、とわたしは自分に言い聞かせていた。そしてバスタブのお湯の中にまたつかると、濡れた腕の上にあごをのせて、まつげのあいだからお母さんのほうをうかがった。少し前からうちの玄関のドアについてる郵便受けには上下がブラシになってるすきま風防止シートがついてて、家の中がスースーしなくてすむようになった。その上下のブラシのあいだからわたしは外をのぞいたりしていた。いまこうして自分のまつげのあいだから見ることで、わたしが一緒に話を聞いてることはお母さんと獣医さんに気づかれないんじゃないかという気がした。そして心の中で、そんなの要らないからってお母さんの目と口のまわりのひきつりを消しゴムで消すこと、そしてお母さんの頬っぺたにわたしの親指を押しつけてえくぼを作ってあげることができるように思った。それに、お母さんはうなずくタイプの人じゃなかった。言うことはあまりにもたくさんあった。なのに、いまはただ、うなずいてばかりいる。わたしははじめて思った――お願いだからなにか言ってよ、お母さん。かたづけもののことでも、牛がまた下痢をしていることでも、これから何日かの天気予報のことでも、寝室のドアがひっかかることとか、わたしたちの罰あたりな態度とか、口のはしに乾ききった歯磨き粉がくっついてるよとかなんでもいいから。お母さんは黙って手にしていたボディミトンをじっと見ていた。獣医さんは、洗面台の下から踏み台を引き出して、その上に座った。獣医さんの体重で台がきしんだ。

「エヴェルトセンさんが湖から引き上げたんだ」獣医さんはしばらく待って、オブからわたしへと視線を移して、それから続けた。「きみたちのお兄さんは死んでしまった」わたしは獣医さんから目をそらして、洗面台の横にかかっている寒さでコチコチになったタオルのほうを見た。獣医さんに、立ちあがって、言ってほしかった。いまのはぜんぶまちがいだったよと。牛たちは息子たちとそんなに大きくちがうわけじゃない、ある日、広い世界へ飛びだしていくけど、陽が沈む前、エサの時間には、また牛舎にもどってくるよって。

「あれはスケートをしに行ってて」お母さんは言った。「だから、そのうちもどってくる」

お母さんはボディミトンをお風呂のお湯の上でまるめてギュッと絞った。落ちた水滴がお湯の表面に輪を描いた。お母さんがわたしの突きだした膝にドスンと倒れかかった。なにかしなくちゃと、わたしは妹のハンナが作ったレゴのボートをお湯の波にゆらゆら浮かべた。ハンナはさっき言われたことがよくわかっていなかった。わたしも耳がふさがって、もうずっとふさがったまんまになっちゃったふりをすればいいと思った。お風呂のお湯はぬるくなってきて、わたしは気づかないうちにおしっこしていた。そして、黄土色のおしっこが流れる雲みたいに広がってお湯と混ざり合うのを見ていた。ハンナは気づかなかった。もし気づけばすぐに悲鳴をあげて飛びあがり「きったない」と大声をあげただろう。ハンナはバービーをお湯の上に出してつかんでいた。「そうじゃないと溺れちゃう」とハンナは言った。人形はストライプの水着を着ていた。一度、水着に指を差し入れてプラスチックのおっぱいをさわってみたことがあった。だれもそれを見ていなかった。お父さんのあごにある小さい瘤よりも硬かった。わたしは、わたしのと同じハンナの裸の体を見た。オブのだけはちがっていた。オブはまだ服のままバスタブの横に立っていて、ちょうどコンピューターゲームの話をしたところだった。人を撃つと大きなトマトがはじけるみたいに粉々になるゲームだって。オブはわたしたちのあとに同じお風呂のお湯にはいるはずだった。オブの下半身には、おしっこを出せる蛇口があって、その下に七面鳥についてるみたいなだらんと垂れさがったものがあることをわたしは知っていた。わたしは時々、オブのそこにはだれも口にしないものがぶら下がっているんじゃないかと心配してた。もしかしたら、重病なんじゃないかって。お母さんはおちんちんと呼んでいたけど、実はガンで、わたしたちを怖がらせたくなかったから、そんなに信心深くなかったほうのおばあちゃんがガンで死んだからそう呼んだんじゃないだろうか。おばあちゃんは死ぬまぎわに、アドヴォカート（卵黄で作るリキュール。ホイップクリームをのせるのが定番）を作った。お父さんが言ってたけど、みんながおばあちゃんを見つけた時、生クリームが酸っぱくなってて、急でもそうでなくてもだれかが死ぬ時には、なんでも酢っぱくなるんだって。それでわたしは暗闇の中で、棺《ひつぎ》の中のおばあちゃんの顔、その半開きの口や目の穴や毛穴からアドヴォカートが卵の黄身みたいにじわじわとしみ出してくるのを思い浮かべて、そのあと何週間も眠れなかった。

お母さんはわたしとハンナの上腕をつかんでバスタブから引っぱりだした。わたしの肌にお母さんの指のあとが白く残った。ふだんなら、わたしたちをタオルでくるんで、しまいには、錆びないように、もっと悪ければお風呂場のタイルの目地みたいにカビが生えないように、「すっかり体をふいた？」って確かめるんだけど、いまは歯をガチガチいわせているわたしたちをバスマットの上に立たせていた。わたしのわきの下にはまだ石鹸の残りがついたままだった。

「ちゃんとふくんだよ」隣りで震えているハンナにコチコチに固まったタオルを渡しながら、わたしは小声で言った。「そうじゃないと、あとでカルキ落としをしなくちゃいけないからね」わたしはつま先をよく見てみようとかがんだ。カビはまずそこから生えるはずだし、それにこうしてたらわたしの頬っぺたが二つのファイヤーボールっていう名のガムみたいに赤くなってるのをだれにも見られずにすむ。

ウサギと男の子が競走したとします。どちらが時速何キロで走れば勝つでしょうか？　わたしのお腹を先生が指示棒でつっつついて答えをせっつく声を頭の中で聞いた。つま先のあと、わたしは手の指先をすばやく見た。お父さんは冗談で言ったことがある。お風呂に長くはいりすぎると皮膚がはがれてしまうぞ、そうしたら、おまえたちの皮を物置きの木の壁のウサギを剝いだ皮の横にくぎで打ちつけるぞ、と。わたしがまた体を起こしてタオルを巻きつけると、獣医さんの横に突然お父さんが立っていた。お父さんは震えていて、つなぎの作業服の肩に雪のかけらがついていて、顔は死人のように真っ青だった。そして小さいボウルのようにまるくした両手の内側に何度も何度も息を吹きかけた。わたしははじめ、先生が話してくれた雪崩かと思った。オランダの田舎には絶対起こりっこないのに。それが雪崩であるはずがなかったのは、お父さんが泣き出してはじめてわかった。オブは涙をふりはらおうと、頭を車のワイパーみたいに左右にふっていた。

お母さんの頼みで、隣りのリーンおばさんがその晩のうちにクリスマスツリーをかたづけにきた。オブとわたし――わたしはパジャマの前側についているセサミストリートのバートとアーニーの嬉しそうな顔の陰に隠れていた。わたしの不安のほうがそれよりも頭ひとつぶん大きくて、ぴょこんと上にはみ出してたけど。そして、両手の指を組み合わせていた。学校の校庭でそんなつもりじゃなかったことを言っちゃったり、約束やお祈りしたことを守らない時にするように――は、ソファの上から恨めしそうな目をしてツリーが部屋の外へ引きずられていくのを見ていた。きらきらの飾りやモミの木の針をあとに残しながら。その時になってはじめて、獣医さんの知らせの時よりもするどい痛みが胸を刺した。マティースはきっと帰ってくるはず。でも、ツリーはもどってこない。

数日前、わたしたちはクリスマスツリーの飾りつけを任されていた。そしてバウデヴェイン・デ＝フロートのナンバー〈ジミー〉を流しながら、ふだんは口に出してはいけないことになってる「xx」の出てくるところを楽しみにして、完璧に覚えている歌詞を一緒に歌いながら、小さくて太っちょのサンタクロースたちや、きらきら光るボール、天使たち、ビーズのチェーン、チョコレートリングを飾りつけた。なのにいまは、リーンおばさんがツリーを手押し車に乗せて道ばたに出し、オレンジ色の防水シートで覆うのを居間の窓ごしに見ている。シートの下から、はずし忘れたツリーのてっぺんの銀色の星だけが突きでている。わたしはなにも言わなかった。だって、ツリーがなくなったなら、てっぺんの星があったってなにになる？　リーンおばさんは、わたしたちの見てる景色や状況が変わるかもしれないとでもいうように、オレンジ色の防水シートを何度かずらしていた。この前、この手押し車にわたしを乗せて、マティースはあたりを走りまわった。わたしは手押し車の縁に両手でしっかりつかまってなくちゃいけなかったんだけど、そこには干からびた牛の糞がうっすらとこびりついていた。その時、マティースの背が重労働のせいでまるくなっているのに気づいた。まるでもう、土の中にどんどんはいっていってるみたいに。マティースが急に走る速度をあげたから、わたしは手押し車がガタンゴトンとするたび、ちょっと浮きあがった。いま思えば、逆じゃなくちゃいけなかったんだ。あの日、わたしが裏庭でモーターの音をまねしながらマティースを乗せて走りまわればよかった。そのあとマティースを道ばたに置くのが重すぎたかもしれなくても。そして収集されて、わたしたちがそのことを忘れてしまえるよう、死んだ仔牛みたいにオレンジ色の防水シートをかぶせればよかった。そうしたらその次の日にマティースは生まれ変わって、今晩がほかのぜんぶの晩とちがう晩になんてぜんぜんならなかったかもしれない。

「この天使たちは裸だよ」わたしはオブにささやいた。

天使たちは、わたしたちの前にあるドレッサーの上の、チョコレートの星の横に置いてあった。チョコレートは包み紙の中で溶けていた。この天使たちはおちんちんの前にトランペットやヤドリギの枝を持っていなかった。お父さんも、天使たちが服を着てないのを見落としたにちがいなかった。そうでなければ、きっと銀紙の中にもどしていただろう。わたしは一度、天使の翼を壊したら、神さまのおぼしめしでまた生えるかどうか、やってみたことがあった。神さまがいるってこと、昼間もわたしたちと一緒にいるってわかるものがほしかったから。そうだったらちょうど合ってるような気がした。神さまが見守っていて、ハンナのことや、牛が乳熱や乳腺炎になっちゃってないかどうかとか、見ててくれるってことだから。だけど、なにも起こらなくて、白いかけらがそのままになってたから、わたしはその天使を菜園の紫玉ねぎがいくつか残ってたところに埋めた。

「天使たちはいつも裸だ」オブもささやき返した。オブはまだお風呂にはいっていなくて、首のまわりにタオルをひっかけて両端をつかんでいた。けんかしようと身がまえているみたいにして。わたしのおしっこ入りのお風呂のお湯は、もう氷のように冷たいにちがいなかった。

「風邪ひかないのかな？」

「やつら冷血だからな、ヘビとかミジンコみたいに。で、服なんていらないんだ」

わたしはうなずいた。そして、隣りのリーンおばさんがまた家にはいってきた時、いちおう天使たちのうちの一つの陶器のおちんちんの上にすばやく片手を当てておいた。おばさんがふだんよりも時間をかけて念入りに玄関のマットで靴をきれいにしている音が聞こえた。これからは、訪ねてくるだれもが必要以上に長くマットを使うんだろう。死は、まず第一に、ほかのことに注意を向けさせて、心の痛みを先延ばしにさせるものだった。お母さんがチーズ作りの時、乾燥した凝乳酵素《レンネット》を扱うのに爪をチェックするとか、そういう小さなことにいちいち時間をかけてこだわるみたいな。わたしは少しのあいだ、リーンおばさんがマティースと一緒だといいと思った。マティースは牧草地の裏の空洞の木の中に隠れていたけど、もう飽きたからいいやと思って出てきたとかで。そうこうするうち、外は凍っていた。氷の上に風が自然にあけた穴は、またふさがっただろう。スケート協会の工事ライトまでもが消えちゃった真っ暗な中、マティースは氷の下で出口が見つからずに湖じゅうをひとりぼっちで探し求めないといけないだろう。リーンおばさんは靴をぬぐい終えると、お母さんと話した。とても小さい声だったので、なにを話しているのかは聞こえなかった。ただ、唇が動いているのが見えただけで、お母さんの唇は、交尾した二匹のナメクジみたいに硬くきゅっと結んだままだった。もうだれも気にしていないので、わたしは天使のおちんちんに当てた片手をはずして、お母さんが髪のおだんごにまた一本ヘアピンを押しこみながらキッチンへ行くのを見ていた。ヘアピンはどんどん増えていく。まるで、そうすれば頭が突然パカッと開かないし、中で起きていることぜんぶが丸見えにならないからしっかりとめておこうとしているかのように。お母さんはクリスマスのつぶつぶ飾りのついたフィリング入りリングクッキーをかかえてもどってきた。市場《いちば》の〈ストゥーピェ〉っていうお菓子屋さんで一緒に買ったやつ。わたしはそのもろいホロホロした中身を味わって食べるのを楽しみにしていたし、つぶつぶの飾りの歯ざわりを楽しみたかったのに、お母さんはそれをリーンおばさんにあげてしまった。冷蔵庫のライスプディングケーキや、お父さんが肉屋さんから受け取ってきたミートロール用の肉、それに肉に巻きつける八十メートルの紅白のひもひと巻きまで。そのひもをわたしたちがバラバラのスライスにならないように自分たちの体に巻きつければよかった。虚しさはここから始まったんだ、とあとになってから思った。それは、マティースの死のせいではなく、お鍋の中と空のヒュザーレンサラダ用の器にあげちゃったクリスマスの二日間のせいだった。

オランダでは、十二月二十五日と二十六日をそれぞれクリスマス第一日目、二日目と呼び、両日ともキリストの生誕を祝う祝祭日・休日となる。クリスチャンは二十四日のイヴに教会のミサに出席する。この二日間は、日本での正月に似て、家族や親戚が集まり、クリスマスの食事をともにするのが一般的な慣習となっている。

四

通りに面した応接間に、マティースの横たわる棺が置かれていた。楢《オーク》でできていて、金属製の持ち手と、顔の上にガラスののぞき窓がついていた。そこに置かれて三日になっていた。初めの日、ハンナはガラス窓を握りこぶしでコンコンとたたいて小声で言った。「もうこんなのいやだよ、ふつうにしてよ、マティースったら」ハンナはしばらく動かずにいた。音を立てずに静かにしないと、マティースのささやく声が聞こえないかもと考えているみたいに。そして、なにも返事がないと、またソファの裏へ行ってお人形で遊んだ。か細いハンナの体はイトトンボのように震えていた。わたしはその体を親指と人差し指でつかみ、息を吹きかけて温めてやりたかった。でも、ハンナには言えなかった。マティースは永遠に眠るんだよ、これからは、マティースの遺体が横たわる棺についてるのぞき窓をみんなの心の中に持つようにするしかないんだよ、と。わたしたちは、そんなに信心深くないほうのおばあちゃんのほかには、永遠に眠った人を知らなかった。結局みんな、眠ってもまた起きたし「そうして、わたしたちは主の御心《みこころ》のままに生かされているんだよ」と信心深いほうのおばあちゃんはよくそう言った。おばあちゃんは、起きた時に膝がこわばるのと、口がくさいのとで困っていた。「まるで死んだスズメを飲みこんだみたいだよ」って。あの飲みこまれた小鳥もわたしの兄のマティースも、もうけっして目覚めないのだろう。

棺は、ドレッサーの上のかぎ編みの白い敷物の上に置かれていた。バースデーパーティーの時には、そこにチーズスティックパイや、ナッツ、フルーツポンチボウルとグラスが並ぶんだけど、いまもそんなお祝いの時と同じように、みんながまわりを囲んで立っていて、鼻をハンカチでおさえたり、ほかの人の首もとに押しつけたりしていた。みんな、マティースについてのいい話をしていたけど、死は醜くて、パーティーの何日もあとで椅子の裏やテレビ棚の下から見つかったカチンカチンのタイガーナッツみたいに、消化のできないものだった。マティースの顔は、棺の中で急につるんと固まって、蜜ろうみたいに見えた。看護師さんたちはマティースの目が閉じたままになるように、まぶたの下に薄紙をしいていた。わたしはもう一度だけ、おたがいに見つめ合えるように目を開けてほしかった。そうすれば、マティースの目の色をぜったい忘れないしマティースもわたしのことを忘れない。

二つ目のグループの人たちが去ると、わたしはマティースのまぶたを開けてみようとした。すると、ふと学校で作った降誕ジオラマを思い出さずにいられなかった。色つきの薄紙をステンドグラスみたいにしてクリスマスの馬小屋のマリアとヨセフのフィギュアを立たせた工作。クリスマスの朝食の時、イエスさまが光に照らされた馬小屋で生まれる情景になるように、工作の裏側にキャンドルライトを置いて薄紙を照らした。でも、マティースの目は灰色にくすんでいて、ステンドグラスの模様はなく、わたしはいそいでまた、まぶたを下ろしてのぞき窓を閉じた。マティースのジェルで固めた巻き毛を再現しようとした形跡があったけど、それはしなびて茶色くなったさやえんどうみたいに、マティースの額にぶらさがっていた。お母さんとおばあちゃんは、ジーンズをマティースに履かせて、胸のところに〈HEROES〉と大きな文字のはいったお気に入りの青緑のセーターを着せていた。わたしが知ってる本の中のヒーローたちは、高いビルから降りてきたり、火の海の中にいたりして、結局はかすり傷を負うくらいですんでしまう。どうしてこれがマティースにも起こらなかったのか、なぜこれからはただ、みんなの心の中だけに生き続けることになったのか、わたしにはわからなかった。マティースが刈り取り脱穀機に巻きこまれる寸前のサギを救ったことだってあったことを、忘れちゃいけない。そうでなければ、サギは粉々になって干し草ブロックに取りこまれて、牛のエサになってたところだった。

わたしが隠れているドアの裏から、おばあちゃんがマティースに服を着せながらこう言うのが聞こえた。「いつも暗いほうへ泳いでいかなくちゃいけないのに。おまえだって知ってただろうに」どうやって暗いほうへ泳ぐなんてことができるのか、わたしには想像がつかなかった。それは色のちがいだった。氷の上に雪がある時には、明るいところを探さなくちゃいけないけど、雪がなければ氷は穴よりも明るくなるから、暗いほうへむかって泳がなくてはならないのだった。マティースは自分でもそう言っていた。スケートに行く前、毛糸のソックスをはいた足でどうやって両足をおたがいに寄せたり離したりしてすべるかをわたしの部屋で見せてくれた時に。「魚の泳ぎっこだ」とマティースは言った。わたしはそれをベッドから見ていた。そして舌を上あごの裏に打ちつけて、テレビで長距離用のスケートが氷の上をすべる時みたいな音を立てた。わたしたちはそれをすばらしい音だと思っていた。でも、わたしの舌は、いまではもう、口の中で湖の危険ゾーンの前にいるみたいになってきていた。そして、クリックして音を立てようという気にはもうなれなかった。

おばあちゃんが応接間からベビーソープの液体ボトルを手にして出てきた。もしかしたら、だからマティースのまぶたの下に薄紙がしいてあったのかもしれない。そうすれば、石鹸が目にはいらないし、しみて痛くないから。もしも、マティースを持ち直させていたら、薄紙もきっと取り払われていただろう。わたしのクリスマスの生誕ジオラマのキャンドルライトの灯《ひ》が吹き消されたのと同じに。なぜかというと、マリアとヨセフはまたさらに自分たちの人生を続けていかなくてはならなかったからだ。おばあちゃんはしばらくのあいだ、わたしを胸に引きよせた。牛の初乳入りの種で焼いたベーコンとシロップのパンケーキのにおいがした。キッチンカウンターには、バターでこんがり焼いて、まわりがカリっとした昼食の残りのパンケーキがまだ山盛りになっていたから。お父さんは、だれがブラックベリージャムとレーズンとリンゴでおれのパンケーキに顔を描いたんだとわたしたちみんなをひとりずつじっと見た。お父さんの目は、パンケーキの顔みたいに陽気にお父さんに笑いかけるおばあちゃんのところで止まった。

「かわいそうなあの子はいい顔をしてるねえ」おばあちゃんは言った。

おばあちゃんの顔には、茶色いところがますます増えてきた。パンケーキの顔の口にした半円のリンゴの切り口みたいな茶色。年を取ると、結局熟れすぎになるんだね。

「パンケーキをくるくる巻いてロールにしたのをお供えしてあげられないかなあ？　マティースの

好物だったよね」

「におうんだよ。虫を引き寄せたいのかね？」

わたしは、おばあちゃんの胸から頭を離して天使たちを見た。それは屋根裏にしまうために箱詰めにして階段の二段目に置いてあった。わたしが天使たちの顔を箱の底側へ向けてひとつずつ銀色の紙に包むのを任された。わたしはいまだに泣いていなかった。泣こうとしたけど、泣けなかった。マティースが氷にあいた穴から落ちるところを想像してみても。水に濡れて重くなった服とスケート靴で、氷を両手でさわりながら、穴を求めて明るいところや暗いところを探すマティース。わたしは息を止めてみた。三十秒ともたなかった。

「ううん」とわたしは言った。「あんなきもちわるい虫、大きらいだ」

おばあちゃんはにっこりした。わたしはそんな風ににっこりするのをやめてほしかった。お父さんがパンケーキにしたみたいに、お父さんにおばあちゃんの顔をフォークでぐちゃぐちゃにしてほしかった。おばあちゃんが応接間でひとりきりになってはじめて、押し殺したすすり泣きが聞こえた。

そのあと、わたしは夜ごとにマティースがほんとうに死んでいるのかを見に、こっそり下へ行くようになった。長いことあっちこっちベッドで寝がえりをうったり、マットレスの上で両手を腰の下に当て両足を上に立てて、ロウソクになったりしてからだったけど。死は、朝日の中では見てのとおりだったけど、暗くなるとすぐに疑いが湧いてきた。もし、わたしたちがまちがって見てたばっかりに、マティースが土の中で目を覚ましたらどうなる？　わたしは毎回、ディウヴェルチェをお守りくださいっていうわたしのお祈りなど聞き入れないで、神さまが考え直してくれることを願った。ちょうどあの時――わたしは七歳くらいだったと思う――と同じように。新しい自転車をお願いした時のことだ。赤くて、少なくとも七段変速の切り替えができて、もしむかい風の中を学校から家まで自転車で帰らなくちゃならない時でも、股が痛くならない二重のサスペンションつきの柔らかいサドルの自転車。わたしがその自転車をもらうことはなかった。いまもしも下へ行ったら、白いリンネルの下にはマティースじゃなくてわたしのウサギが横たわっていますように、とわたしは願った。もちろん、悲しいだろうけど、でも、死をわかろうと思って息を止めたり、すごく長いことロウソクになって溶けて流れる蠟みたいに頭に血がのぼったりしておでこの血管がドクドクするのとはきっとちがったはずだ。ようやく両足をマットレスの上におろして、寝室のドアをそっと開けると、わたしはつま先立ちで廊下を歩いて、それから下へ行った。わたしの前に、もうお父さんがいた。階段の小柱《バラスター》ごしに、お父さんが棺の横で椅子に座って、のぞき窓のガラスに額を当てているのが見えた。お風呂あがりでもいつも牛のにおいのするお父さんの乱れた金髪を、わたしは見おろしていた。まるくかがめた体、それが震えていた。お父さんはパジャマの袖で鼻水をぬぐっていた。あの袖のところ、わたしのジャケットみたいに、乾いた鼻水でごわごわになるだろう。そんなお父さんを見て、わたしは胸の中をチクチク刺されているような気分になってきた。国営放送のネーデルラント1か2か3を見てるうちに、もうたくさんだって思ったらすぐにでもサッといなくなろうとしてる自分が目に浮かんだ。お父さんはわたしの足が冷えてしまったほど長いことそうしていた。そして椅子を元にもどしてベッドへ行ってから――お父さんとお母さんのはウォーターベッドで、お父さんはまたそこに沈みこむのだ――、わたしは階段を下りて椅子に座った。椅子はまだ温かかった。わたしはのぞき窓に口を押しつけた。夢の中で氷にするようにして。そして息を吹きかけた。お父さんの涙のしょっぱい味がした。マティースの顔はフェンネルみたいに青白く、唇は冷却装置で凍らせていたから紫色だった。わたしは装置のスイッチを切りたかった。マティースをこの腕の中で解凍して、二階へ引っぱっていって、一晩そこで一緒に眠れるように。わたしたちが悪いことをして、お父さんが夕食ぬきでベッドに行きなさいと言った時みたいに。こういうのってほんとにありなのかなあ？　って、わたしはマティースにきくだろう。

棺が応接間に置かれた最初の夜、お父さんはわたしが階段の小柱を両手でつかんで頭をそこに押しつけているのを見た。そして、鼻をすすりあげて言った。「肛門には糞が出ないように綿がつまってるんだ。体内はまだ温かいにちがいない。そう思うとなんだかほっとするよ」わたしは息を止めて、数えた。三十三秒で窒息しそうだった。もう少し、もっと長く息を止めていられたら、マティースを眠りの底から釣り上げてあげられる。春に牛舎の裏の溝でカエルの卵をすくい網で引きあげてバケツに入れてとっておくと、おたまじゃくしからしっぽや足が出てくるみたいに、マティースもゆっくりと変身するにちがいない。ぐったりしてたのが、生き返ってぴんぴんに。

次の日の朝早く、階段の下からお父さんが、飼料用のビーツを取りにいって新しい農地に届けにいくのに農家のヤンセンさんのところについてくるかときいた。ほんとうは、わたしがいないうちにマティースが解けないように、わたしたちのいるところから雪のかけらみたいに解けていなくならないように、家にいてしっかり見ていたかったけど、お父さんをがっかりさせたくなくて、赤いジャケットの上につなぎの作業服を着て、ファスナーを首もとまでしっかり閉めた。トラクターはおんぼろで、ガタゴトするたびにあっちこっちへ揺さぶられるから、わたしはガラスのはまってない窓の縁にしっかりつかまっていなくちゃならなかった。わたしは息切れしながら横を向いてお父さんを見た。お父さんの顔にはまだ寝あとが残っていた。ウォーターベッドが肌にいくつも川を作り、湖の形を浮きあがらせていた。お父さんは、波にゆられるお母さんの体と、波にゆられる自分の体とで、水に落ちたみたいな気分になって眠れなかったのだ。あした、ふつうのマットレスを買うはず。わたしのお腹がゴロゴロいった。

「うんちしたい」

「なぜ、家でしてこなかったんだ?」

「だって、その時はしたくなかったから」

「そんなわけないだろうが」

「だって、ほんとにそうだったし。これ、ゆるいうんちだと思う」

お父さんはトラクターを農地に停めてエンジンを切り、わたしの側へ腕をのばしてドアを開けてくれた。

「あのトネリコの木のところへ行ってしてこい」

わたしは急いで運転席からころがり出ると、つなぎの作業服と下着を膝まで下げた。草の上に、おばあちゃんがライスプディングにかけるのによく使うキャラメルソースみたいな下痢便がとび散るところを想像した。そして、両方の尻っぺたをつかんだ。お父さんはトラクターのタイヤにもたれてタバコに火をつけ、わたしのほうを見ていた。

「あんまり長びくと、尻の穴からモグラがはいりこむぞ」

わたしは汗をかきはじめ、三日前の夜、お父さんが言ってた綿のことや、マティースが埋葬されてしばらくして、モグラたちがその中に通路を作ってるところ、そのあと、わたしの中をぜんぶ掘り起こしてるところを想像した。わたしのうんちはわたしのものだけど、一度草むらに出てしまえば、それは外の世界のものだ。

「ただ、いきむんだ」お父さんが言った。そして、わたしのほうへ歩いてくると、使ったティッシュを渡した。険しい目をしていた。わたしはお父さんのこんな目を知らなかった。待たされるのが大きらいなのは、あんまり長く立ち止まってるといろいろ考え事をして、よけいにタバコを吸っちゃうからというのは知っていたけど。村ではだれも長く立ち止まって考えなかった。そんなことをしてると作物が枯れちゃうし、それに、作物は土から収穫されるもので、自分の中で育つものじゃないということを知っていたからだ。わたしはお父さんの心配がわたしのものにもなるように、お父さんのタバコの煙を吸いこんだ。それから、神さまに短いお祈りをした。わたしが大きくなってヒキガエルの大移動の手伝いをしたらタバコの煙でわたしをガンにしないでくださいと。

──正しい者は家畜を大切に世話する──いつか、聖書で読んだことがある。それなら、わたしは病気とは縁がない。

「もう、したくなくなった」わたしは言った。そして、誇らかに下着とつなぎの作業服をまた引き上げて、ジャケットのファスナーをあごのところまで閉めた。うんちはがまんすることができた。これからは、なくしたくないものはなくさなくていい。

お父さんはモグラ塚でタバコの吸いがらを踏み消した。「たくさん水を飲むんだ。仔牛たちもそうするのがいいんだ。でないと、いつか、別のほうに出ちまうからな」お父さんはわたしの頭に手を置いた。わたしはその下でできるだけまっすぐに歩き続けようとした。つまり、わたしが考えておかなくちゃいけないことは二つあった。ゲロと下痢。

わたしたちはトラクターのところまでもどった。新しい農地は、わたしよりも年とってたけど、いまもずっとそう呼ばれていた。堤防《ダイク》のふもとに最初に住んでいたお医者さんもそうだった。そこはいまでは段々のついてるすべり台のある児童公園になっているけど、でも遊ぶ約束する時には、「じゃあ、おじいさん先生のところ!」と呼ばれていた。

「ウジとかミミズとかがマティースをむさぼり食べると思う?」歩きながらわたしはお父さんにきいた。お父さんを見る勇気はなかった。お父さんはいつか、〈イザヤ書〉を音読してくれたことがあった。「あなたの財産や音楽はあなたとともに消え去った。あなたの下にはうじがしかれ、虫けらがあなたの覆いとなる」そして、いまわたしは、マティースもこうなることを恐れていた。お父さんは返事をせずにトラクターのドアを引っぱって開けた。熱に浮かされるように、わたしはマティースの体がイチゴ畑にかぶせるシートみたいに穴だらけになっているところを思い浮かべた。

ビーツのところに着いてみると、中が腐っているのがいくつかあった。膿に似てる、ぐちゃっとした白いのは、拾いあげると指にくっついた。そんなのにおかまいなく、お父さんはビーツを拾っては肩ごしに後ろへ放り投げた。ビーッは鈍い音を立てた。お父さんがわたしのほうを見るたび、頬っぺたに穴があくような気がした。テレビを見るのと同じに、どの時間帯にわたしのほうを見ていいとかダメだとか、お父さんとお母さんと約束しておけばよかったと思った。もしかしたら、だからマティースはあの日帰ってこなかったのかもしれない。テレビの棚の扉が閉まってて、だれもわたしたちを見守ってなかったから。

お父さんにもっとマティースのことをきく勇気はなく、わたしは最後のビーッをトレイラーに投げこんで、それからまた、運転席のお父さんの隣りに座った。バックミラーの上の錆びた縁に、こんなシールが貼ってあった。〝**牛を搾れ、農民ではなく**〟

農場にもどると、お父さんはオブと一緒に紺色のウォーターベッドを外に引きずり出した。お父さんはノズルを引き出し安全弁を開けて、裏の敷地で中身の水を空にした。やがて、そこには薄い氷の層ができた。お父さんとお母さんのたくさんの夜がパリンと割れるのが、そして氷の裂け目から落ちるのが怖くて、上に立とうとは思わなかった。黒っぽいマットレスの空気は、真空パックのコーヒーみたいにゆっくりとぬけていった。お父さんはウォーターベッドをくるくるまるめて、道ばたに出した。月曜日に清掃車が収集するはずのクリスマスツリーを載せた手押し車の横に。オブがわたしをドンと押して言った。「あそこから来るぞ」わたしはオブの指す場所を眺めた。すると、堤防のむこうから真っ黒な霊柩車が近づいてくるのが見えた。それは大きなカラスのように、だんだんこちらへやってきて、左へ曲がり、ウォーターベッドの氷の層を通り過ぎて裏の敷地へはいってきた。ほんとに、パリンと音がした。レンケマ牧師が降り、そしてわたしのおじさんたち二人が続いた。楢の棺を霊柩車に、そしてそのあと、教会へ運び入れてもらうのに、お父さんはその二人と、あと、農家のエヴェルトセンさんとヤンセンさんを選んだ。マティースが何年ものあいだトロンボーンを吹いていた音楽隊の伴奏する讃美歌四一六番が歌われる中で、その午後、ただひとつ、正しかったのは、ヒーローたちは肩に乗せられて運ばれるということだった。

第二章

一

近くで見ると、ヒキガエルのイボはケッパーに似ている。その緑っぽい色の花の蕾《つぼみ》の味がわたしはきらいだ。そして、それを親指と人差し指でつぶすと、ヒキガエルの毒液とそっくりな気持ち悪いものが出てくる。わたしは棒きれで一匹のヒキガエルのぷっくりした下半身をつつく。背中に一本黒いしまがある。ピクリとも動かない。そこで、もっと強く押して、棒きれのまわりのしわのよってるゴワゴワの皮膚を見ている。つるんとしたお腹が春のはじめての陽ざしで温まった道路のアスファルトに触れて、このぬるりとした生きものたちは気持ちよさそうにじっとしている。

「手伝ってあげようとしてるだけだよ」わたしはささやいた。

わたしは、干拓地《ポルダー》の道にある改革派教会のわきで配られたランタンをさげた。ランタンは白くて真ん中に折りひだがついていた。「神の御言葉は足もとを照らす灯であり、生きる道しるべとなる光である」レンケマ牧師は、子どもたちにランタンを配る時、こう言った。まだ夜の八時になっていなかったけど、わたしのランタンのろうそくは、もう半分に減っていた。神さまの御言葉の輝きも減りませんように。

ランタンの光の中で見ると、ヒキガエルの前足に水かきがない。生まれつきかもしれないし、サギがおやつにかじっちゃったのかもしれない。ちょうどお父さんの不自由なほうの足みたい。お父さんがサイレージの山の重すぎる砂袋のように、うちの敷地じゅうを引きずってるあの足。

「みなさんにレモネードとミルキーウェイがありますよ」わたしの後ろで教会のボランティアの人の声が聞こえる。近くにトイレのないところでミルキーウェイを食べなくちゃいけないなんて考えると、お腹がきゅっと縮む。レモネードの上でだれがくしゃみしたり、そこに唾を吐きかけたりしたか、ミルキーウェイの賞味期限をちゃんと見たかどうかなんて、わかったもんじゃないし。食べたら気分が悪くなってそういう顔色になるみたいなモルトヌガーの層が、もしかしたら白くなってるかもしれない。そのあと、すぐに死んじゃうんだ。きっとそうだ。わたしはミルキーウェイのことを忘れようとした。

「急がないと、背中にしま模様だけじゃなく、タイヤのあともついちゃうよ」と、わたしはヒキガエルにささやいた。しゃがんでいたら、膝が痛くなってきた。ヒキガエルにはまだ動くようすがない。仲間のカエルが一匹、背中に乗っていこうと、前足でヒキガエルのわきの下につかまろうとしているけど、何度もそこからずり落ちている。カエルたちはきっと、わたしみたいに水恐怖症にちがいない。わたしはまた立ちあがり、ランタンを手に取ると、だれも見ていない時にすばやくその二匹のヒキガエルをジャケットのポケットに入れた。そして、人の集まっている中の蛍光ベストを着た二人を探した。お母さんはそれをつけるようにとさんざん言っていた。「そうしないと、あんたたちも車に轢《ひ》かれたヒキガエルみたいにぺっちゃんこになるんだし、そんなのだれも望んでないんだから。着れば、あんたたち自体も光ってランタンになるじゃないの」オブはその布のにおいを嗅いだ。「こんなもん、ぜったい着ないからな。汚くてくさいスウェットのやつなんか着てたら、アホが歩いてるみたいじゃないか。そんなの着るやつなんかだれもいねえや」

お母さんはため息をついて言った。「わたしが正しいことなんか、あったためしがないんだからねえ」そして口の両はしを下げた。このまえからずっとそうだった。まるで、ガーデンテーブルのテーブルクロスにつける果物の形の錘《おもり》が口のはしっこにぶらさがっているみたいだ。

「お母さんはよくやってるよ。わたしたち、もちろん着るから」わたしは言ってオブに合図をした。蛍光ベストは小学校の最後の学年の生徒たちが受ける、自転車の検定試験の時にだけ使われるもので、そこでは毎年うちのお母さんがだいじな役目をしている。お母さんは村でただひとつの交差点のところに心配そうな目をして口をきゅっと――蕾がはじけてパッと咲くんじゃないひなげしみたいに――結び、魚釣り用の折りたたみ椅子に座る。みんながきちんと手信号を出しているか、安全に通行しているかをチェックするのがお母さんの役割だ。わたしは交差点で、生まれてはじめてお母さんのことを恥ずかしく思った。

蛍光ベストが一枚、わたしのほうに近づいてくる。ハンナは右手にヒキガエルのはいった黒いバケツをさげている。ベストは半あきで、両わきの部分が風にはためいている。

それを見て、心配になったわたしは言った。「とめとかなくちゃだめじゃない」ハンナは顔のカンバスにホッチキスをとめたみたいに眉をそびやかしたまま、長いことわたしをちょっと機嫌悪そうにじっと見つめている。日中、太陽はもう暑いぐらいになっているので、ハンナの鼻のまわりにはそばかすが増えている。とつぜん頭の中にこんな光景が浮かぶ。通りの石畳の上、自分のまわりにそばかすをまき散らしてぺっちゃんこになってるハンナ。まるでヒキガエルが何匹か車に轢かれてバラバラになってるみたいに。だからわたしたちは、ハンナをシャベルで路面から削り取らなくちゃいけない。

「だけど、すごく暑いんだもん」と、ハンナは言った。

その時、わたしたちのところにオブがやってきた。オブの金髪は長くて、髪の毛が顔のまわりにべっとりまとわりついている。それを何度も耳の後ろにかきあげるんだけど、またゆっくりともとにもどる。

「見ろよ、こいつ、レンケマ牧師に似てるよな。このでっかい頭、出目でさ？　で、レンケマもやっぱり首がないんだよな」オブの手のひらには、茶色いヒキガエルがのっていた。わたしたちは笑った。でも、あんまり大声ではなく。牧師さんを笑いものにしてはいけないから。神さまにしてはいけないのと同じように。神さまと牧師さんは心の友なのだし、心の友には気をつけなくちゃいけない。わたしにはまだ心の友はいないけど、でも、中一のクラスにはそうなれるかもしれない女の子がたくさんいる。オブは五学年上のクラスで高三、ハンナは小四。神さまに弟子たちがいたのと同じに、ハンナにはたくさん友達がいる。

オブが突然、ヒキガエルの頭の上にランタンを掲げる。その光で皮膚がうす黄色っぽくなるのが見える。カエルは目をつぶる。オブはにやにや笑いはじめる。

「あったかいのが好きなんだ」と、オブが言う。「だから、冬は不細工な頭して泥にもぐっていくんだ」オブはランタンをどんどん近づける。ケッパーを炒めると黒くカリカリになる。わたしはオブの手を払いのけようとする。でもその時、レモネードとミルキーウェイの女の人がこちらへむかって歩いてくる。オブはヒキガエルをすばやくバケツに入れた。レモネードの女の人は、テキストのついたシャツを着ている。〝**注意！　カエルの大移動中**〟その人はハンナのおびえた顔を見たにちがいない。なぜかというと、だいじょうぶかとか、ぺっちゃんこのカエルたちの死骸を見て気分が悪くならなかったかときくからだ。わたしは、下唇をつきだしている妹にやさしく腕をまわす。こりゃ、ハンナはいまに泣きだすだろうなと思う。今朝、オブがバッタを牛舎の壁に木靴でたたきつけて殺した時みたいに。音に驚いたのが大きかったんだと思うけど、でも、ハンナはそうじゃないと言い張った。ハンナにとって、それは小さな命で、小さい網戸みたいに頭の先にもみくちゃにくっついてたバッタの翅《はね》なのだった。妹は生を、オブとわたしは死を見ていた。

レモネードの女の人は、ひきつったほほえみを浮かべて、ジャケットのポケットからみんなそれぞれにミルキーウェイを取りだす。わたしは礼儀として受け取ったそれを、その人が見ていないすきに包み紙から出してカエルのはいったバケツの中に落っことす。ヒキガエルが腹痛やけいれんを起こすことはきっとないからね。

「三博士はだいじょうぶです」わたしは言う。

マティースがもどってこなかった日以来、わたしはわたしたちのことを三博士と呼んでいる。いつかある日、マティースを見つけるからだ。遠くへの旅でも、贈り物を持っていかなくちゃならなくても。

わたしは小鳥を追いはらおうと、ランタンを持ったその手をふる。ろうそくがあちこちあぶなっかしくゆれて、蠟がわたしの長ぐつに垂れる。小鳥は驚いてはばたき、木の中に逃げこむ。

自転車で走ってると、村の中でも干拓地《ポルダー》でもいたるところに、干からびた爬虫類がコースターみたいに落ちているのを目にする。わたしたちは手伝いにきた子どもたちやボランティアたちとみんなで、いっぱいのバケツとランタンを持って、土手の反対側にある湖へと続く道を歩く。今晩の湖水は無邪気にしんとしていて、遠くには、工場や、何十ものライトのついた高い建物の輪郭や、村と街とをつなぐ橋が見える。橋はモーセの道みたいだ。まるで、モーセが海に手を差しのべた時の――主は夜もすがら激しい東風をもって海を押し返されたので、海は乾いた地に変わり、水は分かれた。イスラエルの人々は海の中の乾いた所を進んで行き、水は彼らの右と左に壁のようになった――

ハンナがわたしの隣りに立って、むこう岸を眺めている。

「見てみなよ。あんなにいっぱいの明かり」ハンナが言う。「毎晩ランタン行列してるのかもしれないねえ」

「いや、暗いのがこわいからだよ」わたしは言った。

「暗いのがこわいのは自分でしょ」

わたしは首をふる。でも、ハンナはバケツをひっくり返して空にするのに忙しい。何十というヒキガエルやアオガエルが水面に散らばっている。ぽちゃんという小さい水音で目がまわるような感じになる。突然、ジャケットの布がわきにくっついているのに気づく。こもった熱を逃がすため、わたしはバタバタと鳥が羽ばたくように少し腕を動かす。

「いつか、むこう岸に行きたい?」ハンナがきく。

「あそこにはなんにも見るものなんてないよ、牛だっていないし」わたしはハンナの前に立って視界をさえぎる。そして、ハンナの蛍光ベストの左側のマジックテープのついてる面を引っぱって、ちゃんとくっついているようにと、強めに押しつける。

ハンナは一歩横にふみ出す。ポニーテールにした髪は、動くたび、応援するかのようにハンナの背中を押している。わたしはそのヘアゴムをはずしたくてしょうがない。なんでもできると思わないように、ある日スケートを履いて、行ってしまわないように。

「あそこがどうなってるのか、知りたくないの?」

「知りたくないに決まってるじゃん、アホか。わかってるでしょ。だって……」わたしは最後まで言わずに、空のバケツを横の草むらに放り投げる。

ハンナから一歩ずつ離れながら、歩数を数える。四までできたところで、ハンナはまたわたしの横に並んで歩いている。四はわたしの大好きな数だ。牛の胃は四つ、四つの季節、四本脚の椅子。さっき胸に湧きあがった黒々した感情は、湖の水面に浮かぶ気泡のようにはじけ散る。

「牛がいないなんて、あそこはきっとつまんないに決まってるよね」ハンナはすぐに言う。

ハンナの顔に鼻が斜めについてるのは、ろうそくの光の中では見えない。右目は斜視で、いつも見てるものに目のピントを合わせようと調節しているみたい。カメラのシャッタースピードみたいに。わたしは新しいフィルムを入れたくてたまらない。ハンナが絶対にむこう岸へ行かないと確信できるように。わたしはハンナに両手を差しだし、ハンナがそれをぎゅっとつかむ。妹の指はねっとりしている。

「オブが女の子と話してる」ハンナが言う。

わたしはちょっと後ろをふり返って見る。オブのひょろっとした体は、一気に作動スイッチがはいったみたいにみえる。オブは両手をおおげさに動かしたりして、ひさしぶりに大きな声を立てて笑っている。それから湖のそばにかがんで座る。話しているのは、きっとヒキガエルのいい話や、わたしたちのボランティア活動のことだ。でも、水のことではない。太陽のおかげでヒキガエルが泳げるくらいにはなんとか温かくなった水、そしてわたしたちの兄、マティースが一年半前に底に横たわっていた水。女の子と一緒に、オブは堤防のむこうに歩いてもどる。数メートル先で、二人の姿は暗闇に溶けて見えなくなった。アスファルトの上に、ただオブのランタンの薄明かりだけが見える。その横に、緑色の小さなろうそくがガチョウの糞みたいに踏まれてぺっちゃんこになっている。わたしは鋤《スペード》でランタンを持ちあげる。一晩じゅうボランティアをしたあとで、これを、迷子にして置きざりにするわけにはいかない。農場にもどると、わたしはそれをヤナギの枝に吊るす。ヤナギの木は一列に立ち並んでわたしのベッドルームのほうへ頭をむけている。まるで、教会の長老たちが聞き耳をたてているみたいに。突然、ジャケットのポケットでヒキガエルが動くのを感じる。わたしは守ってあげるようにポケットの上からそっと手を当てる。半分ふりむいてハンナに言う。「お父さんとお母さんにはむこう岸のこと言っちゃだめだよ。また、もっとショックを受けちゃうから」

「なんにも言わない。アホな考えだった」

「ほんとにアホ」

窓ごしにお父さんとお母さんがソファに座っているのが見える。後ろから見ると、わたしたちのランタンの短くなったろうそくにそっくりだ。わたしたちは、唾まじりにろうそくを吹き消す。

二

　お母さんは自分のお皿に盛りつける食事の分量をまちがえることがますます増えている。料理を取り分けて座るなりこう言う。「上からだと、ほんとにもっとたくさんに見えるんだよ」わたしは時々、それはわたしたちのせいなんじゃないか、わたしたちがお母さんを内側からむしゃむしゃ食べちゃってるからじゃないかと心配になる。アマウロビウス・フェロックスっていうクモみたいに。生物の時間に先生が教えてくれたんだけど、お母さんグモは子どもたちが生まれると自分の体を与えて、はらぺこの小さいクモたちは母親の皮膚でも毛でもぜんぶ食べつくしてあとには足一本残さない。母親を失ったことを一瞬たりとも悲しまずに。お母さんはお皿のわきにコルドン・ブルー（肉にチーズとハムなどをはさんだカツレツ）を一切れ残す時にいつも言う。「おいしいものは最後に」そうして、もしわたしたち、つまり子どもたちがまだもの足りない時のために、食事の最後まで自分のを残しておく。

　だんだんと、わたしも自分の家族を上から見るようになっている。すると、マティースがいなくなった分がどのくらいなのか、見ただけではあんまりわからない。テーブルの空いているところには、いまはただ椅子と、マティースが無造作に体重をかけて寄りかかった背もたれがあるだけだ。お父さんが怒って「椅子は四本脚なんだぞ！」と、どなることももうない。マティースの席にはだれも座ってはいけない。ある日、マティースがもどってきた時のためにとっておくということだと思う。「イエスさまがおもどりになるとすれば、それはきっとほかのどの日とも変わらぬ日であるだろう。いつものように続く、ふつうの一日だ。ノアが箱舟を造った時に、人々が働き、食事をし、結婚していたのと同じように。マティースも、イエスさまとまったく同じようにしてもどってくるだろう」お葬式の時、お父さんは言った。もしもマティースがもどってくるなら、わたしはマティースの胸がテーブルの縁にくっつくくらい椅子を前へ寄せるだろう。そうすればきっと食べ物をこぼさないし、音も立てずに去っていけないから。マティースが死んでからというもの、わたしたちは十五分で食事をすませている。時計の大きい針と小さい針がどちらもまっすぐに上を向くと、お父さんも立ちあがる。黒いベレー帽を被って、牛たちの世話をしにいく。さっきしたばかりでも。

「なに食べるの？」と、ハンナがきく。

「ミニポテトと豆だよ」わたしはお鍋のふたをひとつ持ちあげて答える。お鍋に映る自分の顔が青白い。わたしは注意深くその顔ににっこりする。ほんのちょっとだけ。そうじゃないと、また口の両はしをさげるまで、お母さんがずっとこっちを見つめるから。ここには、笑うことなんてなにもない。ただ、両親の目の届かない繁殖牛舎の裏でだけは、時々それを忘れてしまいたい。

「肉はないの？」

「焦げた」小声でわたしは言う。

「またかあ」

お母さんがわたしの手をピシャッとはたき、わたしはお鍋のふたから手を離す。するとふたは落下して、テーブルクロスの上に蒸気の輪のあとが残る。

「そんなにがっつかないの」とお母さんが言い、そして目を閉じる。みんなもすぐ、あとに続く。オブはわたしと同じように片目を開けてそのへんを見ているんだけど。さあ、お祈りだとか、いつお父さんが感謝のお祈りを始めるかとか、知らされることはない。そういうのは、なんとなく気配でわからないといけない。

「されど、われらの魂がかりそめの世に執着することなく、主の御心のままにすべてをなし、やがて主の御許《みもと》で永遠の時を過ごすことができますように。アーメン」お父さんはおごそかな声で言って目を開ける。お母さんはめいめいに食事を盛りつける。家じゅうに黒焦げの牛ヒレステーキのにおいがして、窓ガラスがくもる——お母さんが換気扇をつけ忘れたから——。だから、だれも通り側から家の中を見ることはできないし、お母さんがまだピンク色のガウンを着たままなのも見えない。村では、ほかの家族が家の中でどうしてるのか、どんな家族団らんなのか、おたがいに家の中をよくのぞき見る。お父さんはテーブルの上に立てた両手で頭を支えている。一日じゅう持ち上げてた頭を、テーブルでは垂らしている。重くなりすぎたから。時々、フォークを口へ運ぶのに頭をもたげて、それからまた垂らす。わたしのお腹のチクチク刺すような痛みは増していく。まるでお腹の粘膜に針で穴を開けられてるみたい。だれもなにも言わず、ただ、ナイフとフォークがお皿の上でカシャカシャ音を立てているだけだ。わたしはジャケットのひもを少しきつく締める。椅子の上にしゃがむのが一番いい。そうすれば、どんどん腫れるお腹の痛みがましになるし、見晴らしもよくなる。お父さんはその姿勢を行儀が悪いと思い、ちゃんとお尻をついて座るまで、わたしの膝をフォークでたたく。わたしの膝には時々、赤い線がつく。まるで、皮膚の上の線がマティースがいない日数を示しているみたいだ。

突然、オブがわたしのほうに体を曲げて言う。「歩行者専用トンネルの中で事故が起こるとどうなるか知ってるか？」わたしはフォークでインゲン豆に穴を四つ開けていたところで、穴の中から汁がしみ出している。リコーダーみたい。わたしが答える前に、オブが口を開いた。ぐちゃぐちゃに崩れたじゃがいものところどころにインゲン豆のかけらやアップルムースが混じってるのが見える。ゲロみたいだ。オブは笑って、その事故を飲みこむ。オブのおでこに青白い線が一本見える。オブは寝てるあいだにベッドの縁におでこをぶつける。オブはまだ心配するような年ではないんだけどね。お父さんが言うには、子どもに心配なんてあるわけないんだって。なぜなら、それは自分の畑をやりくりしなくちゃならなくなってはじめてするんだからって。わたし自身は前よりよく心配になることが増えてるって自分でもわかるし、それで夜中に起きちゃったりするし、心配がふくらんでいくように思えるんだけど。

お母さんが痩せてきて、ワンピースがゆるくなってるから、すぐ死んじゃうんじゃないかと、そしてお父さんも一緒にいなくなっちゃうんじゃないかと不安だ。わたしは一日じゅうあとをつけて、二人が死んだりできないように、いなくなれないようにしている。二人をいつも目の隅にキープしている。ちょうどマティースのための涙をとっておくのと同じように。そして、お父さんのいびきと、ベッドが二回きしむのを聞くまでは、けっしてベッドサイドの地球儀ライトを消さない。お母さんはいつも、右から左そして右と寝返りして寝る位置を決める。そうしたらわたしは北海の光の中で横になって、静まるのを待つ。でも、晩に二人が村の知り合いのところに出かけることになって、何時に帰ってくるのときいてもお母さんが肩をすくめるだけだと、わたしは何時間も天井を見ながら横になっている。そして、もしも孤児になったらどうやっていこうとか、学校の先生に死因をなんて話したらいいのかとか考える。死因にはいつもトップテンがある。一度、休み時間にググったことがある。一位は肺ガン。わたしもひそかにリストを作った。溺死、交通事故、それから牛舎の地下の肥溜めコンテナに落っこちるのが上位だ。

学校の先生に話すことを考えて、しばらく自分をかわいそうに思って落ちこんだあと、枕に頭を押しつける。わたしは歯の妖精を信じるには年がいきすぎてるけど、かといって、妖精に願い事をしなくなるほど子どもじゃない。オブはいつか、じょうだんで〈歯の妖婆〉と言ってた。なぜかというと、ある日、オブの根っこつきの奥歯が枕の下に置いてあったのに、妖精からのごほうびのコインが置いてなくて、血のあとだけが残っていたからで、それはオブがぬけた歯をけっしてきれいに洗い流しておかないからだった。もしも歯の妖精がある日訪ねてきたら、わたしは押さえつけて捕まえるだろう。そうしたら、妖精はここにいなくちゃいけなくなって、わたしは新しい両親をくださいってお願いできるから。妖精に会うためには、親知らずを使えばいい。ほんの時おり、両親がまだ帰らないと、わたしは下の居間へ行く。そして、暗い中でパジャマのままソファに座って、両膝を突き合わせて指を組み、神さまが二人を無事もどしてくれたら、代わりに一回お腹を壊していいですと神さまに約束する。そして、いつ電話が鳴るかと待っている。車だとか自転車だとかのハンドルがきかなくなったと聞かされるんじゃないかと。でも、電話が鳴ることはなく、たいてい、おしまいには寒くなってまた上にあがって、ふとんにくるまってさらに待つことになるんだけど。ベッドルームのドアの音やお母さんが室内ばきですり歩く足音が聞こえて両親がぴんぴんしてるとわかると、ようやく、わたしは安心して眠りにつくことができる。

ベッドにはいる前、ハンナとわたしはしばらく遊ぶ。ハンナはソファの裏側のカーペットの上にいる。わたしは足の上のほうまで引きあげたソックスを見ている。ソックスのはき口を二重に折り返してある。わたしはそれをのばして平らにする。ハンナはサンダーバードの秘密基地、トレーシー島の隣りに座っている。わたしはそれはマティースのだった。わたしたちはロケットを打ち上げたり、その頃はまだ自分で選べた敵と闘ったりしてよく一緒に遊んだ。オブは上半身をソファにもたれて、耳にヘッドフォンをあてている。そして、わたしたちを見おろしている。オブのグレーのTシャツには、マヨネーズのしみがフランスの形になってついている。

「車道ぞいの並木を壊したやつは、おれのディスクマンで新しい〈ヒットゾーン〉を十分間、聴いていいぜ」

オブはヘッドフォンを耳から首へおろす。わたしのクラスでは、ほぼ全員がディスクマンを持っている。ノケモノを除いては。ノケモノというのは、イングリッシュドロップの袋の中にはいってる棒状のリコリスキャンディのことで、みんなこれをわきによけるので、そう呼ばれている。わたしはノケモノになりたくないので、ディスクマンのために貯金をしている。フィリップス社製のアンチショックシステムつきのだ。それなら学校へ行く時、干拓地《ポルダー》のでこぼこした道を自転車で走っていても、音がとばなくてすむ。それに、わたしのジャケットと同じ色の保護ポーチがついている。もうそんなにいっぱい貯めなくてもいい。わたしたちは毎週土曜日に農場の手伝いをして、お父さんから二ユーロもらっている。お父さんは儀式みたいにして「将来家を出るための資金だ」とお金を渡す。ディスクマンのことを考えれば、ほかのことはすべて忘れられる。お父さんがわたしたちに出て行ってほしいって思ってることとさえも。

トレーシー島の木は、前はオリーブグリーンだったけど、何年も経って色があせてあちこち塗料もはげている。まるでだれかに背中を押されたように、気づけばわたしの手はプラスチックの並木を列ごとポキポキ壊している。指のあいだで木の折れる音がする。片手で壊れるものなんてぜんぶ、ある価値がないんだ。ハンナがすぐに悲鳴をあげる。

「じょうだんだったのに、アホじゃねえの？」と、

オブは、お母さんがキッチンからやってくると、くるりと向きを変えてヘッドフォンをまた耳に当てる。お母さんはガウンのひもをきゅっときつく結んでいる。お母さんが、ハンナからわたし、そしてオブをすばやく見る。そして、わたしの手の中に折れた木が何本かあるのを見つける。お母さんはなにも言わずに、わたしの腕をつかんでねじり上げる。お母さんの爪がわたしの――家の中でももう脱ぎたくなくなっていた――ジャケットにくいこんで生地を突きぬける。わたしは逆らわないよう、お母さんと目を合わせないようにしている。お母さんが、ジャガイモの皮をむく時みた

いに容赦なく、ジャケットを脱がそうと思いつかないように。階段のところでお母さんはわたしから手を離す。

「貯金箱を持っておいで」顔にかかった金髪を吹き飛ばしながらお母さんが言う。なにか起きるごとに、わたしの心臓の鼓動は速まる。おばあちゃんがいつか言ってた〈エレミヤ書〉の格言を思い出す。おばあちゃんは親指と人差し指を湿らせて世界のいろんな問題がおたがいにくっつかないように新聞をめくって読みながら言ってた。「心はよろずの者よりも偽るもので、はなはだしく悪にそまっている。だれがこれをよく知ることができようか？」

だれもわたしの心を知らない。それはジャケットの裏、皮膚やあばら骨の奥深くに隠れてる。わたしの心はお母さんのお腹の中で九ヶ月間は大切なものだったけど、でも一度お腹の外に出れば、一時間の心拍数が十分にあるかどうかなんてだれもいちいち気にしないし、鼓動がちょっと止まったり速くなったりするのが不安や緊張のせいでも驚きはしない。

わたしは階下のキッチンのテーブルの上に自分の貯金箱を置かなくちゃいけない。背中にお金を入れる口のある陶器の牛。底のまるい穴には、お金を取り出すためのプラスチックのふたがついている。その上にガムテープが貼ってある。無駄づかい防止のため、開けるのに二段階の動作をしなくちゃいけないように。

「おまえの罪のせいで、神さまは姿を隠しておまえの願いを聞き入れなくなったんだよ」とお母さんが言う。そして、くぎぬき金づちをわたしに差し出す。金づちの柄が温かい。握って待ちかまえていたにちがいない。わたしは、ほしいと思っているディスクマンのことを考えないようにしようとしている。お父さんとお母さんが失くしたもののほうがずっと大きいんだ。新しい息子は貯金しても買えない。

「だけど、ふたがついてるんだよ……」わたしは言ってみる。

お母さんは、金づちのくぎをぬく側――それはちょうど、金属でできたウサギの耳みたいだった。ウサギのディウヴェルチェの命ごいをしたことをちょっと思い出してそう思った――をわたしの腫れたお腹に軽く押しつけた。わたしはすぐにそれをつかみ、上にふりあげて、貯金箱を思いきり強くたたく。貯金箱はとたんに三つに割れる。お母さんはその合い間から赤や青のお札と硬貨を何枚か、注意して引き上げる。そしてほうきとちりとりをつかむと、牛の破片を集める。わたしは握った手のこぶしの先が白くなるほど、金づちの柄を強く握りしめている。

三

頭の中をモノクロ画像だらけにしながら、わたしはディノサウルスのベッドカバーの上に横になる。両腕を体のわきにぴったりくっつけて、足は少し開き気味に、軍隊の休めの姿勢のように。ジャケットは鎧で。きょう学校で、第二次世界大戦のことをやって、テレビの教育番組でそれについての映像を見た。わたしはすぐにまた、喉に塊がつかえたようになる。目の前に、牛肉の切り身みたいに折り重なってるユダヤ人たちや、荷台に乗ってる禿《は》げ頭のドイツ人たちの映像が浮かぶ――その頭は、お父さんの飼ってる産卵鶏《レグホン》の羽毛をむしられたお尻に似ていて、やっぱりピンク色っぽくてそこに黒いのがちょっとポツポツ生えている。もし、ニワトリたちのあいだでひとたび羽むしり病が発生すると、もうどのニワトリも病気から逃れられなくなる。

マットレスの上に半分起きあがって、斜めの天井で発光する星をひとつ、むしり取った。お父さんはもういくつかはがした。わたしが悪い点数を持って帰るたび、そしてその晩におやすみを言いに来るのがお父さんの番の時にそうする。以前、お父さんはいたずら者のヤンチェの話をしてくれた。ヤンチェはいつもしてはいけないことをした。いまはもうお仕置きもされないいい子になってるか、それともお父さんがヤンチェのこと話すのを忘れてるかだ。

「ヤンチェはどこ？」と、わたしはきく。

「あれは疲れて、悲しみに押しつぶされたんだ」

それで、わたしはすぐ、お父さんの頭が疲れて押しつぶされたんだとわかった。なぜかというと、ヤンチェが住んでるのはそこだから。

「またもどってくる？」

「いや、当てにしないほうがいい」と、お父さんは沈んだ声で言った。

星をはがすと、白い粘着ゴムのあとが残る。それぞれが、わたしのまちがった答えってことだ。わたしは、はがし取った星をわたしの心臓の上あたりに貼りつける。学校の先生が話しているあいだ、わたしはヒトラーみたいな口ヒゲ男はどうやってキスするんだろうなと考えていた。お父さんにはビールを飲む時にだけ、口ヒゲが生える。唇の上の泡のつけヒゲ。ヒトラーのヒゲの厚みは、きっと指二本分はあっただろう。

わたしは教室の机の下で、ムズムズ虫を静かにさせようとお腹の上に手を当てた。虫たちがお腹の中や股間にいることはますます増えた。ヤンチェの上に乗っかってると想像することで、わたしが虫たちを出現させることもできる。時々、だからヤンチェは押しつぶされたのかもと思ったけど、お父さんの頭がいまもちゃんとまるくて、胴の上にくっついてるかぎりは真剣に受け止めなかった。わたしが質問することはめったにない。そもそも質問なんて思いつかない。でも、今回は手を挙げた。

「先生、ヒトラーは、ひとりの時には泣くこともあったと思いますか？」

歴史の教師でわたしの担任でもある先生は、答える前に長いことわたしを見つめていた。先生の目はいつも輝いていて、目の裏にものすごく長持ちする電池のキャンドルライトがついているみたいだった。もしかしたら先生は、わたしが泣き出すのを待って、わたしが善人か悪人かを見極めようとしていたのかもしれなかった。わたしは、いまだにマティースのことで泣いていなかった。声を出さずに泣くということもなく、わたしの涙は目の隅に立ち止まったままだった。それはわたしのジャケットのせいじゃないかと思った。教室は暖かかったから、わたしの涙は頬にいきつく前にきっと蒸発するにちがいない。

「悪人は泣きません」その時先生が言った。「泣くのは英雄《ヒーロー》だけです」

わたしは目をふせた。オブとわたしは悪人だったのかな？　お母さんは、わたしたちに聞こえないように背中を向けてそっと泣くだけだ。お母さんの体から出ていくものには音がない。おならでさえも。

先生はほかに、ヒトラーが空想にふけるのが大好きだったことや、病気を怖がっていたことを教えてくれた。ヒトラーは胃けいれんや湿疹やおならに悩まされていた。まあ、おならは、豆のスープをよく飲んでいたせいだったけど。ヒトラーには六歳にならないうちに亡くなった兄弟が三人と妹が一人いた。わたしはヒトラーと似てると思った。でも、それはだれにも知られてはいけない。しかもわたしたちは同じ日、四月二十日が誕生日だ。お父さんはいつか機嫌のいい日に、タバコ用の椅子に座って話してくれた。何年に一度という四月の寒い日、土曜日だったその日に水色のわたしはこの世に誕生した。わたしは氷の像を彫りだすようにして子宮から取りだされた。わたしの写真アルバムのはじめてのエコー写真のところには、避妊リングが貼りつけてある。精子を嚙み殺す小さいサメの歯みたいな白いフックのある弓状のものがくっついてる銅の小さいチューブで、下についてる糸は粘液の連なりみたいに見えた。わたしはその避妊リングを遠まわりして、あいだをくぐりぬけて泳いでいった。お母さんはなぜ体内にサメの歯を入れてたのかとお父さんにきくと、お父さんはこう言った。「〝産めよ、そして増えよ〟、でも、まずは十分な寝室を持ってってな。どうしようもなかったんだ。主はご存じだったが、おまえだけがもうその頃から牛みたいに強情だったんだ」わたしが生まれたあと、お母さんはもう避妊リングをつけなくなった。――子どもたちは主の賜物である――主からの賜物に、いやとは言えない。

わたしは、あとでこっそり自分の誕生日をグーグル検索した。電話のケーブルをぬいて、ピーという きしむような音を立てて繫がるインターネットのケーブルを差しこまないとインターネットは使えなかった。そして、わたしたちはお父さんやお母さんに大切な電話がかかってくる時のために、しばらくのあいだしか使ってはいけなかった。大切な電話がかかってくることなんてなくて、お父さんたちが話すことといえば、だいたいは、新しい農地でまた牛が一頭逃げたってことだけだとしてもだ。二人は、インターネット上のものはぜんぶ邪悪だと思っていたけど、お父さんが時々言うように「われわれはこの世にいるのであり、この世に属しているのではない」のだった。学校の勉強のためにだけ、わたしたちは時々インターネットを使ってよかった。わたしたち改革派の顔を見ればどの村出身かわかるって言われる時、お父さんの言った〈ヨハネの福音書〉からの引用を、どこか疑いながらも。グーグルでわかったのは、その日、外は静かでヤナギの枝までうやうやしく動かずにいたとお父さんは言ってたけど、ほんとは強風の吹きすさぶ日だったということだった。四月のその日、アドルフ・ヒトラーはもう四十六年前に死んでいた。そしてヒトラーとわたしとの唯一のちがいは、わたしが恐れているのはゲロと下痢で、ユダヤ人ではないということだ。わたしがまだ一度もユダヤ人の実物を見たことがなくても。でも、もしかしたら、いまでもどこかの屋根裏に隠れてるかもしれないし、それとも、わたしたちが地下室へ行っちゃいけない理由は、そうだからかもしれない――なんの理由もなく、金曜日の晩にお母さんがスーパーマーケットのショッピングバッグにいっぱいつまった食糧を二袋分、地下室に運ぶわけがない。そこにはウインナーソーセージの缶詰がはいっている。わたしたちはもう絶対食べないのに。

わたしは、ジャケットのポケットからくしゃくしゃになった手紙を取りだす。先生に言われて書いたアンネ・フランクへの手紙。変な課題だとわたしは思った。アンネ・フランクはもう死んでしまっているし、それに、村の郵便ポストには、投函口が二種類しかないって知ってるし。ひとつはその他の地域の郵便番号用で、もうひとつは近くの地域の８０００から８６１７まで用だ。天国はそのどっちでもない。あったら大変なことになる。だって、死んでしまった人たちは生きてる人よりももっと恋しがられるから、天国行きの手紙があふれてしまうだろう。

「これは、共感するということなのよ」と、先生は言った。先生が言うには、わたしはアンネの気持ちになるのはうまくできたけど、自分の考えを思いきりさらけ出すのはいまいちだったって。他人にかまいすぎるということは時々ある。なぜかというと、そのほうが自分の中にこもるより楽だから。椅子を少しベルのほうへ寄せる。中学が始まった最初の週から、わたしたちは隣りどうしに座っている。ベルの麦わら色のブロンドの髪から突きでている大きな耳や、ねんどのお人形が完成する前に乾いちゃったみたいな、少し曲がってついてる口を見たとたん、わたしはベルのことが好きになった。牛たちだって、病気の子はいつもほかの牛よりもかわいくて、急に後ろへけったりせず、おとなしくなでられている。ベルが少しかがんでわたしに小声で言う。「そのユニフォーム、飽きたりしないの？」わたしの目は、アイシャドーペンシルでメイクしたベルの目——上下に描かれたラインは、大きすぎて答えの出せない数直線のカーブみたいに見える——の先に、わたしのジャケットがあるのをたどる。唾が乾いて固まったフードのひもが胸のところにぶらさがっている。風にゆれるひもは、時々へその緒《お》のようにわたしの首に巻きつく。

わたしは首をふった。

「校庭で話してるよ」

「なにを？」

そのあいだに、わたしは机の引き出しを少しだけ開けた。引き出しがついてるのはわたしの机だけだ。もともとは、すぐ隣りにある小学校の机だった。ホイルに包まれたいくつかのパッケージの眺めはわたしを安心させた。ミルクビスケットの集団墓地だ。わたしのお腹がグルグル鳴った。そのうちのいくつかはもう柔らかくなっていた。まるでだれかが口に入れてそれからまた銀色の包み紙に吐き出したみたいに。食べた物は腸に入って、腸はうんちを作った。ここのトイレはすべて、便器の内部にお皿状になってる部分があるタイプだった。わたしのうんちは白いお皿に盛りつけられて出されるだろう。でもそんなのはごめんだから、うんちはがまんしておかないといけなかった。「おっぱいが大きくならないから、だからいつもジャケットを着てるんだってみんな言ってる。それに一度も洗わないから、牛のにおいがするって」

ベルはノートに表題を書いて、そのあとに万年筆でピリオドをうった。ほんのちょっとだけ、わたしはその青いピリオドになりたいと思った。そうしたら、わたしのあとにはなにも来ないから。なんのリストも考えも願いもない。ただ、まるっきりなんにもない。

ベルは待ち構えるようにわたしを見た。「あんたって、自分の中に隠れちゃってて、アンネ・フランクそっくりね」わたしはカバンから取り出したえんぴつ削りにえんぴつを差しこんで、先がとがるまでまわした。そして、二度、芯が折れるにまかせた。

マティースのだったマットレスの上で寝返りをうって、腹ばいになる。何週間か前からわたしはマティースのいた屋根裏部屋で寝ている。もとの部屋はハンナのになっている。時々、ヤンチェはお父さんはもうヤンチェの話をしないし、いないとばかり言うから。だって、あれから屋根裏があまりに怖くてまだわたしのもとの部屋にいるんじゃないかなと思う。マッティースの体のくぼみが残っている。これは、死の型だ。どんなに向きを変えようが押さえつけようが、くぼみはくぼみであり続ける。わたしはそこになんとかはまらないようにしている。

わたしはぬいぐるみのクマを探してるけど、どこにも見当たらない。足もとにも、ふとんの下にも、ベッドの下にも。とたんに、頭の中でお母さんの声がする。「気持ち悪い」突然わたしの部屋に入って来てようすを見ていたお母さんは、そう言った。悪いを強調して。ちょっと吐いちゃうみたいに発音する醜い言葉だ。お母さんはそう言ってから、鼻をツンと突き出して、もう一度、区切って言った。「き・も・ち・わ・る・い」とたんに、クマがどこにあるかがわかった。ベッドからすべり降りて、部屋の窓から庭を見おろすと、思ったとおり、クマが洗濯ひもに吊るされている。それぞれの耳に二本の赤い木の洗濯ばさみがついている。ぬいぐるみのクマは風であちこち行ったり来たりして激しく揺れて、わたしがクマの上に乗ってしていたのとちょうど同じ動きをしている。だから、お母さんはきのう、さくらんぼの木からカラスを追いはらう時みたいに、手を三回たたいた。お母さんは、わたしがぬいぐるみのクマのふわふわしたお尻に自分の股を押しつけているのを見た。屋根裏のここで眠るようになってから、わたしはこれをしている。目を閉じて動いているあいだ、まず一日の出来事を復習して、みんながわたしに言ったことをくり返し、そのあとにようやく、とてもほしかったフィリップスのディスクマンのことを考えたり、おたがいにくっついてセックスする二匹のカタツムリのこと、それをオブがドライバーで引きはがしたこと、ディウヴェルチェ・ブロックのこと、わたし自身のことを考える。おしっこに行きたくなるまでずっと。「偶像っていうのはね、神さまのところへ行く前に逃げこむ場所なんだよ」少しあと、わたしがアニス入りのホットミルクを飲むのに下へ行った時に、お母さんが言った。それでお母さんはこうして罰として、クマを洗濯して干した。ソックスを履いた足で、わたしはそっと下へおりて、玄関ホールをすりぬけて裏庭へ、なま暖かい晩の空気の中に足を踏み入れる。裏の敷地にはまだ作業灯が点いていて、お父さんとお母さんが寝る前に仔牛たちにミルクをやっている。わたしが忘れてはならない分量計算は、こうだ。二リットルの水に対して計量スコップ一杯分のプロテインパウダー。そうして仔牛たちはたんぱく質を余分に与えられる。飲んだあとの仔牛たちの鼻は、バニラの香りがする。牛乳貯蔵タンクのズイーンという音、牛たちの飲み水コンテナがカタンカタンと鳴る音が聞こえる。ドアの横に置いてあったお母さんの木靴をすばやく履いて、草の上を洗濯干しのひもまで全力で走り、クマの耳から洗濯ばさみをはずして胸にぎゅっと強く押しつけ、まるでそれが夜中に暗い湖からわたしが引き上げたマティースみたいに、ゆらゆらとやさしく揺らす。クマは濡れて重たくなっている。少なくとも、乾くのに一晩、洗剤の香りがしなくなるのに一週間はかかるだろう。右目には水が入りこんでいた。芝生の上を歩いてもどる時、お父さんとお母さんの声が大きくなる。どうもけんかをしてるみたいに聞こえる。わたしはけんかに耐えられない。オブが、言い返されるのに耐えられないのと同じだ。オブはそんな時、両耳を手でふさいで鼻歌を歌う。暗い中で目立ちたくないので、わたしはジャケットの胸の発光する星の上に片手を当て、片手でクマをしっかりかかえてウサギ小屋の裏に隠れる。ウサギたちのアンモニア臭が木の裂け目からむわっと漂っている。オブは魚釣りに使うのに太ったウジを堆肥から何匹かとっていた。オブが釣り針にその小さい体を刺そうとした時、わたしはすばやく別のほうへ目をそらせた。ここからはなにがけんかの原因なのかが聞こえ、お母さんが肥溜めの横にピッチフォークを持って立っているのが見える。

「あんたが子どもを堕《お》ろせって言わなかったら……」

「おい、今度はおれのせいだっていうのか」とお父さんが言う。

「それで神さまは長男を取り上げてしまわれたんだ」

「まだ、結婚してなかったじゃないか……」

「これは十の災い（古代エジプトで奴隷化していたイスラエルの民を救うため、神がエジプトにもたらしたとされる十種類の災害。その十番目は、長子の大虐殺である。聖書〈出エジプト記〉に記されている）だ、きっとそうなんだ」

ウサギ小屋に裂け目が増えるみたいに、お母さんの声もたくさん聞こえてくるように思える。わたしは息を止めた。ジャケットは濡れたクマを胸に押しつけているせいで湿っている。クマは頭をだらりと前へ垂らしている。ふと、ヒトラーは自分がしようとしてることを、混乱を巻き起こそうとしてることを母親に話しただろうかと思う。ウサギのディウヴェルチェを生かしてくださいと祈ったことを、わたしはだれにも話さなかった。十の災いはわたしのせいで起きたのかな？

「おれたちはいま持っているものでやっていかなくちゃならないんだ」と、お父さんが言った。

作業ランプの光に照らされたお父さんの姿が見える。肩がいつもよりも上がっている。まるでわたしたちが大きくなったからってコートかけをもっと高くしたみたい。お父さんの肩もそんな風に数センチ上がっている。お母さんが笑う。いつものお母さんの笑いじゃなく、おもしろいからじゃない笑いだ。ややこしい。でも、大人たちってややこしいことが多い。頭がテトリスやってるみたいだから、心配事がどれもきちんとした場所に着地しなくちゃいけないから。もしそれがあまりにも多すぎると、積み重なっていって、ぜんぶがフリーズする。ゲーム終了《オーバー》だ。

「飼料サイロから飛び降りてしまいたい」

刺すようなお腹の痛みがまた強まる。わたしのお腹は、おばあちゃんが針をなくさないように刺すピンクッションになったみたいだ。

「子どものことはだれにも言うんじゃない。みんながなんて思うか。神さまだけがご存じだ。そして、神さまは千回でも赦してくださる」とお父さんが言う。

「数えているかぎりはね」お母さんはそう言うと、くるりと向きを変える。お母さんは、物置きの壁に立てかけてある堆肥用フォークとほとんど同じくらいか細い。ようやく、お母さんがなぜちっとも食べなくなったのかがわかる。オブがカエルの大移動の時に教えてくれたけど、ヒキガエルは冬眠のあと、交尾の前ではなく、交尾がすんでからはじめてエサを食べる。お父さんとお母さんはもう触れ合うこともしない。ほんの一瞬でさえも。きっともう、交尾もしないってことだ。

自分の部屋にもどると、わたしは学習机の下のバケツの中のヒキガエルたちを見る。まだ重なっていない。サラダ菜も手つかずで底にそのままになっている。

「あしたは交尾するんだよ」わたしは言う。時には、はっきりと、ルールを決めておかなくちゃいけない。そうじゃないと、だれもが通り過ぎていく。

それから、クローゼットの横の鏡の前に立って、髪をブラシで顔のラインにそってとかす。ヒトラーは、顔をかすめた銃弾の傷を隠すためにこうやって髪をとかした。髪をとかすとわたしはベッドに横になる。地球儀の光の中、わたしの頭の上の屋根裏の柱にロープが見える。そこにはいまも、ぶらんこもウサギもぶらさがっていない。ロープの先に輪がある。ウサギの首がちょうど入る大きさだ。お母さんの首はこの三倍の太さだし、高所恐怖症だと考えることで、わたしは自分を安心させようとする。

四

「怒ってるの？」

「いいえ」と、お母さんが言う。

「悲しいの？」

「いいえ」

「嬉しいの？」

「ふつう」お母さんは言う。「ふつうだって」

――ちがうよ――と、わたしは心の中で思う。お母さんはぜんぜんふつうなんかじゃない。いま作ってるオムレツだって、ぜんぜんふつうなんかじゃない。卵のからのかけらが入っちゃってるし、フライパンの底にくっついちゃってるし、卵の白身だって黄身だって乾いちゃってる。バターをしいてないし、塩こしょうするのもまた忘れてる。お母さんの目も、ここ最近ますます落ちくぼんで、まるで古くなって空気のぬけたわたしのサッカーボールがだんだん牛舎の隣りの肥溜めに沈んでいくみたいだ。わたしがキッチンカウンターの上にある卵のからをゴミ箱に投げ入れると、ゴミのあいだにわたしの砕けた牛の貯金箱の破片があるのが見えた。つの以外は無傷の頭を引きあげて、わたしはそれをすばやくジャケットのポケットの中に入れる。そしてシンクから黄色い食器洗い用の布をつかんで、割れた卵のぬるっとしたあとをふきとる。体の中をぞくっと震えが突きぬける。わたしは乾ききった食器洗い用の布がきらいだ。乾いてもまだばい菌がいっぱいついているのよりは、濡れているほうがまだ汚くないような気がする。蛇口の下で布をすすいで、またお母さんの隣りに立つ。お母さんがフライパンをカウンターの上に並べたお皿へ持っていく時、偶然にわたしに触れるといいなと思ってなんとなく近寄っていく。ほんのちょっとのあいだでも。肌には肌を。空腹には空腹を。お父さんは朝食の前に、お母さんをバスルームの体重計に乗せた。でないと、お母さんと一緒に教会へいかないと。ただの脅し文句だったけど。お父さんが出席しない礼拝なんて、わたしにはほとんど想像できなかった。お父さんがいなかったら神さまはどうなっちゃうんだろう？とも考えた。自分の言葉を実行に移すため、お父さんは朝食が終わったとたん、靴みがきの順番待ちの列に並べるよりも前に、さっそく日曜日の教会用の靴を履いた。お母さんはこう言ってたことがある。「つま先をピカピカに磨いた靴じゃなきゃ、主の前には出られないんだよ」〈祈禱日〉のきょうは、村じゅうの農家の大切な日だからなおさらだ。年に二回、収穫の季節の前と後に、改革派のわたしたちは、畑や、花を咲かせたり成長させたりする作物への感謝を捧げ、祈るために集まる。お母さんがますます痩せ細っていくあいだでさえも。

「仔牛一頭半にもならない」お母さんがようやく体重計に乗った時、お父さんが言った。体重計の針の上に、お父さんは体を曲げて覆いかぶさっていた。オブとわたしは開いたドアのところに立って、顔を見合わせた。わたしたちはどちらも、体重の軽すぎる雌の仔牛がどうなるかを知っていた。食肉工場へ送るには痩せすぎていて、太らせるにはお金がかかる。だから、結局は安楽死させることになる。お父さんが体重計の上のお母さんを長く立たせておくほど、測定針はカタツムリのようにゆっくりともどっていき、お母さんはますます無口になって縮んでいくように見えた。まるで、一年の収穫がまるごとぜんぶ、目の前でしおれていき、もうどうしようもないみたいな。お父さんがもうやめてくれるよう、わたしは体重計の上にパンケーキの粉と粗糖の袋を乗せたくてしかたがなかった。それにお父さんは言ってた。一頭の仔牛はだいたい千五百人の人間を食べさせることができると。わたしたちがお母さんを骨だけ残してすっかり食べちゃうまでだって、やっぱり長くかかるだろう。わたしたちがみんなでお母さんを見ていることで、お母さんは逆に食べなくなった。わたしのウサギのディウヴェルチェも、わたしが近くにいないとわかるとようやく、小屋の格子のあいだに挟んであるニンジンをかじった。しばらくしてお父さんが体重計をまた洗面台の下にしまった時、わたしは急いでそこから電池を取り出した。

オムレツをお皿に取り分ける時、お母さんは一度もわたしに触れない。偶然にでも。わたしは後ろへ一歩、また一歩と下がる。悲しみは背骨に溜まっていき、お母さんの背中はますます曲がっていく。今回は、お皿が二枚欠けている。マティースのとお母さんのだ。お母さんは、形だけは自分用にサンドイッチを作って、テーブルの反対側のお父さんと向き合って座りはするけど、もうわたしたちと一緒に食事をしない。わたしたちがフォークで食べ物を口に運ぶのをアルゴス（百の目を持つ巨人。ギリシア神話に登場する）みたいな目をして見ているだけだ。一瞬、目の前に死んだ赤ん坊の姿、それから、わたしたちが泊まりに行くと、おばあちゃんが首がくすぐったくなる馬用の毛布にわたしたちをすっぽり包《くる》んで話してくれた〈大きな怖いオオカミ〉が浮かぶ。〈大きな怖いオオカミ〉は、ある日、七匹の子ヤギを救うためにお腹を切り裂かれて、代わりに石ころを入れられてまた縫い合わされた。お母さんのお腹の中にもきっと石を入れられたんだろうとわたしは考える。だから、お母さんは時々あんなに硬くて冷たいんだ。

　わたしはパンをひと口食べる。食事中お父さんが、ケージの中ではなく踏み板の上で寝る癖のある牛について、それは乳房によくないという話をする。お父さんがオムレツを一切れ持ちあげる。

「塩が入ってない」と、顔をしかめてお父さんが言い、同時にコーヒーをひと口飲む。卵に塩はついてないけど、コーヒーはついてる。

「それに、底が焦げてる」オブが言う。

「からが入ってる」と、ハンナが言う。

　三人ともみんな、突然立ち上がったお母さんのほうを見る。お母さんはクミンチーズのサンドイッチをゴミ箱に投げ捨てて、お皿をシンクに置く。お母さんははじめからサンドイッチを食べる気はなくてわたしたちにそれを考えさせたいんだ。お母さんが痩せてしまった理由はわたしたちにあるってことを。お母さんはだれのことも見ない。まるでわたしたちはお母さんのサンドイッチのパンの耳だっていうみたいに。お母さんはパンの耳をいつもきっちり切って自分のお皿の隣りによけておく。わたしたちを減点するのに使う点数棒みたいに。わたしたちに背をむけてお母さんは言う。

「ほらね、みんないつもお父さんの味方なんだから」

「ただ、まずい卵だってるってことだ」と、お父さんが言う。声が低くなってる。そういう時のお父さんは違う意見を待ってるってことだ。もし反対意見がなんにも出てこない時にでも、お父さんはだれかがちがう意見を持つようにしむける。お父さんはオムレツを一切れまじまじと見ながら、においを嗅ぐ。緊張して、わたしは小指を鼻の穴の中に入れて鼻くそをほじくり出す。そしてその黄色っぽい塊をしばらく見て、それから口に入れる。鼻くそのしょっぱい味でわたしは落ち着く。もう一度小指を持ちあげようとすると、わたしの手首をお父さんが引っぱる。「祈禱日だからって、収穫するのはまだ早い」わたしはさっと腕を引きおろして、口の中で舌を思い切り上あごのほうにひっこめて同時に鼻を吸いこむ。うまくいった。鼻水が口に溜まって飲みこめた。お母さんがふりむく。疲れたようすをしている。

「わたしは悪い母親だよ」と、お母さんが言う。

お母さんの視線は、キッチンのテーブルの上の電球から離れない。ランプシェードをつける時がきた。花柄のかそうじゃないのかを。お母さんを元気づけてあげなくちゃ。その話を始めると、お母さんは、もうそんなこととしてもしかたないし、わたしはもう年だし、ランプシェードだの家具だのわたしたちの死後に分けるとしたらあんたたちの仕事が増えるだけだし、〈最後の審判〉のことを考えれば、ランプシェードなんてものはお金を使いたくないほかのいろんなものと同じだと言う。わたしはお皿を手に、さっとお母さんの隣りに立つ。学校でサッカーをする時だって、それぞれのポジションに分かれる。だれかがキャプテンに、フォワードに、ディフェンダーにならなくちゃいけない。わたしはひと口には大きすぎるくらいの卵を口の中に詰めこむ。

「完璧な卵だよ」わたしは言う。「しょっぱすぎず、味がしないってこともなく」

「そう」ハンナが言う。「それに、卵のからにはカルシウムが入ってるんだし」

「ほら、聞いたか、奥さん」と、お父さんが言う。「それほど悪い母親じゃないんだ」

お父さんはちょっとクスっと笑ってから、持ってたナイフを舌にそってすべらせた。赤黒くて、裏側に一本青い線がはいってる。繁殖期のアカガエルみたい。お父さんはパンかごからミューズリー（朝食用のシリアルの一種）つきのパンを取って、いろんな方向からそれをじっくり眺める。わたしたちは、毎週水曜日の通学前に村のパン屋さんへパンを引き取りにいく。ぜんぶ、賞味期限が切れていて、ほんとうはニワトリにやるためのだけど、でも、そのほとんどはわたしたちが食べる。お父さんは言う。「ニワトリが病気にならなければ、おまえたちだってならない」それでも、時々わたしは心配になる。わたしの中にカビが生えたら、お父さんが大きなナイフでカビを切り落としたあと配ってくれるあのハーブ入りのパンみたいにある日わたしの肌が青と白になっちゃったら、しまいにはわたしがニワトリのエサになるしかない人間になっちゃったらと。

だけど、あとはちゃんとおいしいパンで、パン屋さんへ行くのは週のうちの一番楽しみなお出かけだった。お父さんは得意げに戦利品を見せる。レーズン入りでアイシングのかかったコーヒーブローチェ、卵パン、サワードウ、スペキュラースクッキー、ドーナッツ。お母さんはいつも、脂肪分が多すぎると思っててもクロワッサンを摘まみあげる。シックだからって。それをわたしたちも食べると安心する。残りはニワトリたちのエサになる。そういう時、わたしたちは少しのあいだ幸せなんだとわたしは思う。もしもお父さんが、それはわたしたちのためではない、わたしたちは幸せになるために作られたのではないと言ったとしても。まるで、わたしたちの白い肌が十分以上は日に当たっていられなくて、そのうちまた日かげに、暗がりに入りたいと思うのと同じように。今回、わたしたちはパンをいつもよりも多く別の袋に入れて余分に持っていた。きっと、地下室のユダヤ人たちのためにちがいない。もしかしたらお母さんは、その人たちのためにはちゃんとしたオムレツを作ったり、わたしたちを抱きしめるのを忘れたかわりに、その人たちをぎゅっと抱きしめたりするのだろう。わたしが時々、隣りのリーンおばさんの猫をぎゅっと強く抱きしめて、お腹に押しつけた毛の中のあばら骨や、心臓に押しつけたちっちゃな心臓の鼓動を感じる時みたいに。

堤防のところにある改革派の教会で、わたしたちはいつも一番前の席に座る。朝でも晩でも、時には午後の子どもも礼拝の時にも。そうすれば、みんなにわたしたちが入ってくるのが見えるし、家族を失っても〈主の家〉にやっぱりふつうにやってきて、いろいろあってもやっぱり信じているとわかるから。わたしは、神さまと約束するのに、信じるに足りるいい神さまだと自分が思っているかどうか、ますますあやしくなってきてるけど。そう考えていてわかったのは、信仰を失う場合っていうのには二とおりあるということだ。自分自身を見いだして神さまを失うか、自分自身を失って神さまを失うか。わたしの場合は二番目だと思う。わたしの日曜日用の服は、どこも窮屈だ。まだわたしの古いバージョンに合わせたままみたいに。教会に三度行くことをおばあちゃんは靴のひもにたとえる。一度目はこま結び、二度目はリボン結び、最後は二重結びにするんだと。そうしてしっかりほどけないようにして、三度目のあとでも、ちゃんと教えを忘れないようにするんだと。そうして火曜日の晩には、オブと小学校の同級生だった何人かとわたしで、レンケマ牧師のところへ信仰告白の準備で教理問答《カテキズム》に行かなくてはならない。そこでは、牧師さんの奥さんがオレンジレモネードとフリースラントのジンジャーパウンドケーキを一切れふるまってくれる。わたしは喜んで行くけど、それは神さまの御言葉というよりもパウンドケーキが目当てだ。

礼拝の時、ひそかに一番後ろの列のお年寄りが――お年寄りたちはみんな、一番はじめに家に帰り着けるようにと一番後ろの席に座る――倒れたり気分が悪くなったりすればいいのにと思うことが多くなっている。それは定期的に起きるんだけど、すると、讃美歌集が勢いよく閉じるみたいにお年寄りがバタンと大きな音を立てるのが聞こえる。そして、だれかを運び出さなくてはならないとなると、教会じゅうに混乱の波が起こる。聖書の言葉ぜんぶよりもみんなを団結させる混乱。わたしの中にもますますよく起きているのと同じ波だ。ただ、わたしはここではひとりじゃない。わたしたちは半分ふり向いて、倒れたお年寄りが陽のほうへ消えていくのを見届けると、ようやくまた讃美歌を一緒に歌い出す。わたしのおばあちゃんも年寄りだけど、まだ一度も教会の外へかつぎ出されたことはない。説教のあいだ、わたしはおばあちゃんが倒れて、わたしが英雄《ヒーロー》みたいにおばあちゃんを運び出すことになり、みんながいっせいに顔を向けてわたしを見るところを想像する。でもおばあちゃんは若い雌牛みたいにまだぴんぴんしてる。神さまは太陽みたいだとおばあちゃんは言う。いつもそばにいる。どんなに自転車で必死に遠くへ逃げていっても。いつも一緒に旅をする。おばあちゃんが正しいことはわかる。わたしはいつか先まわりしたりかくれんぼしたりして、太陽を失くそうとしたことがある。でも、太陽はいつもわたしの後ろや目の隅に見えていた。

教会のベンチの隣りに座っているオブを見る。オブは讃美歌の本を閉じている。そのページの薄い紙がお母さんの皮膚みたいに思えてしかたがない。まるで、わたしたちが讃美歌一曲ごとにお母さんをめくって、忘れるみたいな。オブは手の内側の水ぶくれをほじっている。もうすぐ夏が来るから、どの牛舎の汚物もすっかり掃除しなくてはいけない。冬にはまたぴかぴかになってるように。わたしたちがその時々の季節の中で過ごすことはない。いつもこれから来る季節の準備に忙しくしている。

時間が経てば、傷口の柔らかい皮はこちこちに硬くなって、親指と人差し指でむける。わたしたちはつねに新しくなる。ただ、お父さんとお母さんはもう新しくならない。まるで〈旧約聖書〉みたいに、言葉も、しぐさも、生活パターンも作法も、くり返すだけだ。あとに続くわたしたちが二人からどんどん遠ざかっていくとしても。牧師さんが、畑や作物に祈るため、わたしたちに目をつぶるようにと言う。わたしはお父さんとお母さんのために祈る。お母さんが頑固な頭からサイロを追い出しますように、わたしの部屋のほこりを払う時、屋根裏の柱にかかったロープに気づきませんように。わたしは、いまではもう、学習帳にまるい輪を描くたびに、お母さんのことを考える。パンの袋の結び目を見る時にも。もうラスクの缶の上にクリップが置いてないから。わたしは、お父さんがクリップをわざとつなぎの作業着のポケットに入れてるんじゃないかと疑ってる。そして時々、マットレスに腹ばいになってクマの上になって動く時、だから、わたしは空想する――。キッチンに小さな器具がある。市場の〈ストゥーピェ〉の屋台にもある、パン用のポリ袋をあいだに通すと赤いテープがくるんと巻きつくああいうやつ。それなら、わたしたちがクリップをなくしても、もうどうってことはない。もうお母さんも悲しくならない。

わたしは上下のまつ毛のあいだからお父さんを盗み見る。お父さんの頬は濡れている。もしかしたら、わたしたちは作物のためじゃなくて、村じゅうの子どもたちの収穫のために祈ってるのかもしれない。大きく、強くなるようにと。そして、お父さんが自分の畑に目を配っていないことに気づきますように。水中に沈んでしまった子さえいたのだということに。食べものや着るもののほかに、わたしたちには気にしてもらうことが必要だ。お父さんとお母さんはますますそれを忘れてるように見える。わたしはまた目を閉じて学習机の下のヒキガエルたちのために祈る。繁殖期のために、そしてそれがお父さんとお母さんにもうつりますようにと。地下室のユダヤ人たちのために、コーンフレークやホットドッグのソーセージがその人たちにはよくて、わたしはダメなんて公平じゃないと思っていても。ペパーミントのロールでわき腹をつっつかれるのに気づいて、ようやくわたしは目を開けた。

「ずっと祈ってるやつには、罪がいっぱいあるんだぜ」とオブがささやく。

五

　オブのおでこの横っちょは青くて、パンに生えたカビみたいに見える。オブは数分おきに頭のてっぺんをちょっとさわって、三本の指でそのあたりの髪をなでつける。お母さんが言うには、わたしたち兄妹はみんなやっかいな頭蓋骨をしているんだって。それは、わたしたちの頭皮にかかる圧力が足りないからだと思う――お父さんは、だいぶ前からわたしたちの頭の上に手を置かなくなっている。頭のてっぺんっていうのは、わたしたちの成長がそこから始まって、離れている頭蓋骨の各部分が合わさる場所なのに、お父さんは自分のつなぎの作業着のポケットに両手をつっこんだままだ。たぶん、だからオブは、そこをちょっとさわっては自分の存在をくり返し確認してるんだろう。

　お父さんとお母さんは、わたしたちのチック症に気づいていない。決まりが少なければ少ないほど、わたしたちが自分たちでどんどん勝手にいろんなことを考え出すということがわかっていない。オブは、だから兄妹三人で集まらないとと思った。それで、礼拝のあと、わたしたちはオブの部屋に行った。わたしはハンナと一緒にオブのベッドに座り、ハンナはけだるそうにわたしに寄りかかっている。ハンナの首をやさしくくすぐるわたし。ハンナはお父さんの心配事のにおいがする。お父さんのタバコの煙がハンナのカーディガンにしみついているからだ。オブのベッドフレームの頭の先についてる板には小さいひびが何本か入っている。それはオブが毎晩ゴツンとぶつかったり、枕をあちこちに動かしたりするからで、オブはそうして単調な音を立てる。わたしは、壁ごしになんの歌か当ててみようとしたりする。それは時には歌で、たいていはうなってるようなやつで。オブのは詩篇歌じゃないからいい。そうだったら沈んだ気分になる。ゴツンという音を聞くと、わたしはオブの部屋に言いに行く。静かにしなきゃダメだよ、でないと、ベッドで目を覚ましたお母さんが、キャンプの時どうやってテントで寝るんだろうって心配するよと。キャンプへ行くことなんてないだろうけどね。そうすればしばらくはおさまるけど、数分経てばまた始まる。時おり、板じゃなくてオブの頭にひびが入ったらどうしようと心配になる。そしたら、オブにやすりをかけてニスを塗りなおさなくちゃいけない。ハンナも頭をぶつける。ハンナはだからわたしのベッドで寝ることがますます増えている。するとわたしは、ハンナが眠るまで頭を抱いていてやる。

下で、お母さんが応接間に掃除機をかけているのが聞こえる。わたしはあの音が大きらいだ。お母さんは一日に三度、掃除機をかける。パンくずとかが落ちてなくても、わたしたちが床のカーペットに落ちてるパンくずをつまみあげて、手のひらにのせたのを戸口の外まで運んで、砂利のあいだに放り投げてもだ。

「お父さんたちは、いまでもキスするのかな?」ハンナがきく。

「もしかしたら、ディープキスとかしてるかもな」オブが言う。

ハンナとわたしはくすくす笑う。舌とか聞くと、わたしはいつもあのぬめっとした赤紫の、お母さんがシナモンやクロスグリのジュース、クローブ、お砂糖で煮て、いろんな味が一体になってる洋梨を思い浮かべる。

「すっ裸で重なって寝てるとかさ」

オブはベッドのわきにあるケージからハムスターを引き出した。ハムスターは少し前から〈ティーシェ〉と呼ばれている。デザートドワーフハムスターだ。ティーシェのまわし車は、固まってこびりついたおしっこみたいな黄色で、あたり一面にヒマワリの種のからが散らばっている。巣から出すには、まず、おがくずを指でガサゴソ動かさないといけない。そうでないと、びっくりして噛みつくことがある。わたしにも、こういう風にそっと近づいてほしいものだ。というのは、毎朝、マティースのつけたくぼみにはまって寝ているわたしは乱暴にたたき起こされて、お父さんはかけぶとんをはぎ取るとこう言うからだ。「牛の時間だ。はらぺこだよってモウモウ鳴いてるぞ」くぼみから出るのは、入るのよりも難しい。

ハムスターはオブの腕の上を歩く。両方の頬袋はまるくふくらんで、食べ物でいっぱいだ。わたしはすぐに、お母さんのことを考える。いや、お母さんのは反対にくぼんでいる。お母さんはあとで晩になってからゆっくり味わって食べるために、頰っぺたに食べ物をとっておくことはできない。だけど、わたしはきのう、食事の時間のあと、お母さんがパックのヨーグルトをなめていたのを見つけた。パックの箱の折り目を開いて破き、わきのほうにちょっとだけ、ブラックベリージャムを塗りつけて。お母さんの指が何度も口に吸いこまれていく音が聞こえた。かすかなプチュッ、そして唾液。ハムスターは週に一度、わたしたちが牛舎の藁の中から見つけたコガネムシかハサミムシを食べる。でもハムスターもそれだけでは生きていけない。お母さんもまた食べるようにならなくてはいけない。

「ティーシェ？　それはマティースの短縮形だね」と、わたしは言う。

オブがわたしをわきから強く押し、わたしはオブのベッドから落ちて、ひじ骨を打ってしまう。軽い電気ショックがビビっと体じゅうにつきぬけて痛いけど、泣くのをこらえる。それに、マティースのことでは泣けずに自分のことでは泣くなんて、おかしいだろう。それでも、涙をこらえるのに苦労する。もしかしたら、わたしはお母さんのディナーセットの食器みたいにもろくなってるのかもしれない。そして、しまいには、学校に行くのに自分を新聞紙に包まないといけないかもしれない。――シッカリ――自分にささやく。シッカリシナケレバナラナイ。

突然、オブはまたやさしいふりをして、おだやかな声を出す。そしてさっと頭のてっぺんをさわる。それからわざとらしく陽気に、そういうつもりじゃないんだと言う。それじゃどういうつもりなのかわたしにはわからないけど、そこをつっこむのは利口じゃない。ディナーセットだって、食器洗い機につっこんではいけなくて、そんなことするときれいな飾りがはがれちゃう。ハンナは心配そうにドアのほうを見ている。お父さんは、兄妹げんかしてるのを聞きつけると時々激怒して、家じゅうを追いかけまわす。片足とびしてるように見えるけど、それは悪いほうの足が使えないからだ。もし捕まると、お父さんはお尻にけりを入れるか、頭の後ろを平手ではたく。一番いいのは、キッチンのテーブルのほうへ逃げることだ。何周かすると、お父さんはあきらめる。すると、お父さんの脳に酸素が入っていく。オブが捕まえたちょうちょを入れてるクッキーの箱に開けた穴から酸素が入っていくのに似てる。オブは、学習机の引き出しの中に箱を隠している。静かになると、プラスチックのふたにちょうちょの翅が当たる音がする。ある種類のちょうちょの寿命についての、学校の大事な調査のためなんだとオブは教えてくれた。お父さんも悪いほうの足を隠している。お父さんは絶対に短いズボンを履かない。うだるほどの暑さでもだ。お父さんの足は、ダブルバーのアイスキャンディだと想像することがある。ある日、わたしたちがそれを一本ずつに割って悪いほうのを捨てるか、牛舎の檻の裏のひなたに置いて溶かすところを。

「泣かないなら、すごいもん見せてやる」とオブが言う。

わたしは深呼吸すると、ジャケットの袖をこぶしが隠れるくらいまで引っぱりだす。縁《へり》のところがほつれはじめている。ジャケットがだんだん短くなって、わたしがまる見えにならないといいけど。裏庭の蛹《さなぎ》だって、羽化する前に爪でこじ開けるのはよくない。そんなことをすると、できそこないのちょうちょが出てくるかもしれない。そういうちょうちょはきっとオブの調査に使えない。

泣かないって、わたしはうなずいて合図する。シッカリするのは、涙をこらえるところから始まる。

オブは、ティーシェをパジャマの襟のところから中へ入れて、ハムスターがお腹のところに来るとボクサーパンツのウェストのゴムを持ちあげる。オブのおちんちんと、そのまわりにお父さんのきざみタバコみたいな黒いもしゃもしゃが見えた。ハンナがまたクスクス笑いはじめる。

「オブのおちんちん変なことになってる。まっすぐ立ってるよ」

オブは誇らしげににやっとする。ハムスターはおちんちんにそって下のほうに移動している。嚙んだり、前足で掘ったりしたらどうするんだろう？

「これを引っぱったら、白いもんが出てくるんだ」

そんなの痛そう。わたしはひじ骨のことなんてもう忘れてしまい、ちょっとオブのおちんちんにさわって、ティーシェの毛にするみたいになでたくなる。ただ、どんな感触なのか、どんなものでできてるのか、動かせるのかどうかとか、知るために。たぶん、やさしく引っぱるんだろうな。牛のしっぽを引っぱると、牛はただふり返って見るだけだけど、ただ、ずっとやってると後ろげりされる。

オブは青地に白いストライプの入ったボクサーパンツのゴムを手から離す。もこもこのふくらみが移動して海の波みたいに見える。

「そのうちティーシェが窒息するんじゃないの？」とハンナが言う。

「おれのちんこは窒息なんかしねえけどな」オブが言う。

「たしかに」

「おしっこくさくはならないの？」

オブは首をふる。わたしはもうこれ以上おちんちんが見られないのを残念に思った。お腹の中にムズムズ虫がうじゃうじゃ湧いてくるのがわかる。そんなの、ほとんどありえないのに。というのは、あのクマのことがあってからというもの、毎晩お母さんはリコリス味のシロップみたいな液体をスプーンに山盛り一杯わたしに飲ませるからだ。そのビンのラベルには〈腹の虫駆除用〉と書かれている。お母さんには、ヤンチェとディウヴェルチェ・ブロックのことを思い浮かべたことは言わなかった。ディウヴェルチェのことは特に。言ったらきっと、お父さんとけんかになる。だって、お母さんは作り話が好きじゃないから。それは、作り話の中では苦しいことが省略されることが多いからで、お母さんは苦しいことだってそこに当然あるはずだと思っている。苦しいことから逃れようとすると罪深く感じるからって、お母さんは一日たりとも休むことができない。苦しむ者は、自分の罪を背負うものだから。罰としての宿題がどっさり入ってる通学用のリュックサックみたいに。

オブが足を揺さぶると、ティーシェがかけぶとんの上にころがり出る。黒くて小さい目は、マッチの先に似ている。背中には黒いしまがあって、右耳は折れている。何度ピンと立てても、またくるんともどってしまう。ハンナはまた、わたしに寄りかかって寝そべり、オブはベッドサイドチェストの上にあるにごった水の入ったグラスを手に取る。グラスの横には、ゲーム用のまるいチップが積んである。チップは砂だらけだ。小学校ではみんな、オブのことを〈チップ王〉と呼んでいた。オブはだれにも負けなかった。いかさまプレーヤーにさえも。

「いいもん見せてやるって言ったよな？」

「さっきのじゃなくて？」口が急に乾いた感じになり、なかなか唾が飲みこめない。わたしはオブが言ってた白いものをまだ思い浮かべている。バースデーパーティーの時、スタッフドエッグを作るのに使う、しぼり出し袋に入ってるドロッとしたやつみたいなのかな？　お母さんは、詰め物入りのしぼり出し袋を地下室に置いておく。でないと、家じゅうがにおうからと。バジルの緑が混じった黄色っぽいやつを指でほじくり出してつまみ食いしないのは、ユダヤ人たちにはきっと難しいにちがいない。わたしがこっそりしたことがあるみたいに。白身は残した。詰め物がなければどうしようもない。まだマティースがいた頃には、お母さんはこう言ってた。「また、エッグモンスターたちが荒らしていった」そしてにっこり笑って、念のためにとっておいた二つ目のしぼり出し袋を冷蔵庫から取り出した。いまではもう、誕生日のお祝いはしなくなり、お母さんもスタッフドエッグを作らなくなった。

「いいや、ちがう」オブは言う。「これからだ」

オブはティーシェをグラスの水に落として、その上に手をやり、それからあっちこっちにゆっくりと揺らしはじめた。笑っちゃう。おかしい。計算問題になるものにはすべて、ほっと安心する答えがある。ハムスターが息をしなくてはならなくなるまで、一分とみた。ハムスターはグラスの片側から片側へとどんどん動きを速めていき、目をむいて、足を激しくばたつかせる。グレーの気泡のように水面に浮きあがったままになるまで、たった数秒。だれもなにも言わない。わたしたちにはただ、ちょうちょがパタパタする翅音《はおと》だけが聞こえている。そして、ハンナが泣きだす。号泣。すぐに階段を上がってくる足音がする。オブはあわてふためいて、グラスをレゴのお城の裏にさっと隠す。そこは、敵との停戦地帯となっている。

「どうしたんだ？」お父さんはドアを押し開け、いらいらしてあたりを見まわす。わたしの頬は赤くなる。ハンナはグレーの毛布にくるまっている。

「ヤスがハンナをベッドから押しのけたんだ」オブが言って、わたしをまっすぐ見すえている。その二つの目にはなんの変わったところもない。オブの目の中に、水面に浮いたままの気泡はない。カラカラに乾ききっているからだ。お父さんが見ていないすきに、オブは一瞬口を開けて、まるで吐きけをもよおしているように指を出し入れする。わたしはすばやくオブのベッドからすべりおりる。

「わかった」お父さんが言う。「おまえは自分の部屋へもどって、祈れ」

お父さんの靴がわたしのお尻に当たる。そこにつまってるうんち、腸のほうへもどっていっちゃうかもしれない。もしもお母さんがティーシェの件の真相を聞いたら、また憂鬱になって、何日も黙ったままになるだろう。ハンナ、そしてレゴのお城のところにいるオブを最後にちらっと見る。オブはとたんにちょうちょのコレクションにあれこれ忙しくなる。きっと、オブはちょうちょを素手ではたき落としたにちがいない。

六

妹のハンナは、わたしがジャケットを脱がなくなった理由を知るただ一人の理解者だ。そしてただ一人、解決策を考え出そうとしている。わたしたちは、そのことばかりで晩を過ごしている。そうしているうち、わたしは時々怖くなる。ハンナの解決策のどれかがうまくいく瞬間を、そしてわたしがハンナからなにかを取りあげることになるのが。というのは、わたしたちに願望があるかぎり液肥を撒いた翌日に家のまわりに漂う息のつまるにおいみたいな死から安全でいられるから。それから、わたしの赤いジャケットもだんだん色あせてきている。マティースの姿みたいに。家の中にはもうどこにもマティースの写真はかかっていなくて、ただ、乾いた血がこびりついてるのもあるマティースの乳歯だけが、小さな木の壺に入って窓辺に置いてある。わたしは毎晩、まるで大事な歴史のテストみたいに、マティースを思い出して顔だちを暗記している。ほかの男の子たちが頭にはいりこんで、マティースがどこかにいなくなっちゃうのが怖くて――ちょうど、〈自由、平等、博愛〉っていう言葉を覚えておこうと、それに、大人のパーティーで言うとうけるからって、くり返し唱えているみたいに。ジャケットのポケットは、わたしの集めたいろんなもので重たい。ハンナはわたしのほうへ身をかがめて、塩味のポップコーンを手のひらにのせて差し出す。さっきわたしに味方しなかったお詫びの捧げものだ。ハンナをベッドから押しのけていたら、ティーシェはまだ生きていたかもしれない。ハンナとはいま話す気になれない。いまはお父さんかお母さんに会いたい。そして、わたしはなにも悪いことなんかしていないと言ってほしい。でも、お父さんは来ない。お父さんはけっして「ごめん」と言わない。お父さんのカサカサに荒れた唇にその言葉がひっかかることはなくて、そこからは神の御言葉だけがすらすら出てくる。食事の時、パンにつけるものをまわしてくれ、とお父さんに頼まれてようやく、ちょっと機嫌が直ったんだとわかる。すると、またアップルストロープ（リンゴを原料とする濃厚なエキス状のペースト）をお父さんに渡せることを喜ばないといけない。時にはナイフでお父さんの顔にストロープを塗りたくってやりたくてしょうがなくても。そうしたら、わたしたちの視線はお父さんにくっついたままになって、三博士が東方を見つけられないってお父さんにわかるから。

突然わたしは思いつく。お父さんはあの星ステッカーを天井からだけでなく空からもひきはがしたんじゃないだろうかと。だから、すべてが前よりも黒く、オブがさらに意地悪になってるような気がするんじゃないかと。そしてわたしたちは道に迷っている。でも、道をきける人はだれもいない。わたしの大好きな絵本に出てくる大きいクマ、毎晩暗闇を怖がる小さいクマに月を取ってやるあのクマだって、冬眠中だし。コンセントに挿す小さいライトだけがささやかなぐさめの光だ。ほんとうは、わたしはもうそんな小さい子みたいな年じゃないけど、夜のあいだはみんな何歳でもない。恐怖っていうのは、お母さんが持ってる何枚もの花柄のワンピースよりももっといろんな姿に化けている。言ってみればそういうことなんだ。お母さんはクローゼットいっぱいの服を持ってるけど、よく着るのは同じのばかりで、それにはサボテンがついてる。まるで、それを着てればだれも寄せつけないからとでもいうように。いまはその上によくバスローブを着てるけどね。

わたしはバウデヴィンの白黒のポスターが貼ってある壁に顔を向けて横になっている。細い山道で孤独な自転車乗りが前に子どもを乗せてるやつだ。寝る前に、あの子どもが自分で、お母さんが自転車に乗ってると想像することがある。とはいっても、お母さんはぜんぜん自転車が好きじゃない。スカートがスポークに挟まるのが怖すぎるって。だけど、二人一緒に同じ小道にいるならさびしくない。ふりむくと、ハンナがポップコーンをわたしたちのあいだに置いている。ポップコーンはすぐにわたしのベッドのシーツにくっつく。わたしたちは順番にちょっとずつそれを取る。聖書の〈箴言《しんげん》〉の一節が頭に浮かぶ。――正義と公義を行うことは、生贄にまさって主に喜ばれる――この捧げものには抵抗できない。わたしたちはめったにポップコーンをもらえないし、ハンナがよかれと思ってしているってこともわかる。見あげる目の中に罪の意識がありありと見えるから。牧師さんが会衆の罪をひとつひとつ挙げて、白く塗り直したばかりの天井を見あげてこう言うみたいに。「罪はハエの糞のようなしみをつける」

時々、わたしの手は出遅れて、するとハンナの指が当たり、噛んでギザギザになってる爪に触れる。ハンナの爪は縁をとり囲んでいる肉の奥深くでサラミの白い脂肪のところみたいになっている。わたしの爪には、爪あかが黒く溜まってるだけだ。ハンナは、死を考えすぎると爪のまわりが黒い縁取りみたいになるんだと言う。とたんに、飛び出した目をしたティーシェが目の前にまた浮かぶ。足で水をけらなくなった時、わたしの頭の中に降りてきたあの虚しさ、そして打撃、すべてを破壊する最後の静けさ。空《から》のまわし車。

　ハンナが最後のポップコーンを食べおわって、すごくほしがっている新しいバービー人形のことを話しているあいだ、自分がふとんの中でしばらく前から手を組んでいたことに気づく。もしかしたら、神さまはもう三十分前からわたしがなにか言うのを待っていたのかもしれない。わたしは組んでいた両手を離す。このような村では、なにも言わないこともメッセージだ。うちには留守番電話はない。でも、ずーっと黙って静かなままにしている。電話をかけてきた人にはその静けさの裏で、時々牛たちの鳴く声だけ、やかんのお湯が沸いてピーッと笛が鳴る音だけが聞こえる。

「自動車事故か火事か？」わたしは質問する。

　ハンナはわたしが怒っていないこと、いつもの儀式をくり返しているだけだとわかり、リラックスした表情をしている。ハンナの唇はポップコーンの塩けで赤くぽってりして見える。犠牲を捧げるほうがただあげるよりも得るものが多い。だからオブは、ティーシェを殺したんだろうか？　マティースをとりもどすために？　わたしは、四本足で折れ耳で一億もの嗅覚細胞を持つわたしの生贄のことを考えたくない。

「どうなると火事に遭うの？」

「わかんないけど。ほら、時々キャンドルライトの火を消し忘れるし。裏の敷地側の窓のところのさ」と、わたしは言う。

ハンナはゆっくりとうなずく。ほんとかなと首をかしげている。やりすぎだったのはわかるけど、お父さんとお母さんがどんな最期を迎えるのかとあれこれ勝手に考えるほど、びっくりするようなものではなくなっていく。

「殺人、それともガン？」

「ガン」と、わたしは言う。

「飼料サイロから飛び降りる、それとも溺死？」

「なんでサイロから飛び降りたりするんだろう。そんなのばかげた考えだよね？」と、ハンナは質問する。

「悲しすぎるとね、そうするんだよ」

「アホな考えだよ」

お父さんとお母さんが死に見舞われるかもしれないだけじゃなく、死を選ぶかもしれないというのは、これまで思い浮かんだことがなかった。〈最後の審判の日〉をまるでバースデーパーティーみたいに計画するなんてことをだ。それはきっと、ある晩お母さんが言ってたのを聞いたせい、柱のロープのせいだ。そして、教会に行く前にお母さんが巻くスカーフのせいだ。お母さんはさまざまな色のを持っているけど、そんなスカーフはいまはお母さんをもっと屋根裏へ追いやるばかりだ。お母さんはスカーフをきつく巻くから、教会に行ったあと、お母さんの肌には筋みたいなあとがついてる。お母さんは高い声を出すためにスカーフを巻いてるのかもしれない。詩篇歌の高音はお尻をきゅっとしめないと出ないことがある。でもそんなことは考えるだけとして、わたしは妹に言う。

「ほんとにばかげた考えだよ。わたしは心臓発作か自動車事故に賭ける。お母さんの運転、ほんとむちゃくちゃだし」

迷子になってた最後のポップコーンをすばやく口に入れる。わたしのお腹の下にころがってたやつ。味がしなくなって舌の上でふにゃふにゃになるまで、塩味を吸う。オブに言われて、死んだミツバチを口に入れなくちゃいけなかった時のことを思い出す。ミツバチの死骸は窓辺のお母さんのガムの横にころがってた。お母さんは寝る前にガムを口から出して、ボールみたいにまるめて一晩置いて硬くしておいて、次の日にまた嚙む。そういうまるめたガムみたいに、わたしもミツバチを口に入れた。ゲームのまるいチップひと山のためだった。オブはできっこないと言ったけど。口の中の上あごにミツバチの毛を、舌にアーモンドスライスみたいな翅を感じた。オブは六十数えた。わたしはハニーキャンディみたいなつもりで口に入れてたけど、まる一分のあいだ、わたしの口の中には死があった。

「お父さんに心はあると思う？」

ミツバチのイメージがお父さんの胸もとにうつり変わる。わたしはきょうも見た。とても暑かったので、お父さんは白いシャツを着ないで牛たちのあいだを歩いていた。お父さんにはぜんぶで三本の胸毛がある。金髪の。お父さんのあばら骨の裏側に心があるとは想像できない。それより肥溜めのほうが目に浮かんでくる。

「きっとあるよ」わたしは言う。「教会の献金の時、いつも太っ腹にたくさん寄付するし」

ハンナはうなずいて、頬っぺたを内側に吸いつける。泣いたせいで目がまだ赤い。ティーシェのことは話さない。わたしたちが絶対忘れないことは話さない。肥溜めも一年に一度、空にされる。いまは、わたしたちの心の内をさらけだす時じゃない。それがいつなのかはわからないけど。そもそも、どうやってそうすればいいのか、わからないけど。おばあちゃんが、お祈りは心の重さを減らしてくれるよと言ってたけど、わたしのはいまだに三百グラムだ。パック入りのひき肉と同じ重さ。

「ラプンツェルのお話って、知ってる？」と、ハンナがたずねる。

「もちろん知ってるよ」

「わたしたちの解決策だよ」ハンナが言う。ハンナは体を横へ向けてわたしをまっすぐ見る。わたしの地球儀ライトの光の中で、ハンナの鼻はひっくりかえったヨットみたいに見える。ハンナにはまれに見る美しさがあって、ハンナがクレヨンで描く絵に似ている。ハンナの描く絵はいびつで傾いていて、だからこその美しさ、生まれながらのなにかがにじみ出ている。

「ラプンツェルは、ある日、塔から救われた。わたしたちにも救い主が必要だよ。わたしたちをこのバカげた村から、お父さんやお母さんから、オブから、わたしたち自身から連れ出してくれるだれかが」

わたしはうなずく。いい計画だ。ただ、わたしの髪はようやく耳の下までのびたところで、だれかがよじ登れるくらいあんなに長くなるまでには、まだ何年もかかる。それに、ここの敷地で一番高いのは、干し草置き場の棟の屋根裏で、そこへ登るには、はしごを使えばいいだけだ。

「そして、お姉ちゃんがジャケットを脱ぐためにもね」と、ハンナは続ける。ハンナはベタベタした指でわたしの髪に触れる。ポップコーンのしょっぱいにおいがする。その指がわたしの頭の上を這っていく。あのムズムズ虫がよくわたしの皮膚にするみたいに、こきざみに動きながら。わたしはハンナがしてほしい時にだけしかハンナにさわらない。わたしにはただ、そういう気持ちがない。人には二とおりある。かかえる人と手放す人と。わたしはあとのタイプだ。だけど、人や思い出は、わたしの集めた物があれば大切にとっておけるし、そういうものをジャケットのポケットにしまっておける。

ハンナの糸切り歯にポップコーンの皮がはさまっている。わたしはなにも言わない。

「でも、一緒に行けない？」と、わたしはきく。

「むこう岸は、酒屋さんと同じで、十六歳未満は入れないよ」

ハンナはわたしをキッとした目で見る。いまはハンナに反論しても意味がない。

「それに、男じゃないと。救い主はいつも男だよ」

「じゃあ、神さまは？　神さまは救い主？」

「神さまが救うのは、沈んだ者だけだよ。お姉ちゃんは泳ごうとしないよね」

「それにさ」と、ハンナは続ける。「神さまはお父さんと仲がよすぎる。きっと話しちゃうし、そうしたらわたしたちはもうけっして出ていかれないよ」

ハンナの言うとおりだ。救い主がほしいと思ってるのかどうか自分でもわからなくても、ほんとうはまずはじめに、踏みとどまる方法を知らなくてはいけない。でも、妹をがっかりさせたくない。わたしにはお父さんがわたしたちにむかって叫ぶのが聞こえる。「民から離れる者はさすらい人となり、もとの暮らしから断たれるだろう」これはわたしたちのもとの暮らしなのか、それとも、地上のどこか別の場所に、わたしにとってのジャケットのように、わたしたちに適した別の人生が待っているのか？

「決めるのは二十四時間以内なんだよ」ハンナが言う。

「なぜ、二十四時間？」

「あまり時間がない。わたしたちの人生はそれにかかってる」ハンナは、納屋でピンポンをしていてミスしてばかりの時に出すみたいな声で言う。すると言う。「これからがほんとだよ」まるで、その前のわたしたちが、糞にたかるハエを追い払うのにただラケットをひらひらさせていたみたいに。

「それで、どうなるの？」わたしはきく。

「それで、それではじまるんだよ」とハンナが小声で言う。

わたしは息を止めた。

「キスする。ラプンツェルの髪は長かった。わたしたちには自分たちの体がある。救われたいなら、なんか惹きつけるものがないと」ハンナは微笑む。もし金づちを持っていたら、ハンナの鼻がまっすぐになるように、コンコンたたくだろう。注意を引くような望ましくないものはすべて取りはらわなければならない、とお父さんは言った。あの時、わたしはポケモンカードをカバンから出さなくちゃならなくて、お父さんはそれを暖炉に投げこんで、それから言った。「だれも、二人の主人《あるじ》に仕えることはできない。一方を憎んで、他方を愛するか、一方に親しんで他方を軽んじるかどちらかだろう……」

お父さんは、わたしたちがもう二人に仕えているのを忘れていた。お父さんと神さまとに。三人だとことが複雑になるかもしれないけど、でもそれはあとで考えればいい。

「うへ」わたしは顔をしかめる。

「救われたくないの？　橋のむこう側へ行きたくないの？」

「なんて名まえの計画なの？」とわたしはすぐに言う。

ハンナはちょっと考える。

「ただ、計画《ザ・プラン》っていうんだ」

わたしはジャケットのひもをきつくしめる。すると、襟が首のまわりできゅっと閉まるような感じがする。柱のロープの輪が首のまわりにあるとすれば、こんな感じだろうか？　学習机の下から、ぽちゃんと小さい音が聞こえる。ハンナはわたしがヒキガエルを二匹捕まえていること、もう、わたしが自分の部屋にむこう側をちょっとだけ持っていることを知らない。ハンナにいまそれを教えないほうがいいような気がするし、わたしは、ハンナにカエルたちを湖に逃がしてやりたいと思ってほしくない。カエルたちを泳がせてマティースが消えていった場所でもあるそこに潜らせたくない。ハンナにカエルをさわってほしくない。変な感触でも、ようやくわたしにしっかり抱きかかえられるものができたというのに。幸いにして、ハンナは音に気づかなかった。ハンナの頭の中は計画でいっぱいだから。

わたしたちの下で足音がする。お父さんがはしご階段から頭をつきだす。「二人とも、自分の罪をよく反省したか？」ハンナは笑い、わたしは赤くなる。これがわたしたちの一番大きな違いだ。ハンナは明るく、わたしは暗く、どんどん暗くなる。

「さあ、ハンナ、自分のベッドに行くんだ。あしたは学校だぞ」お父さんははしごを降りていく。わたしはお父さんの頭の真ん中の分け目を見おろす。お父さんの頭はマイナス溝つきのねじみたいに見える。時々わたしは、お父さんを地面にねじこみたくなる。そうしたら、お父さんにできることが二つある。じっと見ること、そして聞くこと。とってもたくさん聞くこと。

七

真夜中に飛び起きる。かけぶとんが汗でじっとり濡れているのがわかる。ふとんカバーについている惑星や天体の発光が弱まっているように見える。それとも、いつもと同じ明るさなのかもしれないけど、たぶんわたしには物足りなくなってしまって、だんだん色あせてきている。じっとり濡れたかけぶとんを押しのけて、ベッドの縁に腰かける。とたんに、パジャマの薄い生地の下にある体が震えだす。ドアの下から入りこんでくるすきま風がわたしの足首をつかむ。かけぶとんを両肩にかぶせて、見ていた悪夢のことを考える。お父さんとお母さんが氷の中に凍ってた。二匹の冷凍ウナギみたいに。農家のエヴェルトセンさんは時々冷凍ウナギを〈改革派日報〉の紙に包んでくれることがある。お父さんはいつも「神の御言葉に包まれてるんなら、なおさらうまい」と言っていた。

エヴェルトセンさんもそこにいた。日曜日用のスーツで、細い返し襟で、光沢のある黒いネクタイをして。エヴェルトセンさんはわたしに気づくと、氷の上に塩をまきはじめて言った。「これで、長持ちするだろうさ」わたしは空から落っこちたばかりのスノーエンジェルみたいに氷にぺたっとへばりついて、二人を見た——それは、わたしが誕生日にもらったことのある瓶の中のディノサウルスのフィギュアみたいだった。中にはゼリーみたいな液が入っていた。オブとわたしは、リンゴの芯ぬきでゼリー液からフィギュアをぬき出した。一度取り出すと、わたしたちはもうどうでもよくなってしまった。さわれない距離があったからおもしろかったのだ。氷に封じこめられた両親みたいに。わたしは氷をトントンたたき、そこに耳を当てて歌うようなスケートの音を聞いた。声をあげて二人を呼びたかったけど、わたしの喉からはなんの音も出てこなかった。体を起こすと、突然レンケマ牧師が水際に立っているのが目に入った。コミュニティーの子どもたち全員が木製の十字架と一緒に教会の通路を練り歩く、復活祭の時にだけ着る紫の祭服姿で。十字架には、二粒の小さい干しぶどうが目になってる野ウサギの形をした焼きたてのパンが一個かかっていた。教会を出る前に、オブはよく、ウサギパンを半分むさぼり食べてしまっていた。わたしは怖くて一度もそうしようとしたことはなかった。家にもどるとウサギ小屋が空っぽになってるかもしれないっていう恐怖からだ。もしわたしがパンのウサギの耳をちぎったら、ディウヴェルチェにも同じことが起きるんじゃないかと。わたしはウサギパンを学習机の上に置いて、カビの生えるがままにした。そのほうがましだった。カビが生えるのは、少なくとも長いことかかって分解していくところってことだ。わたしの悪夢の中のレンケマ牧師は、食いつこうとして待っている鵜みたいに、葦の穂のあいだに立っていた。目が覚める前、牧師はおごそかな声で言った。「天が地よりも高いように、わたしの道は、あなたがたの道よりも高く、そしてわたしの計画はあなたがたの計画なのである」それからすべてが黒くなって、わたしの下の塩の粒が溶けはじめ、わたしはゆっくりと氷の下へすべり落ちていくようだった。そして、頭の上に氷の穴が見えて——コンセントに挿すライトの光。隣りに本棚。自分の部屋だ。

「そして神の計画はあなたがたの計画なのである」って、牧師さんは言ったけど、あれはオブとハンナのミッションのことだったんだろうか？　わたしはベッドサイドチェスト上の地球儀のライトをつけて足で室内履きを探し当て、ジャケットのしわをのばす。わたしには自分の計画がなんなのか、わからない。お父さんとお母さんをまた明るくしてある日また交尾するようにさせるってことをのぞいては。そうしたら、お母さんはまた食べるようになるだろうし、死なないだろう。そのミッションを達成したら、わたしは安心してむこう側へ行ける。学習机の下からミルク用のバケツを引き出し、眠そうな目でわたしを見あげるヒキガエルたちを見おろす。カエルたちは痩せたように見える。イボは白っぽくなって、花火の注文パンフレットに載ってるかんしゃく玉の写真みたいだった。それはオブが大晦日用の花火に印をつけてるエンドウ豆くらいの火薬の球で、オブはどの組み合わせが最高か、いろんなロケット花火や噴水花火を何週間も必死に見ている。ハンナとわたしが選ぶのは地上の花っていう花火だけ、あれが一番きれいで、一番怖くない。

カエルたちが少しは食べたかどうかを見られるように、バケツを傾ける。でも、菜っ葉は茶色くしなびて底にくっついてる。ヒキガエルには動かないものが見えないのは知ってるし、だから飢えることもある。わたしはカエルたちの頭の先で菜っ葉を上下にひらひらさせる。「おいしいんだから。食べろよ、食べろ」歌うようにわたしはささやく。効果なし。バカな生きものは食べるのを拒んでる。

「じゃあ、交尾の時がやってきたってことだ」わたしはきっぱりと言って小さいほうのを持ち上げる。時には、みずから手を下さなければならない。でないと、なんにも起こらない。お父さんは一年に二回、乳牛たちに雄牛をあてがう。ヒトラーも国民がなにをしなきゃいけないかを決めて、厳しい演説をした。

ヒキガエルはひんやりしている。まるで、すべり止めのイボつきの濡れたソックスがじっとしてるみたいだ。カエルのお腹をもう一匹のカエルの背中の上にやさしくこすり合わせる。わたしはそれをテレビの生物の教育番組で見たことがあった。あのカエルたちは、何日も重なり合ったままだった。だけど、そんなことをしている時間はもうない。お父さんとお母さんには、もう何日も残されていない。二人は、わたしたちの手の中の導火線みたいに横になって、だれかが火をつけてくれ、そうしてわたしたちを温かくするのを待っている。重ねたヒキガエルたちをこすり合わせながら、わたしはささやきかける。「じゃないと、きみたちは死ぬ。死んでもかまわないのか？　おい？」水かきが手のひらを押すのを感じる。わたしはますます強く手の中のカエルたちを挟みつけ、重ね合わせてぎゅうぎゅうぎゅう押しつける。何分かするとつまらなくなって、またバケツにもどす。そして、夕食の時こっそりとっておいたほうれん草の葉っぱをティッシュペーパーから何枚か、それから焼いてあったけど少し柔らかくなっちゃったパンもひときれ取り出す。カエルたちはじっとしたまま動かない。食べるまで待ったけど、またもなんにも起きない。ため息をついてわたしは立ち上がる。もしかしたら、時間が必要なのかも。変化にはいつも時間が必要だ。牛たちだって、ただ新しいエサをやっただけでは食べない。古いのとの違いに気づかなくなるまで、前のエサを一握りずつ加えてやらなくちゃいけない。

足でバケツを学習机の下へ押しこむと、机の上のわたしのペン入れの横に画びょうがひとつあるのが見える。掲示ボードから落ちたやつで、隣りのリーンおばさんからの絵はがきにとめてあった。おばさんは、たまにカードを送ってくれる。なぜかというと、お父さんにはきれいな青い手紙（青い封筒に入っている税務署からの手紙）が来るのに、わたしは一度だって郵便を受け取ったことがないと不満を言ったからだ。お父さんに送られてくる手紙の中にはユダヤ人について書かれてるのがあるんだと思う。こんなに長くうちに潜んでいるんだから、探している人だっているだろうし。わたしはユダヤ人たちのことを学校の先生に話したかった。でもだれかに聞かれるのが怖すぎた。クラスの男の子の何人かはナチスっぽくて、中でもダーヴィトは、ある時ペンケースにこっそりネズミを入れて学校へ来た。ダーヴィトはその日ずっとインクもれしてるペンケースにネズミを隠し持っていて、ついに生物の時間に外へ出して叫んだ。「ネズミだ、ネズミだ！」先生はパンくずで罠におびき寄せ、ネズミはそこで、緊張とクラスじゅうの歓声のせいで死んだ。

隣りのリーンおばさんが送ってくれるハガキには、字はそんなに書かれていない。だいたいは天気やおばさんちの牛のことなんだけど、でも表側の写真はすごくきれい。白い砂浜、大小のカンガルーたち、長靴下のピッピの館、ついに泳いだ勇敢なトビネズミ。それを見て、突然ひらめく。先生は一度、教室のうしろの壁にかかっている世界地図に画びょうを一本つきさした。ベルはカナダへ行きたかった。なぜならおじさんが住んでいるからだ。いいことですね、とその時先生は言った。いつか行きたいところを夢見るのは、と。わたしはジャケットとシャツをおへそが見えるところまで引き上げる。おへそが裏返しになってるのはハンナだけだ。それは青白い泡みたいだ。まるで、サイレージの防水シートの下で見つけたことがある、生まれたてでまだ目が開いてない、くるんとまるまってるネズミみたいな。

「いつかわたしは自分自身のもとへ行きたい」わたしはそっと小声で言って、画びょうを自分のおへその柔らかい肉に押しこむ。声を出さないように唇を噛む。ショーツのゴムへ向かって血が一筋したたり、布地にしみこむ。画びょうを引きぬく勇気が湧かない。血があちこちへ飛び散って、うちのみんなにわたしが神さまのもとではなく、自分自身のもとへ行きたいのだと知られるのが怖い。

八

「尻っぺたを思いっきり広げてろ」

わたしは茶色いレザーのソファの上に、逆子の仔牛のように横になって、お父さんをふり返って見ている。お父さんは青いスキッパージャージを着ている。ということは、リラックスしているって意味で、きょうは牛たちの機嫌がよかったのだ。わたしはリラックスするどころではない。もう何日もうんちが出なくて、おかげでジャケットの下のわたしのお腹はパンパンに腫れて固くなっている。まるで、お母さんがストライプのふきんをかぶせて発酵させる〈ターバン〉っていうリングケーキみたいだ。三博士もベツレヘムからの帰り道にケーキをもらった。その焼き型に博士たちのターバンが使われた。わたしたちが星を見つけるまではうんちをするわけにはいかない。むこう岸へは行けないし、座るのさえ痛くて、ましてや何時間も旅するなんてできっこないけど。

「お父さん、なにをしようとしてるの？」わたしはきく。

お父さんは黙って、ただ、スキッパー襟のファスナーを少し下げて胸もとを開ける。お父さんの胸板の素肌が少しだけ見えた。手の中のデルタ製薬のグリーンソープをひとかけら、親指の先で砕いている。熱に浮かされたようになって、わたしはこの数日のことを思い返している。言葉あてクイズ番組の〈リンゴー〉に登場した時以外に、赤くなる言葉を口にしたっけ？　ハンナに意地悪したっけ？　もっと考えようとする前に、お父さんは予告もなくいきなり、人差し指を石鹸のかけらと一緒にわたしのうんちの穴奥深くに押しこむ。すんでのところで、わたしは頭の下のクッションで叫び声を押し殺し、布に歯をくいこませる。涙でにじむ目の先にクッションのカバーの模様が見える。小さい三角形がいっぱい。マティースが死んで以来、わたしは初めて泣いて、頭の中の湖が空っぽになる。入れた時と同じくらいすばやく、お父さんはその指をぬく。そしてまた、石鹸をけずり取る。わたしは〈陣取りゲーム〉をしているところを想像して、泣くのをこらえようとする。何人かのクラスメイトたちと村のはずれで遊んだことのある、敵の陣地に棒を投げるゲーム。——お父さんの指は棒だ。それだけのことだ——それでも、尻っぺたをキュッとしめて、わたしはおびえながら肩越しにお母さんのほうを見る。お母さんは死んでしまった仔牛の耳タグを仕分けしている。青は青に、黄色は黄色に。こんなのお母さんに見られたくはないけど、覆い隠すものがない。羞恥心は、馬の毛の毛布くらいの分厚さでわたしを覆っている。いつもみんな、石鹸を倹約しなくちゃいけないことになってるのに、お母さんは自分の作業から目を離さない。石鹸が少しずつわたしの中に消えていくなんて、お母さんだって気になるだろうに。牛の耳タグが一枚、テーブルの横に落ちる。お母さんは前かがみになる。髪が顔にはらりとかかる。

「そのまま広げておくんだ」お父さんがうなる。

しゃくりあげながら、わたしは尻っぺたを両手で広げたままにしている。まるで、生まれたての仔牛が哺乳瓶の乳首をくわえたがらない時、口を広げておかなくちゃいけないみたいに。お父さんが三度目に指を挿しこむ時には、わたしはもうなにも言わず、ただ居間の窓を見つめている。バカみたいに、その窓には古新聞が張ってある。なぜバカみたいかっていうと、お父さんたちはお天気の話をするのが好きなのに、これじゃ外なんかほとんど見えないから。わたしがそれをきいた時、「ストーカーよけだ」と、お父さんは言った。そして、わたしの尻っぺたが二枚のカーテンだと思えば、お父さんだってストーカーだよと言わなくちゃいけないところだ。でも、お父さんが言うには、うんちの穴に石鹼っていうのは、もう何世紀ものあいだ、子どもに使われてきた効果が証明されてる方法だって。何時間かしたら、わたしはまたうんちができるようになるだろう。お父さんが最後にグリーンソープをつかんだ時に、お母さんがちょっと目を上げて言う。「ナンバー一五〇が欠けてる」お母さんは、老眼鏡をかける。遠くにあったナンバーがとたんに近くなる。わたしはハンナのプレイモービルの人形みたいに自分を小さくしようとする。オブが一度、ソファの縁にうずくまった格好のを一体置いて、そしてもう一体のをその真後ろに、うずくまったほうのお尻に押しつけてたやつ。オブがなにをそんなにおもしろがっていたのか、教会の長老たちが家庭訪問に来た時、どうして人形たちをソファからはたき落としたのか、わたしにはわからなかった。自分を小さくするのなんて役に立たない。わたしはもっと大きく、目立つばかりになるみたいに思える。

そして、手当てが終わったからまた起き上がっていいっていう合図に、お父さんがわたしのショーツの縁を引っぱる。お父さんは指をスキッパージャージになすりつけて、その同じ手でドレッサーの上のジンジャーパウンドケーキを一切れつかむと大口開けてパクッとかじる。お父さんはわたしの膝の下をポンとたたく。「ただの石鹸だ」わたしはすばやくズボンを上げると、ボタンをとめようと膝をついて座る。そしてまた、踏み板の上でひっくり返った牛みたいに横向きにころがり、手のひらで頬っぺたの涙をぬぐう。

「ナンバー一五〇は」もう一度お母さんが言う。ようやくメガネをはずして。

「仔牛かぜだ」と、お父さん。

「かわいそうな仔牛」と、お母さん。

ナンバー一五〇は、ほかの死んだ牛たちぜんぶと一緒のトレイに落ちる。少しのあいだ、わたしはそのナンバーになりたい。すっかりくすんでひとりさびしく落っこちて、そのうち事務棚の暗闇に、もうけっして見られないように消え去るナンバーに。棚には鍵がかけられ、その鍵は棚の横にあるフックに下げられる。それは、けじめをつけるという行為だ。そうすると、お父さんとお母さんの頭の中の牛舎の檻が一頭分、また空になる。まだお尻の中にお父さんの指を感じる。一度旗を立てたら、もう挽回することはできない。それがルールだ。固形のグリーンソープは、しばらくすればまたふつうに、トイレの洗面台の上にある金属のトレイに置かれる。ただ、そこにはまだ、お父さんの爪のあとがついてる。石鹸の細かいかけらが、いまはわたしの体のどこかをさまよってるのなんて、だれも気にしない。おしっこしているあいだに石鹸を見ていると、オブの言葉が聞こえてくる。小腸の壁をのぼすとテニスコート一面分になるんだぜ。オブはわたしをいじめたい時、吐きそうなしぐさをするだけじゃなく、テニスボールを上にほうり投げようとするまねもする。わたしの体内でテニス大会が開催されるとか、わたしは実際のわたしよりももっと広いスペースでできているとか考えると吐き気がする。時々、小さい人たちが目に浮かぶ。ある日、その人たちはコートの整備道具で地面のクレイをきれいにならす。すると、わたしの体内でまた試合ができ、わたしはまた、水っぽいのかソーセージみたいなうんちをすることができる。願わくば、小さい人たちの目に石鹸が入りませんように。

テーブルの上にある新しい耳タグの隣りのわたしのリュックサックに、水色の水着がだらりとかかっている。その横には、ポテトチップスの小袋といちご味のヨーグルトドリンクのミニパック。プールでは床にチップスが落ちてることがある。すると、その濡れたポテトの薄いスライスはすり傷がふやけたみたいに足にくっつく。そして、タオルの角ではらい落とさないといけない。すると、そのあと、それがほかの人の足の裏にくっついていくのを見かける。

「キリンは泳げない唯一の動物だよ」と、わたしは言う。

グリーンソープのかけらがわたしの体の中をさまよってることを、お父さんの指と同じように、わたしは忘れようとしている。〈陣取りゲーム〉で負けた子はしょんぼりしながら家に帰る。それを忘れてはいけない。きっとそういうものなんだ。ふくらんだケーキはオーブンから出したあとにいつもいくらかしぼむ。——ふくらんでまるいままなんてものは、なにもない。わたしのお腹もだし、お母さんもだ。

「あんたはキリンなの?」と、お母さんがきく。

「うん、いまはそう」

「あと一種目やればいいんじゃないの」

「でもそれ、一番難しいやつ」

わたしは同じ年齢でただひとり、水泳の検定テストを終了してない。〈氷の割れた穴を泳ぐ〉カテゴリーでフリーズしてしまうのだ。冬が厳しく、身を切られるような寒さのここみたいな村でこれができるのは大事なことだ。お父さんはわたしの木のスケートをあの十二月の日の出来事のあとに燃やしてしまったし、いまは五月の半ばだけど、氷に立ち向かわなくてはならない時がいつまた来るかもしれない。氷の割れた穴は、いまはおもにわたしたちの頭の中にある。

「もしも、神さまが人間を泳げないようにお創りになったのだとしたら、わたしたちはこんな風になってないよ」とお母さんは言い、わたしの水着とチップスの袋をリュックサックに入れる。底のほうには、ばんそうこうの箱が入っている。おへそに貼るのを忘れないようにしないと。そうでないと、グリーンの頭の画びょうが刺さってるのが水着に透けて見えてしまう。すると、わたしがけっして休暇に出かけないことがみんなにわかってしまうだろう。出かけるんならわたしだって日焼け止めクリームを塗った体みたいに白い砂浜へ、遠くの国へ行きたいと思ったにちがいない。

「もしかしたら、溺れて死ぬかもしれない」わたしはおそるおそる言う。お母さんが驚いた顔をするといいなと顔色をうかがいながら。お母さんが自分のことで泣く時よりももっとたくさん顔にしわを寄せ、立ち上がってわたしを抱きあげて、おまえはお母さんが何度も落としている仔牛の耳タグなんかじゃないよと、塩水の水槽にクミン入りチーズを入れる時みたいにゆらゆら揺らしてくれるといいなって。だけど、お母さんは顔をあげない。

「そんなバカなこと言うんじゃないよ。あんたは死なないよ」お母さんはまるで、そんなことさせるものか、あんたは早死にするほどかっこよくなんかないよというように言う。もちろん、お母さんはわたしたち三博士が死と出会おうとしていることなど知らない。ティーシェの時にはひと目ぐらいは見たけど、でもそれはほんの一瞬で、あっという間だった。それに、心の準備をしていなければ、どこに注目したらいいのかもわからない。よく準備をすることが人を作る――神さまも天地創造の時、人間が週のあいだに作りだすいろんなものから離れて七日目に休息するには六日必要だろうとご存じだった。もしもお母さんがわたしたちの計画を知っていたら、きっと背中を真っ直ぐにしたままでいただろう――お父さんの背はストローみたいで、でもお母さんのはヨーグルトドリンクのミニパックみたいだ。ストローは中の水分と空気をぜんぶ吸いとって、そのあとまたパックをパンパンにふくらませることができる。

「あんたが検定の合格証書をもらってはじめて休暇に出かけられるんだよ」

わたしはため息をつく。おへその画びょうがチクチク刺すのがわかる。周囲の皮膚がうす紫になってる。先週はスイミングプールの水面に穴のあいてる白い防水シートが張ってあった。各サイドには、潜水服を着たダイバーたちがつかまっていた。水泳の先生は、パニックになることと体温の低下が最大の敵だと言った。ダイバーたちの首にはアイスピックがぶらさがっていた。よりほんとうらしくするためだ。クリスマスのあの日、マティースは先のとがったアイスピックを忘れていった。それは玄関ホールの鏡の下にある小さいテーブルに置いてあった。そこにアイスピックがあったのをわたしが見ていたこと、マティースを追いかけて走ろうかと迷ったこと、だけど一緒に行けないからと怒っていた気持ちがわたしを押しとどめたことをだれも知らない。

あのクソ休暇だって、とわたしはひとりで考える。ほんとに休暇に行くのかどうか、ようすを見なくちゃ。それに、お母さんがうちの敷地から出るのは、買い物と教会に行く時だけだ。歩いて行ける範囲にあるものはすべて安全で、その外側にあるものに必要なのは、ガソリン満タン、スーツケース、新しいバドミントンのラケット……。

スイミングプールで、ベルがわたしのわきをつつく。ベルはピンクの水着を着て、右腕にはポケモンのフェイクタトゥーをしている。それはガム二箱でゲットできて、だんだんと肌から少しずつ消えていく。ベルはもう何年も前に水泳の検定を終了していて、いまは高い飛び込み台や大きなすべり台を使って自由に泳いでいい。

「エヴァにはもうおっぱいがある」

わたしは、大きなすべり台の順番待ちの列に並んでるエヴァをちらっと見る。新年度が始まった頃、エヴァはわたしに小声で言った。「モ、ー、ド、って言葉からムードも生まれるのよ」と、わたしがこの二つを混同してると指摘したのだ。もちろん、わたしのジャケットのことを言ってたんだけど。エヴァはわたしたちよりも二歳年上で、男の子たちが女の子のどういうところをいいと思うのか、どうふるまえばいいのかなど、いろんなことを知ってるみたいだった。わたしたちはみんな、おやつの小袋に同数のカエルのグミを入れてスタートしたんだけど、水泳の時間の終わりに一番多くグミがはいってたのはエヴァのだった。お役立ち情報は、一回につきカエルのグミ二個だ。シャワーを浴びる時、エヴァだけが個室を使った。それはエヴァの足にイボがあるからだとわたしは思う。自分ではそんなのはないと言ってたけど、でもわたしは、エヴァの足の横っちょにあるのを知ってる。まるでわたしのヒキガエルの粘液腺みたいなやつだ。あれには毒がいっぱいだ。

「わたしたちもいつかはおっぱい大きくなるかなあ？」とベルがきく。

わたしは首をふる。「わたしたちは永遠にペチャ子のままだよ。あれはね、男の子から十分以上見つめられないとふくらまないんだよ」

ベルはまわりを見まわして、穴くぐりの練習の準備をする男の子たちを探す。わたしたちはじっと見つめられるんじゃなくて、じろじろ見られるだけで、それはなんかぜんぜんちがうことだ。

「それなら、見られるようにしないとね」

わたしはうなずいて水泳の先生のほうを指さす。先生の手は首にかけたホイッスルにさわっている。わたしの言葉はだんだんつまってきてるようだ。子どもたちがすべり台で電車ごっこしてるみたいにつっかえて、時々一気にダマになって水に突っこむみたいに。わたしの体は震えだし、画びょうが小刻みに動いて水着に当たっている。

「パニックは敵じゃなくて、警告だ。だから残る敵はあとひとつだ」わたしは言う。そして、わたしがスタート台に立とうとすると、その直前、目の前にマティースが見える。マティースのスケートが氷をける音が聞こえる。氷の下には気泡がぼこぼこしている。水中では心拍数が増えるっていうけど、まだ潜ってもいないのにわたしの心臓は胸をゴンゴン打ちつけてる。まるで、いつかの悪夢の中で氷をたたいてたわたしの握りこぶしみたいに。ベルがわたしに腕を巻きつける。わたしたちは氷の割れた穴に落ちた人を救助する練習をしている。でも、その人を水から引き上げたらどうやって岸に連れて行くかはわからない。ベルの腕が重たくてどうにもうっとうしいのは当然のことだ。ベルの水着は身体にべったり張りついていて、細い両足のあいだに縦線が見える。わたしはエヴァの足のイボを思い浮かべる。あれがつぶれてプールの中が緑色の毒でいっぱいになって、潜ってる人たちがひとり、またひとりとカエルのグミに変化《へんげ》するところを。クワックワ。

「ヤスのお兄さんは」と、ベルが先生に言う。

先生がため息をつく。村のだれもがわたしたちのことを知っている。でも、マティースのいなくなって時間が経つほど、わたしたち家族がいまは五人だということに慣れていく人たちも増えるし、事情をよく知らない新しい村人たちも多くなる。だんだん、マティースはいろんな人の頭の中からぬけ出ていき、同時にわたしたち家族の中にますます入りこむ。

わたしはベルの腕をふりほどいて更衣室へ逃げていき、水着の上からジャケットをはおってベンチに横になる。塩素のにおいがする。水は泡立ちはじめ、あっという間に盛りあがるに決まってるとわたしは思う。わたしの中のグリーンソープのせい以外に考えられない。だれもがわたしを指さすだろう。そして、わたしの中の何がいけないのかを話さなくちゃならなくなる。ベンチに腹ばいになって泳ぐ動作を注意深く始める。目を閉じてバタフライの動きをし、氷の割れた穴に自分を沈める。まもなく、腕が動かなくなり、腰を上下させているだけなのに気づく。ダイバーの人たちは正しい。心拍数が上がって呼吸が浅くなる。体温が下がるんじゃなく、あれこれ想像することが敵なんだ。

ベンチがわたしのお腹の下で黒い氷みたいにきしむ。救助なんてされたくない。沈みたい。息がしにくくなりはじめるまでますます深く。そのあいだ、あごのあいだにあるカエルのグミをくちゃくちゃ噛んで細かくして、ゼラチンを、ほっとする甘さを味わう。ハンナは正しい。この村を去らなくちゃいけない。牛たちから、死から、このもとの暮らしから。

九

お母さんは、クミン入りのチーズを塩水の水槽に浸す。加塩作業は二日から五日かかる。隣りには大きな塩の袋が二つ、床に置いてある。お母さんは大きな計量スコップで時間をおいて何度も塩を加えるんだけど、そうすると、チーズに風味がつく。時々わたしは考える。もしもお父さんとお母さんを塩水の水槽に頭から浸けて、〈父と子と聖霊の御名《みな》において〉あらためて洗礼させたら、しっかり固まって、長持ちするようになるんだろうかと。いま気づいたけど、お母さんの目のまわりの皮膚が黄色っぽくなってくすんでる。まるで、キッチンのテーブルの上の裸電球にますます似てくるみたいに。身につけてる花柄のエプロンはランプシェードで、お母さんはスイッチがパチっと消えるみたいに定期的に暗くなる。だから、わたしたちはお母さんにむかって怒って話してはいけないし、黙っててもいけないし、泣かせるなんてダメに決まってる。時々、お父さんとお母さんがしばらく塩水に頭からつかってたら、静かでいいとさえ思えるけど、でも、だからってオブがわたしたちを世話するなんてやだ。そうしたら、わたしたちはもっと減ってしまう。いまだってもうこんなに少ないのに。

チーズの塩水漬けの作業小屋の窓から、オブとハンナが一番奥にある牛舎へ歩いていくのが見える。死んだニワトリと二匹の野良猫のあいだにティーシェを埋めようとしているところなんだけど、わたしの役目はお母さんの目をそらすことだ。お父さんは気づかないだろう。自転車に乗って行っちゃったところだから。もう二度と帰ってこないって言ってた。それはわたしのせいだ。きのう、ハムとチーズのホットサンドが作りたくなって、物置きの冷蔵庫のプラグをそのためにちょっとぬいたんだけど、ホットサンドのあいだにケチャップをちょっとつけたあと、そのまま冷蔵庫のプラグを挿し直すのを忘れちゃったから。きょう、お父さんとお母さんが冷凍したばかりの豆ぜんぶがグショグショに濡れてキッチンのテーブルの上に置いてあった。緑の豆の中身は悲惨なことになっていて、退治されたイナゴの大群みたいに見えた。あの作業はすべて無駄になった。わたしたちは交替で四晩連続、大量の豆の皮むきをした。むいた後のカスを入れるトレイをそれぞれの膝の上に、ミルク缶を二缶、わたしたちのまわりの床の上に置いて、あとはお母さんが豆を洗ってゆがいて、冷凍用フリーザーバックに入れればいいように。解凍されちゃった収穫の豆がテーブルの上に置かれると、お父さんがパン切りナイフで袋を切って開け、ぐっしょりした豆を手押し車にドサッと空けて、堆肥の山へゴロゴロ運んでいった。そのあとお父さんは、おまえらなんか、もう勝手にしろと言った。でもわたしたちは、お父さんが組合に行かなくちゃいけないこと、そしてまた家にもどってきた時には、行ったっきりになるなんて脅したのを忘れてるだろうことを知っていた。逃げたいと思う人はたくさんいるけど、でもほんとうに逃げる人がそれを告知することはまれで、ただ、いなくなる。それでもわたしは心配している。わたしたちはある日、お父さんとお母さんを手押し車で堆肥の山へ運んでいくのかと。そしてそれはすべてわたしのせいなのかもって。

お父さんが出て行ったあと、わたしたちはティーシェをヒュザーレンサラダの小さな容器に入れた。ふたにはハンナがフェルトペンでこう書いた。〝**忘れぬがため**〟オブは無表情な顔で見ていた。外には表わさないものの、オブはますます何度も頭のてっぺんをさわったり、夜じゅう、寝返りをしてベッドの木枠にゴンゴンぶつかったりしていた。あまりの激しさに、お父さんは木にプチプチシートを巻きつけた。でもプチプチがつぶれる音はずっと聞こえていた。時々、オブの頭の中は寝返りのせいで混乱してぐちゃぐちゃなのかなと考える。

「凝乳《カード》をちょっと手伝ってくれる？」お母さんに頼まれる。

わたしは窓から離れる。プールのあとのわたしの髪はまだ湿っている。どうだったかなんて、だれもきかない。みんな──思いついた時に──ただ、約束を言い渡すだけで、途中経過をきくのは忘れる。わたしがどうやって氷の割れた穴から脱出したのかなんて知ろうとしない。わたしはまだ生きてる。それがお父さんとお母さんにとってただひとつの関心のあることなんだ。毎日、どんなにのろのろとでも、いやいやでも、とにかく起きあがれば、わたしたちが元気だって十分わかるのだ。わたしたち三博士は、ラクダに乗り続ける。たとえ鞍がとっくになくなった裸の背だったとしても、でこぼこ道でわたしたちの皮膚がこすれても。

水っぽいたくさんの白いかけらを、わたしはチーズ型に指で押しこんで、木のチーズプレスへスライドさせ、凝乳から乳精《ホエイ》を取り去るために押しこむ。お母さんは凝乳酵素のふたを閉める。わたしはまた凝乳をチーズプレスにかける。白いかけらが指にねばりつき、わたしはそれをジャケットの縁になすりつける。

「地下のようすはどう?」

わたしはお母さんを見ずに、エプロンのお花畑にじっと目を当てている。お母さんは、ある日、地下へ行ってしまうかもしれない。そこに住むユダヤ人の家族のほうがわたしたちよりもいいからって。そうなったら三博士は、その先どうしたらいいのか、わたしにはわからない。お父さんはコーヒーに入れるミルクを温められないかもしれない。沸騰させちゃうことだってあるかも、ましてや、自分の子どもたちを適温に保つなんてこと、できないかもしれない。

「どういう意味?」と、お母さんがきく。そして向きを変え、壁ぞいにある棚の上のチーズをひっくり返すために歩いていく。そんな簡単に作戦基地のことを教えてくれるはずないことぐらい、わかってたはずだ。牛たちだって、種類のちがうのを組み合わせる時には慎重にしないといけない。お母さんはきっと、わたしたちをごちゃまぜにしたくないんだ。わたしたちは上着に星をつけてないし、金髪だから、簡単に見分けがつくとはいっても。もしかしたら、お母さんはわたしたちを置いて行く準備をしてるのかもしれない。もしかしたら、だからお母さんは老眼鏡をかけなくなってるのかもしれない。わたしたちから距離を取るために。

「なんでもない」わたしは言う。「でもそれって、お母さんのせいじゃないし、お母さんのお腹の中の石のせいでもないよ」

「そんなことしゃべってないで」と、お母さんが言う。「それに、鼻の穴に指をつっこむんじゃないの。また虫が入ってもいいの？」お母さんはわたしの腕をぎゅっと強くつかむ。お母さんの爪がわたしのジャケットの布地に食いこむのはこれで二度目だ。見ると、お母さんは長いこと爪切りをしていない。指先に爪の白い縁取りがあるし、ところどころレンネットで黄ばんでる。「いったい、わたしたちがなにをしたっていうんだろう」わたしは返事をしない。お母さんは返事をしてほしくない質問をすることがある。そうは言わないけど、察してあげなければならない。返事をするとお母さんが悲しむだけだ。お母さんは、わたしの腕をつかんだ時よりもそっと注意深く離す。わたしは、洗濯物干し場にぬいぐるみのクマを取りにいった夜、お母さんがお父さんに話してた災いのことを考えている。エジプトでは、民衆がむこう岸へ行きたくて脱出した。ここではわたしたちはむこう岸へ行ってはいけないけど、脱出したいと思っている。もしもわたしたち、つまりハンナとわたしがいなくなったら、お母さんのお腹の中の石が自然に軽くなるってことだってあるかもしれない。いまだって、お母さんを手術してくださいって獣医さんに頼もうと思えば頼める。獣医さんは、隣りのおばさんが牛の乳房を踏んづけちゃったあと、そこにできた膿瘍をいくつか取ったことがある。そして、切除した膿瘍を堆肥の山に投げ捨てたら、一時間もしないうちにカラスたちがその血まみれのやつをひとつ残らず食べちゃった。

わたしたちの後ろで、小屋のドアが開く。お母さんはちょうど、チーズを検査してるところだ。お母さんはふり返ると、チーズの検査棒を隣りのカウンターの上に置く。

「どうしてコーヒーがないんだ？」お父さんがきく。

「だってあんたがいなかったから」と、お母さんが言う。

「ちゃんといるじゃないか。もう四時はとっくに過ぎてるじゃないか」

「だったら、自分で入れればいいでしょう」

「自分で入れろだと？　敬意ってものがないのか！」

お父さんは大股でズカズカと小屋から出ていき、ドアを力まかせにバタンと閉める。怒りには、油のさしてある蝶つがいが必要なんだな。お母さんはなんかもっと言おうとしたけど、ため息をついてコーヒーを入れにいく。すべてが計算問題だ。敬意は角砂糖四つとコーヒーミルクちょっぴりで成り立っている。わたしはチーズの検査棒を思い出ぜんぶが入ってるジャケットのポケットにすばやく差しこむ。


「バウデヴェイン・デ＝フロート」数時間後、ハンナの耳があるはずの場所で、闇にむかってささやいている。長く考えなくてもよかった。一日じゅう、頭の中でだれかの声が聞こえてるとしたら、それはバウデヴェインの声だ。わたしのお財布の中にもバウデヴェインの写真がはいってる。わたしの初恋の人――シュールト――の写真と一緒に。シュールトの写真には何本も細かいひびが入っている。シュールトが自転車置き場の小屋の裏で自分の愛をポケモンカード二枚にミルクビスケット一枚と引き換えにしたと知った時のわたしの胸のうちにそっくりだ。その時以来、わたしは低木の生えてるその場所にいつもディノサウルスのイラストつきの水筒の中身のシロップ入りのカルネメルク（バターミルク。乳製品の一種でヨーグルトドリンクに似てはいるが風味は異なる）を空けた。それは、クラスメイトもくさいと思ってたからでもあるけど――みんなはカルネメルクなんかじゃなく、ほんとのヨーグルトドリンクのミニパックを持ってきていた。自転車置き場の小屋の裏の地面や植物には白くあとがついた。いや、バウデヴェイン・デ＝フロートは、正しい選択に思える。あんなに美しく愛を歌える人なら、そのうちのひとつだって――きっと救える。それに、お父さんとお母さんもバウデヴェインの歌がすごく気に入ってる。もしバウデヴェインがわたしたちを連れて行っても悪くは思わないだろう。お母さんも以前〈マースとヴァールの地〉を大声で歌ってて、お母さんもどこか別の場所へ行きたいんだなとわたしは思ったものだった。いまでは〈音楽のフルーツバスケット〉っていう、詩と讃美と霊の歌をリクエストで流す番組だけしかお母さんは聴いてないけど。

ハンナとわたしはわたしのベッドの上にあおむけになり、おたがいの腕を8の字型のパイクッキーみたいにからませている。崩れそうに、壊れそうに。お腹までかけぶとんがかかってるけど、体ぜんぶをすっぽり覆うには暑すぎる。わたしは鼻の穴をほじって、小指を口の中へ入れる。「きったない」とハンナが言う。そして、腕をふりほどいてわたしから体を離す。ハンナに見られたわけじゃないけど、ハンナはわたしが静かな時によく鼻をほじってるのを知っている。だけど、よく考えるには、じっくり掘りながら出口を探すみたいなことを体でも感じるほうがうまくいく。鼻の穴が広がっちゃうよとハンナは言う。わたしのショーツのゴムがのびちゃうように。でも、下着はまた新しいのに買いかえられるけど、鼻はそうはいかない。わたしはジャケットの下にあるお腹に手を当ててる。画びょうのまわりにかさぶたができてる。もう片方の手でハンナの顔を手探りでさわり、親指と人差し指でハンナの耳たぶをつまむ。ヒトの体の中で一番柔らかい部分だ。ハンナがまたわたしのほうへ体を寄せてくる。そういうの、時にはいいんだけど、そうじゃないことが多い。だれかがすぐそばに立ってたり寝てたりすると、なんだかなにかを認めなくちゃいけないような気になる。自分の存在に責任を持たなくちゃいけないような。わたしは、お父さんとお母さんがわたしの存在を信じたから、その思いから、誕生することができたんだし――二人の疑いはここ数日強まって、わたしたちに注意を払ってくれなくなっているとはいっても。わたしの服はしわくちゃになっている。ちょうど、ゴミ箱の中でだれかがきれいにのばしてまた読むのを待ちながら、くしゃくしゃにまるまってる買い物リストの紙みたいだ。

「わたしはヘルベルト先生がいいな」と、ハンナが言う。

わたしたちはわたしの枕に一緒に頭を乗せている。わたしはハンナから少しずつ離れて、頭をだんだん遠くへずらしながら、自分の頭が枕の縁から落っこちるところを思い浮かべている。頭がドスンと落ちたら、それが考えの変わるきっかけになるって。そして、ハンナにわかってもらえるって。わたしには救い主は必要ないってこと、ここから遠く離れたむこう側には行きたいけど、わたしたちにはたぶん、男の人じゃなく別のなにかが必要だってこと、わたしたちは神さまをおいそれと交換できないってこと、だって、神さまは最強のポケモンカードなんだからって。ここから出ていくための別の解決策って、わたしにもなにかわかんないけど。

「どうしてバウデヴェインなの？」ハンナがきく。

「どうしてヘルベルト先生なの？」

「だって、大好きなんだもん」

「わたしだってバウデヴェイン・デ＝フロートが大好き」と、わたしは言う。もしかしたら、お父さんにちょっと似てるからかもしれない。お父さんは金髪で、鼻はもっと小さいし、あんなにじょうずには歌えないけど。お父さんは華やかなシャツブラウスじゃなく、いつもつなぎの作業着や青いスキッパージャージを着てるし、日曜日には返し襟がテカテカ光ってる黒いスーツ姿だけど。それに、お父さんはリコーダーしか吹けないけど。毎週土曜日と日曜日の午前中、お父さんはわたしたちが〈今週の詩篇歌〉を歌うのを伴奏する。わたしたちが月曜日に学校でいい印象を与えるようにと。お父さんはクープレットごとに、いちいち人差し指でリコーダーのウィンドウを押さえて勢いよく息を吹きこむ。まるでどれを歌うんでも、わたしが段を間違えるのを知ってるみたいに――わたしはそんな風にして、お父さんのためじゃなく、村全体のためにと思って歌ってる。バターのようにやわらかく、ツグミのように澄んだ声で。バターの中に落ちたツグミみたいに。そうしてみんなはミュルダー家の娘だって、わたしのことを敬愛するだろう。かすれて調子っぱずれのリコーダーの音は、わたしの鼓膜を傷つける。

「どこに住んでるのか、知らないと。それが条件だよ」ハンナが言う。そして、わたしの上に体を曲げて手をのばし、地球儀ライトのスイッチを入れる。光に目を慣らさないといけない。部屋の中のいろんなものがさっと真剣な顔つきにならなきゃいけないみたいに。服のしわをのばしてしんと静まって、わたしの持ってるイメージにすっかり合うように。ちょっとだけ、お母さんがいちいちびっくりしすぎるのと似てる。着がえの途中にわたしたちが部屋にはいると、まるでわたしたちが持ってるお母さんのイメージに合わなくなると困るというようにびっくりする。毎朝、飾りをつけたクリスマスツリーみたいにしておかないといけないとでもいうように。まるぼうずだったら、ただのつまんない木に過ぎないからって。

「橋のむこう側だよ」

ハンナが目を細くする。バウデヴェインがむこう側に住んでるのかどうかなんて知らないけど、どきどきする響きだってわかってるから――むこう側。まるで、新しい数学のノートとほとんど同じくらいの緊張感。白いページにはまだ赤い斜線が入ってなくて、まちがった答えはほとんどない。ヘルベルト先生のほうは、お菓子屋さんの裏手に住んでいる。わたしたちの頭の中と同じ。お菓子がほしいのが先で、そのあとにほしいものが愛。そういう順番だってこと。

「そういうこと」と、ハンナが言う。「あそこに行かなくちゃ。救い主がうじゃうじゃいる。お父さんとお母さんは来ようとはしないよ」

わたしは親指と人差し指でジャケットの下の画びょうをはさむ。これは、北海の真ん中に浮かぶ救命浮き輪だ。

「バウデヴェインにキスしたい?」だしぬけにハンナが質問する。

わたしは首を大きくふる。キスはもっと年上の人たちのすることで、言葉がもうこれ以上見つからないっていう時に、おたがいの唇をふさぐんだから。ハンナが息のにおいがするほど近くに寝ている。ハミガキ粉だ。舌で唇をなめて湿らせている。取り残された乳歯がまだ一本、大人の歯になろうとしている。

「いいこと考えた」と、ハンナが言う。「ちょっと待ってて」

ハンナはふとんのあいだからすりぬけて、しばらくするとお父さんの日曜日用のスーツを片手にもどってくる。

「それでなにすんの?」わたしはきく。

ハンナは答えない。ハンガーには、ラヴェンダーの匂い袋がかかっている。ハンナがネグリジェの上にスーツを着るのを眺める。わたしはニヤニヤしてるけど、ハンナは笑ってない。そして、わたしのペン皿から黒いマーカーペンを取り出して上唇の上にヒゲを描く。ちょっとだけ、ヒトラーに似てる。ほんとうは、ハンナまるごとにマーカーで印をつけたいところだ。ハンナのことを覚えていられるように、わたしの手元にとっておけるように。ジャケットのポケットに入れるにはハンナは大きすぎる。

「じゃ、こっちにあおむけに寝て。そうじゃないとうまくいかないから」

わたしは言われたとおりにする。ハンナの指図に従うのには慣れている。ハンナはゴツゴツ骨ばった両足にぶかぶかのお父さんのズボンをはいて、わたしの腰の隣りに来て、顔にかかった髪をかきあげる。地球儀ライトに照らされて、黒ヒゲをつけたハンナはおぞましく見える。ヒゲというより蝶ネクタイみたいだ。

「おれは町から来た。おれは男だ」ハンナは太い声で言う。どうすればいいのかなんて、当然わかってる。真夜中に、ハンナがごくふつうのことのようにお父さんのよそいきのスーツを着てわたしの上に乗っかっているみたいに。テカテカ光る返し襟の上着を着たハンナの両肩は大きく広がって、頭は陶器のお人形みたいに小さい。

「わたしは村から来たの。わたしは女よ」わたしは自分の声よりも高い声で言う。

「それで、きみは男を探してるのかね？」うなるようにハンナが言う。

「そのとおりよ。わたしは、このばかげた村から救い出してくれる男の人を探しています。とても強い人を。そして、かっこよく、そして、やさしい人を」

「では、おれはふさわしい相手だ。キスをしようじゃないか？」

わたしが答える前に、ハンナはわたしに唇を押しつけ、舌を無理やり差しこんでくる。それは生温かくて、お母さんが電子レンジで温め直して出した残り物の牛肉の煮込みみたいだ。猛スピードで舌が動いてハンナの唾液がわたしのと混ざり合い、わたしの頬をつたって下に落ちる。ハンナはすばやく舌を差し入れたかと思うと、同じくらいすばやく引きぬく。

「どうだ、感じたか？」ハンナは息を切らせてきく。

「なにがでしょうか？」

「腹の中や足のあいだに？」

「いいえ」わたしは言う。「ただ、あなたのヒゲだけ。ちょっとくすぐったかったわ」

わたしたちは、止まらなくなるかというほど笑い、ちょっとほんとにそんな風に思った。それからハンナはわたしの隣りにバタンと倒れこむ。

「ヤスは金属の味がした」と、ハンナが言う。

「ハンナは濡れたミルクビスケット」わたしが言う。

わたしたちは二人とも、それがどんなにひどいシロモノかを知った。

十

妹とわたしは黒く汚れた顔で、しわだらけになったお父さんの日曜日用のスーツとともに目覚める。わたしはすぐに起きあがってベッドの上に座る。もしもお父さんがこんなわたしたちを見つけたら、キッチンのテーブルの下についている引き出しから国定訳聖書を出して、〈ローマ人への手紙〉の一節を読んで聞かせるにちがいない。——もしあなたの口でイエスを主と告白し、あなたの心で神はイエスを死者の中からよみがえらせてくださったと信じるなら、あなたは救われる——その同じ口でわたしたちはきのうの夜キスして、ハンナはわたしの口に無理やり舌を差し入れた。まるで自分が持たない言葉を探すみたいに。罪の意識が心にはいりこむのを拒否することはできても、家にはいりこむのを拒むことはできない。だからお父さんは、わたしたちをベッドからたたき出す時、わたしたちがこの罪を持ちこんだのにきっとすぐ気づくだろう。いつか、わたしたちが迷い猫を引き入れて、薪ストーブの裏側のクルミを入れるバスケットに寝かせて、元気になるまでミルクとパンくずをやった時みたいに。そして、いまとなっては、ハンナもわたしもどちらも救われることはもうないだろう。

ハンナはお父さんのスーツのしわを手でのばし、その胸ポケットから半分残ってるペパーミントのロールを取り出す。そしてひとつ、口に入れる。なぜそんなことするんだろうと思う。というのは、ペパーミントは説教を乗り切るためだけにあるものだから。わたしたちが足をぶらぶらさせてベンチをきしませないように静かにさせるため、同じ列にいる人たちに、ミュルダー家の子どもたちはレンケマ牧師のお言葉を聞いてないとすぐにわかってしまわないようにするためのペパーミントだから。いま、わたしたちに静かにしている理由はないし、むしろ行動を起こさなくちゃならない。お父さんにとって教会の説教がちっとも長くないのと同じに、わたしたちの話もけっして長くないと思わせるようにしなくちゃ。あとで礼拝が長すぎるとわたしたちが文句を言うと、お父さんは言う。「がまんのできない者は、罰として二倍の長さの説教を聞くがいい」そして続ける。「隣りのリーンおばさん、あの人の話こそ、耳があるのがいやになるほど長いだろ」わたしはしばらく、お父さんとリーンおばさんがポルダーの道でむき合って立っているところを思い浮かべる。そしてある瞬間、お父さんの両耳が秋の落ち葉のように頭からぽろりと落ちるところを。わたしたちはその耳を〈プリットのスティックのり〉で、もとどおりに貼りつけてあげなくちゃいけないだろう。それよりどっちかというと、わたしは耳をビロードの小箱にしまって、毎晩一番やさしい言葉と一番ひどい言葉をささやきたいけど。そのあとふたをして上下に揺さぶって、言葉が耳の穴にちゃんとすべりこむようにするんだ。だけど、わたしの中にはたくさんの言葉があるのに、どんどん出てこなくなってるような気がする。聖書の言葉は雪崩みたいにいくらでも出てくるのに。のりでくっつけたお父さんの耳を思い浮かべるたび、わたしはにやにやしてしまう。そして、お父さんが隣りのリーンおばさんの冗談を天気の週予報みたいに何度もくり返し続けるかぎり、怖いもんなしだ。それでもお父さんは黙想の時間にペパーミントをほとんど食べてしまう。そして、この前からいつも家に帰るなり、説教はなににについてだったかとかどんなことを注意しながら聞いたかとかチェックするために質問する。わたしはひそかに、お父さんがなにか別のことを考えてるから、自分自身のためにわたしたちに要約させているんじゃないかと思っている。この前の日曜日、そんな風にして、ほんとじゃないのに説教は放蕩息子についてだったとわたしは言った。でも、お父さんは訂正しなかった。放蕩息子の話はわたしのお気に入りだ。時々目の前に、雪みたいに白い肌のマティースがある日こちらへ歩いてくる光景が見える。お父さんは一番肥った仔牛を牛舎から連れてきて解体する。お母さんは、〈音楽や踊り〉と呼んでいるあのどんちゃん騒ぎのパーティーは実は好きじゃないけど、わたしたちは農場の敷地で盛大なお祝いのパーティーを催す。小さいちょうちんランプやガーランド、コーラやリブのチップス——「なぜなら、いなくなっていたのが見つかったのだから」

「わたしたち、なにかいけないことをしたんだと思う？」わたしはハンナにきく。ハンナは片手を口に当ててあくびを噛み殺している。わたしたちが眠っていたのは三時間ほどだった。

「どういう意味？」

「まあ、ただ。わたしたちのせいなのかなって。いまのお父さんとお母さんのこと、マティースとティーシェが死んだこと、わたしたちがいまだにキャンプに行けてないこと」

ハンナはしばらく考えている。そういう時、ハンナの鼻は上下に動く。黒マーカーがハンナの頬にもついている。ハンナは言う。「なにごともちゃんと理由があれば最後にはうまくいくってことだよ」

ハンナはよく賢いことを言う。でもそれは、自分がなにを言ってるのか、なんにもわかってないからだと思う。

「だいじょうぶ、って思う？」

自分の目がうるんでくるのがわかる。その目をすぐにお父さんのスーツに、日曜日にはお父さんをさらに偉そうに見せるその肩パッドに向ける。肩パッドなんか、ただナイフで刺せばしぼませられる。わたしは小指で目から黄色っぽい目やにをぬぐい取って、かけぶとんになすりつける。鼻くそにそっくりだ。

「もちろんだよ。オブだって、ああなると思ってはいなかったんだもん。偶然だったんだよ」

わたしはうなずく。そう、偶然だったんだ。ここみたいな村では、なんでもそうだ。みんな、偶然にも恋に落ちて、偶然にもまちがった肉を買い、偶然にも讃美歌の本を忘れ、偶然にも無口なんだ。ハンナは起きあがって、お父さんの上着をまたハンガーにかける。ラヴェンダーの匂い袋が破れて紫色の小粒の花がわたしのかけぶとんの上に散らばる。わたしはラヴェンダーのあいだにあおむけに寝ころぶ。どうか、その日が待っていますように。そうしたら、わたしは学校に行かずにすむ。牧草地の草が干し草を作れるほど干からびて、そうしてわたしの中の水分がだんだん減っていくほどの長いあいだ。

十一

ニュースで、一時間ごとに大きなグラス一杯の水を飲むようにと勧めていた。画面にはどのくらい大きなグラスかという写真まで映し出されていた。わたしたちが持っているのとは似てないグラスだ。ここみたいな村では、同じグラスを持っている家は二軒とない。ほかとはグラスで見分けがつく。わたしたちはマスタードのはいっていたビンを使っている。そして、コーラのボトルからお父さんがグラスについでくれる水を順番に飲む。ボトルをよくゆすがないので、水はまだなんとなくコーラの味がするし、日に当たって生ぬるくなっている。わたしの鼻は、干し草作りのあいだに立ちのぼったちりやほこりに刺激されてむず痒い。もしいま鼻をほじると黒い鼻くそが取れるから、そうしたらそれをズボンでふく。病気になってちりに帰るのは怖いから、食べちゃおうとは思わない。わたしのいるまわりの牧草地には、固形のグリーンソープみたいな干し草ブロックが置いてある。あのお父さんの指のことを考えたくなく、お父さんがたったいま手渡してくれたドーナッツをひとかじりする。ドーナッツは、わたしの喉をもうほとんど通らない。あのふにゃふにゃのやつにうんざりしてる。パン屋さんには最近、こんなドーナッツしかない。それでもわたしは、もうひと口かじる。オブとお父さんとのつながりみたいなのを持つためだけだとしても。干し草ブロックの上に座ってドーナッツを食べる三人には、なにか共通したものがなければいけない。ベトッと濡れたようなドーナッツの皮がわたしの歯や上あごにくっつき、わたしはろくに味わいもせずに飲みこむ。

「神さまがインク瓶をひっくり返したんだな」オブが空を見あげて言う。わたしたちの汗ばんだ頭の上はだんだん暗くなっている。わたしはくすりと笑い、そしてお父さんまでがひさしぶりに笑みを浮かべている。お父さんが立ちあがり、作業続行の合図にズボンで手をふく。そのうちきっと、干し草ブロックが雨でぐしょぬれになってカビが生えるんじゃないかってピリピリするだろう。わたしも立ちあがり、干し草ブロックを持ちあげる前に、手にロープのあとがつかないようにと乾いた草をいくらかつかむ。もう一度、お父さんの笑顔を盗み見る。ほら、とわたしは考える。ただロープのあとがつかないように気をつけるだけで、すべてがうまくいくんだ。カラスが獲物に襲いかかるように、お父さんとお母さんが、いつ何時《なんどき》〈最後の審判の日〉に見舞われるかと、わたしたちが祈るよりも罪を犯すほうが多いかと、怖がらなくていいんだ。わたしは次の干し草ブロックを持ち上げる。ジャケットが汗ばんだ肌にはりついている。こんな暑さでも、わたしはジャケットを断固として脱ごうとはしない。ブロックを荷車に放り投げる。そうしてお父さんが六ブロックずつのきれいな列に並べられるように。

「もっと早くしないと。そのうちザーッと来る前にな」とお父さんは言って、わたしたちの頭の上のどんどん暗くなる空をもう一度じっと見る。そんなお父さんを見あげながらわたしは言う。「マティースは、干し草ブロックを二つまとめて持ち上げられたね。まるで、イラクサ入りのチーズの塊をピッチフォークで串刺しにするみたいにして」とたんに、お父さんの顔の皮膚の中に笑顔が沈んで、そこにはなにもなくなる。たとえ悲しくても、いつも笑顔を浮かべている人たちがいる。そういう人たちの笑いじわは消すことができない。お父さんとお母さんは反対だ。ほほえんでいても悲しそうだ。まるでだれかが口の両わきに三角定規を置いてそれぞれ斜め下に線を引いたみたい。

「死んだ者のことは話すんじゃなく、思い出すもんなんだ」

「声に出して思い出してもいいんでしょ？」と、わたしはきく。

お父さんはわたしをじっと見すえて、干し草の荷車から飛び降りると、ピッチフォークを地面に突き刺す。「なんだと？」

お父さんの腕の筋肉が張りつめているのがわかる。

「なんにも」わたしは言う。

「なにがなんにもなんだ？」

「なんでもないよ、お父さん」

「そうだろうとも。あの貯蔵用の豆を台なしにした上に、まだ、おれにたてつく気かってんだ」

どうしたらいいんだろうと、わたしは空を見つめた。わたしは初めて、自分の筋肉も張りつめていることに気づく。そして、お父さんの頭を万年筆みたいにインクの中に突っこんで、それから汚い文章とか、マティースがいなくなってわたしがどんなにさびしいかとか、書きつけてやりたくてたまらなくなってる。とたんに、自分の考えにびっくり仰天してしまう。——あなたの父母を敬え。

そうすればあなたは、あなたの神、主が与えられる土地に長く生きることができる——そしてすぐにこうも考える——それなら、ここみたいにくだらない退屈な村でなく、むこう岸での日々でありますように。オブは地面に置いたコーラのボトルをつかむと、わたしに要るかともきかずに、最後の一滴までごくごく飲み干して、それから干し草作りを続けるために立ちあがる。

最後の一回の作業はもたもたしている。トラクターを操縦するのはわたしの役目で、オブは干し草ブロックを荷車の上に投げ、お父さんはそれを積み上げる。お父さんはわたしに速く走れとか遅くしろとかずっとどなりっぱなしだ。時々、トラクターのドアを急に開けてわたしを椅子から乱暴に押しのけると車体が溝に落ちないようにハンドルを大きくぐいっと切って、額に汗をしたたらせている。お父さんがまた干し草の上に立ってオブからブロックを受け取る作業にもどるとすぐに、わたしは考える。ここで一度だけ、思いっきりアクセルを踏んだら、お父さんは荷車から落っこちる。一度だけ踏みこめば。

干し草作りがすんで、オブとわたしは牛舎の裏の壁に寄りかかって立っている。オブの前歯のすき間に干し草が一本挟まっている。その裏では、牛たちの背中のかゆみ対策の回転ブラシがまわる音がしている。エサやりまではまだだいぶ間がある。まだしばらくは休みだ。オブは干し草を嚙みながら、もしわたしがオブのミッションに協力したらコンピューターゲームの〈ザ・シムズ〉のパスワードを教えてくれると約束する。パスワードを入力すると大金持ちになり、ゲームのアバターたちをおたがいにディープキスさせることができる。わたしの体の中に震えが走る。時々、お父さんがおやすみを言いにくる時、お父さんはわたしの耳に舌を差しこむ。グリーンソープの指よりはましだけど、だからっていいわけない。どうしてそんなことをするのか、わかんない。もしかしたら、それって、毎晩お父さんがフタについてるバニラフラ（カスタード。いろんな味がある。デザートなどにする）をもったいないからって舌でなめてそうじするようなものかもしれない。お父さんがわたしの耳をペロッてやるのは、もしかしたらわたしが綿棒で耳そうじするのをよく忘れるからかな。

「死とは関係ないことなんだよね？」わたしはオブに言う。

わたしは、いま自分が死と対面できるほど強いかどうかわからない。神さまの前に出ていいのは日曜日の服を着てる時だけだけど、死と会うのにはどうしたらいいのか、わたしにはわからない。お父さんの怒りがいまもまだ肩にずっしりのしかかっている感じがする。学校でけんかが起こったら、わたしは関わらないで離れたところから見ている。そして、心の中では弱いほうの味方をする。死については、向きあいかたが難しい。そもそも、どうするんだか教わったことがないし。時には離れたところから自分自身を見てみようとしてはいるけど。うまくいかない。わたしは自分の中で身動きがとれなくなっている。それに、あのハムスターのことはまだ生々しい記憶だ。あとでどんな気分になるかは知っているけど、それは、死と会うため、それを理解するための好奇心には勝てない。

「死と会うのには、いつも危険がつきまとうってことだ」

オブは干し草を歯のあいだから吐きだす。白い塊が砂利石の上に着地する。

「どうしてマティースのこと話しちゃいけないのか、わかる？」

「パスワードを知りたいのか、知りたくねえのか？」

「ベルも一緒でいい？　もうすぐここへ来るんだけど」

ベルが来るのは、主に隣りの男の子たちのおちんちんが目当てで、それはわたしが大げさに話したからだということはオブに言わない。わたしはベルに、あれはなんとなくクロワッサンの白っちょろいパン生地に似てると言ったのだ。時々、昼休みにベルの家で食べさせてもらうクロワッサンのあれ。ベルのお母さんはパン生地を缶詰から引き出してくるくる巻いて小さいロールにして、オーブンでこんがり焼いてくれる。

「いいよ」と、オブが言う。「泣きわめいたりしないんならな」

しばらくすると、オブは地下室から缶コーラを三缶取ってきてプルオーバーの中に隠し、ベルとわたしに手で合図する。わたしはこれからなにが起きるのかを知っているので、静かな気持ちでいる。あまりに落ち着きはらって、ファスナーを歯のあいだに挟むのを忘れている。もしかしたら、これは隣りのリーンおばさんとご主人のケースおじさんが文句をつけたことと関係があるかもしれない。おばさんたちは、わたしが袖を指先まで引っぱり出し、襟とファスナーを歯のあいだに挟んで堤防を自転車で走るのは危険だと思っている。お父さんとお母さんは、心配ご無用と取り合わなかった。まるで、安値のついた仔牛みたいに。

「しばらくのことだから」お母さんは言った。

「そう、そこを乗りこえて成長するだろうよ」お父さんが言った。

だけど、わたしはそこを乗りこえて成長なんかしない。わたしは逆にそこで成長して身動き取れなくなる。そして、きっとだれもそれに気づかないだろう。

わたしたちがウサギ小屋へと歩いている時、ベルは生物のテストのこと、そしてトムのことを話していた。トムはわたしたちの二列後ろの席に座っていて、黒い髪が肩までのびていて、いつもチェック柄の同じシャツを着てる。わたしたちは、トムにはお母さんがいないんだろうとか、それならなぜだれも洗濯してあげないのか、どうしてトムはちがう服を着ないのかとか、想像している。ベルが言うには、トムはベルのこと、確かに十分間は見つめたそうで、それは、もういつでもベルのTシャツの下のおっぱいがふくらみだしてもおかしくないっていうことだ。わたしは別にうれしくはないけど、それでもにっこりする。人は、自分を大きく感じるのに、小さな問題が必要だ。わたしにはおっぱいのふくらみ願望はない。それがおかしいかどうかはわからない。男の子へのあこがれもなく、自分自身にならある。でも、それを明かしてはいけない。ノキアのパスワードと同じに。だれかにうっかり入ってこられないように。

ウサギ小屋の中は、暗くて暖かい。陽が一日じゅう屋根の石膏ボードに当たっている。ディウヴェルチェは檻の中で体をのばして寝そべっている。お母さんはきのうのしなびた菜っぱを取って、新しいのを入れてやった。缶にキャンディーを入れ忘れることはあっても、菜っぱは忘れないお母さん。オブは木枠からエサ入れをずらしてはずし、それを地面に置く。そして、ジャケットのポケットからはさみを取り出す。はさみには、お母さんがハインツの袋をはしっこを切った時のトマトソースがまだくっついている。オブがチョキチョキ切る動作をする。すると、小屋の壁のすき間から陽の光が一瞬差し込み、はさみに反射する。死が警告のサインを出している。

「はじめにヒゲを切る。ヒゲはセンサーだから、ディウヴェルチェは自分がなにをしてるんだかわかんなくなる」一本ずつ、オブはヒゲを切り、それをわたしの手のひらに置く。

「それ、ディウヴェルチェによくないんじゃないの？」ベルがきく。

「おれたちが舌にやけどして味がわかりにくくなるのと変わらない。どってことねえよ」

ディウヴェルチェは、檻の中のあちこちを飛ぶようにして突っ走る。でも、オブの手をよけることはできない。ヒゲがぜんぶなくなったところで、オブが言う。「ウサギがセックスするとこ、見たいか？」

ベルとわたしは顔を見合わせる。ウサギのヒゲを切っちゃって、また生えてくるかどうか見るのが計画なんじゃなくて、わたしのお腹の中に虫がまたもどってくるんだ。オブがおちんちんを見せてからというもの、お母さんの虫くだしドリンクはわたしのお腹をさらにはやく通りぬけるようになった。わたしがわざと、お尻がかゆいとうったえるからだ。時々、わたしは肛門からガラガラヘビぐらい大きな虫が何匹もはい出してくる夢を見る。それぞれライオンみたいな口を開けて、わたしはダニエルがライオンの穴に落っこちたみたいにマットレスのくぼみに落っこちて、神さまへの信仰を誓うんだけど、それでもまだ、うねうねしたヘビたちが気味悪く飢えた口をガーッと開けてるのが見える。助けを求める自分の叫び声で、わたしはようやく悪夢から覚める。

オブは、ディウヴェルチェの檻のむかい側にある別の檻の中のミニウサギのほうを向いてうなずく。お父さんの言葉を思い出す。大きなウサギを小さいウサギの上にけっして覆いかぶせるな。だけど、それはちがう。お父さんは頭二つ分、お母さんより大きいけど、お母さんはわたしたちを産んでもちゃんと生きてる。これもきっとできるはず。だからわたしは小さいウサギをベルの腕に押しつけて、ベルはウサギをちょっとのあいだかかえてから、ディウヴェルチェの檻の中に置く。わたしたちは黙ってようすを見る。ディウヴェルチェがそっとミニウサギの匂いをくんくん嗅ぎ、まわりを歩きまわり、地面を足踏みしはじめて、はじめに前、そして後ろへ飛び跳ねるところを。ディウヴェルチェのおちんちんは見えない。そこにあるのはただ、激しい動きとハムスターの時に見たのと同じ、小さいウサギの目の中のおびえだ。

「知識のない激情はよくない。急ぎ足の者はつまずく」わたしたちがあまりにしつこく物をほしがると、お父さんはこう引用して言う。その時、ディウヴェルチェが小さいウサギの横にばたっと倒れた。わたしはちょっと考える。お父さんも毎回そのあとにこうして倒れるんだろうか？　それで、足が変形していつも痛むのかな。刈り取り機の話っていうのはもっともらしいし、恥ずかしくないからこしらえたのかも。そして、わたしたちがほっと息をつこうとするちょうどその時、小さいウサギが死んでいるのに気づく。ぜんぜんめくるめく見ものなんかじゃない。ウサギは目を閉じて、死んでしまった。痙攣も苦痛の叫びもなく、死を一瞬もちらつかせることなく。

「なんてひどい遊びなの」ベルが言う。

ベルが泣きそうなのがわかる。ベルはこの手のことにあまりにも弱い。チーズを作る時の凝乳《カード》みたいだ。わたしたちはもうだいぶ先の段階にいる。まわりにはもうプラスチックの層ができている。

オブがわたしを見つめる。オブのあごには、うっすらと羽毛のような毛が生えている。わたしたちはなにも言わないけど、これをマティースの死を理解するまでくり返さなくてはならないことを二人とも知っている。なにをどうするのかはわからなくても。わたしのお腹の刺すような痛みは強まっている。だれかがわたしのお腹の皮をはさみで突いているみたいに。石鹸の効果はいまだに出てない。わたしはジャケットのポケットの牛の貯金箱の破片やチーズの検査棒と同じところにヒゲをしまい、コーラのプルタブを引っぱって、冷たい金属に口をつける。缶の縁の向こうに、ベルがわたしを待ちながらじっと見ているのが見える。約束を果たさなくてはならない。イエスさまにも弟子たちがいた。なぜかというと、弟子たちになにかを常に与えることで信じる価値のありそうなイエスさまでい続けられたからだ。わたしはベルになにかを与えて、ベルが友達から敵に変わらないようにしなくちゃいけない。ベルをイチイの生け垣ののぞき穴へ連れていく前に、わたしはオブの袖を引っぱって小声できく。「それで、パスワードはなんなの？」

「クラパウシウスだ」オブはそう言うと、小さいウサギをディウヴェルチェの檻からつかみ出して、きっとまだコーラの缶の冷たさが残っているにちがいないプルオーバーの下に入れる。それをどうするつもりなのか、わたしはきかない。秘密を守らなければならないことは、ここでは黙って受け入れられる。


ベルはイチイの生け垣の反対側でフィッシングチェアに座っている。わたしはのぞき穴の前で小指を曲げてみせる。

「それはおちんちんじゃない」ベルが声をあげる。「あんたの小指じゃないの」

「おちんちんっていうような天気じゃないから、運が悪いね」と、わたしは言う。

「それなら、いつだったらいいの？」

「わかんないよ、だれにもわかんない。ここみたいな田舎じゃ、いい日なんてまれだし」

「うそばっかり言ってるよね」

ベルの髪がひと房頰っぺたに張りつき、コーラの缶の中にはいりこんだままになっている。ベルは手を口に当ててげっぷをする。その時、イチイの生け垣のむこうで笑い声が聞こえて、わたしたちはのぞき穴から隣りの男の子たちがビニールプールに飛びこんだり、小麦色の背を上にして浮かんだりしているのを見る。まるで、レーズンが何粒か、お酒に漬かってるみたいだ。

わたしはベルの腕を引っぱる。

「おいでよ、一緒に遊んでいいかってききに行こうよ」

「だけど、それでどうやっておちんちんを見るのよ？」

「あの子たち、いつも一回はおしっこするからさ」わたしは胸をふくらませるみたいな自信を持って言う。他人がほしがっているものを自分が持ってると考えると自分が大きくなる。わたしたちは並んで隣りへ歩いていく。お腹の中は炭酸の泡でいっぱいだ。わたしのお腹の虫たちは、コーラにも負けずに生きのびるんだろうか？

十二

　わたしがおちんちんにこんなにも惹かれているのは、あの裸んぼの小さい天使たちからきているにちがいない。十歳の時、クリスマスツリーから取りはずして、ずっしりした足のあいだのニワトリのエサに入ってる貝殻に似たその冷たい陶器をわたしはちょっとさわり、そこにヤドリギみたいに手をかざした。あの時は隠すためだったけど、今回はこれがわたしの下腹部にはじめからくっついてて、そこでどんどん大きくなればいいのにという、抑え切れない願望からだった。

「わたしは小児性愛者《ペドフィリア》なんだ」わたしはハンナにささやく。自分の息が腕のうぶ毛に吹きかかるのを感じる。それを感じないように、わたしはなるべくバスタブの縁に寄りかかっている。なにがそんなにも怖いのか、自分でもわからない。自分の皮膚に吹きかかる息を感じることなのか、それとも、ある日わたしがもう息をしなくなり、その日がいつ来るのかわからないと考えることなんだろうか。どんな姿勢になっても、わたしは自分の息がかかるのを感じるし、腕のうぶ毛が逆立ってしまう。だから、わたしは腕をお風呂のお湯の中に浸す。オマエハ、ペドフィリアダ。オマエハ、ツミブカイ。わたしはこの言葉をオブから教わった。オブはそれを友達の家のテレビで見て知った。そういう人は、国営チャンネルのネーデルラント1、2、3には登場しない。そんな人たちを見たい視聴者はだれもいないから、カットされてしまう。オブはこう言った。そういう人たちは、小さい男の子のおちんちんにさわるけど、ふだんはふつうの人と変わらない。そして小児性愛者は少し年上なんだって。隣りの男の子たちとわたしとは、片手分、つまり五歳の差がある。わたしもそのグループにはいるのはまちがいないし、ある日、一斉検挙で追跡されるんだ。牧草地の別の場所に牛を移す時にまぐさ台に追いやるみたいに。食事のあと、お母さんはいつものように濡れタオルをわたしたちにまわした。わたしたちは順番に口元のケチャップやベタベタになった手をそれでぬぐってきれいにした。わたしはそれを使いたくなかった。お母さんは、わたしが罪深い指をぬぐった同じタオルに自分の唇を押しつけたと知ったら許してくれないだろう。お母さんはケチャップつきのマカロニをまるっきり食べなかったのに、口のまわりをふいた。もしかしたら、間接的に味見をしたかったのか、わたしたちへのおやすみのキスの代わりだったのかもしれない。わたしたちをベッドに連れていく時、ますますしなくなったから。わたしはもう、いまはひとりで上のベッドルームに行って、いつかベルの家で見た映画にあったように、かけぶとんを胸のところまで引きあげていた。すると、映画だと必ずだれかがやってきて主人公のかけぶとんをあごまでかぶせてあげる。そういうのは、わたしにはけっして起きないことで、時々寒さに震えながら目を覚ますと、わたしは自分でかけぶとんをかぶせて自分にささやいていた。「おやすみなさい、かわいい映画の主人公さん」

濡れタオルがわたしのところにまわってくる前に、わたしは椅子を後ろへ引いて言った。「いますぐ行かなくちゃ！」「いますぐ」という言葉で、テーブルにいた全員がはっと見あげる。希望に満ちた目で。もうすぐ、ようやくわたしのうんちが出るかも。でも、トイレの中のわたしは、みんなが椅子を引く音を聞き、むき出しの尻っぺたが冷たくなり、手洗いシンクの上にかけてある、みんなの誕生日の書かれたカレンダーを三回見るほど長々と待った。そして、ジャケットからえんぴつを取り出すと、すごく近くで見ないとわからないくらい小さいロウソクの絵を描いた。みんなの名まえのあとには、それぞれクロス×の印をつけた。一番大きいクロスは四月のわたしの誕生日に、そして、その後ろに、アドルフ・ヒトラーのイニシャル〈A.H.〉も書き入れた。

隣りの男の子のおちんちんは柔らかな手ざわりだった。おばあちゃんのミニ・ミートローフみたいに。日曜日に、わたしは時々ハーブをふったミートローフの種をキッチンカウンターでまるめる手伝いをする。ただ、あれは脂っこくてザラザラしている。わたしはおちんちんから手を離したくなくてしかたがなかった。でも、おしっこはだんだん細くなり、止まってしまった。隣りの男の子は腰をあっちこっちへふり、それにつれておちんちんもいろんな方向に向いたので、おしっこは地面にしかれたグレーのタイルの上に飛び散った。そのあと、その子はボクサーショーツとジーンズを引きあげた。ちょっと離れたところから見ていたベルは、ズボンのスナップをとめさせてもらっていた。大切な仕事は、いつも下から始めなくちゃいけない。そこから一番上へと成長できる。ベルは死んだウサギのことをすぐには忘れられないだろう。でも、これはベルを落ち着かせる。わたしは約束を守った。だからベルの人差し指をつかみ、隣りの男の子のおちんちんに押しつけて言った。「これが本物だよ」

「わたしは小児性愛者なんだ」わたしはもう一度言う。ハンナは髪をごしごし洗う前にシャンプーの最後の残りをボトルから絞りだす。ココナッツの香り。黙っているけど、考えているということはわかる。ハンナにはできる。口に出す前に考えるということが。わたしの場合は反対だ。わたしがそうしようとすると、頭の中がとたんに空っぽになって、言葉がまるで牛舎の自分の場所じゃない、わたしがたどりつけないところで眠ろうとして寝そべる牛みたいになる。

するとハンナがクスクス笑い出す。

「まじめに言ってるんだよ！」わたしは言う。

「それはない」

「なんでさ？」

「小児性愛者ってちがうんだよ。お姉ちゃんはちがってなんかいない。お姉ちゃんはわたしみたいだもん」

わたしはあおむけになってお湯の中に沈んでいく。親指と人差し指で鼻をつまんで。

頭がバスタブの底につくのがわかる。お湯の中のハンナの裸の体の輪郭がぼやけて見える。わたしがハンナとちがわないと、わたしたちが同じだと、ハンナはいつまで信じていられるだろうか。夜はそれぞれのベッドで別々に眠るようになってもうだいぶ経ってるし、ハンナは時々、わたしのとっぴな考えについてこられなくなっているのに。

「それに、お姉ちゃんは女の子なんだし」と、わたしが浮きあがるとすぐにハンナが言う。ハンナの頭の上には泡の冠が載っている。

「じゃあ、小児性愛者はみんな男子なの？」

「そう、それにもっと年が上で、少なくても片手三本ぶんの年で、白髪だよ」

「よかった、ありがたや」わたしは、ちがってはいるかもしれないけど、でも、小児性愛者じゃないんだ。

クラスの男の子たちを思い浮かべる。白髪なのはその中にひとりもいない。先生は、ディヴだけは大人びている、心が年寄りだと言う。わたしたちの心はみんな、年寄りだ。わたしのは十二年ものだし。隣りの一番年とった牛よりも年寄りってことだし、その牛はお隣りさんに言わせれば、もうあんまりミルクが出ないから、お払い箱になるんだって。

「もう一回、言ってみなよ。あーりーがーたーやって」と、ハンナが大きな声で言って、わたしたちはげらげら笑い、バスタブから出ておたがいの体をタオルでふきっこして、二匹のかたつむりが隠れ場所を探しているみたいに、頭をパジャマにもぐりこませる。

十三

イボイボの皮膚が骨のまわりにだぶついている。何分かに一度、ヒキガエルたちは頬っぺたをボールみたいにふくらませる。まるでなにかを言おうと空気をためたけど、やっぱり気が変わったみたいに。ちょっとだけ、そのイボをひとつつぶしてなにが入ってるのか知りたくなったけど、そのかわりに学習机の上に両手で頬づえをついている。カエルの大移動以来、ヒキガエルたちはもうなにも食べてなかった。もしかしたら、お母さんと同じようにレジスタンス運動してるのかもしれない。なにに抵抗してかはわからないけど。第二次世界大戦の時のレジスタンスはいつも敵に対して――ドイツ人対ユダヤ人――だったけど、いまはそれ以前に自分たちどうしでやってる。実は、わたしのジャケットもレジスタンスと同じで、ラジオのリクエスト番組〈音楽のフルーツバスケット〉の中できくいろんな病気への抵抗なんだけど。かかるかもしれない病気をわたしはますます怖がっている。そして時々、こんなことまで思い浮かべてしまう。学校の体操の授業中、とび箱の前の列を見ていると、クラスメイトがひとり、またひとりと吐きはじめる。みんなの足元にはオートミールみたいなゲロ、怖くてリノリウムの床にへばりつくわたし。頬っぺたは、天井についている暖房のパイプみたいにほてっている。まばたきするとすぐにまた、その光景は消える。怖さ止めに、わたしは毎朝ペパーミントをいくつかテーブルの角で四つに割って、ズボンのポケットに入れておく。吐き気がしたり、そうなる予感がしたら、ひとかけら口に入れる。ミントの風味はわたしを落ち着かせてくれる。校長先生は早退の許可をもうくれないんだし。

「仮病の裏にはだいたい、なにか別のものが隠れている」と校長先生は言う。そして、まるで、思ったとおりそこにお父さんとお母さんの頭と、いまにも起きそうなこと、つまり、いつも連れ去らなくていい者を連れ去り、または逆に生かしておく、大きくぼんやりした死が見えるとでもいうように、わたしのまわりをぐるっとまわって見る。

「唾をペッて吐かなければだよ」と、わたしはヒキガエルたちに向かって言い、ベルが来る前に菜園でつかまえたミミズをティッシュペーパーの包みから二匹取り出す。ミミズって、最強の生きもののひとつだ。なぜかというと、真っ二つに切断してもまだ平気で生き続けるんだから。心臓は九つある。太ったほうのヒキガエルの頭の上でわたしが親指と人差し指でつまむと、ミミズたちはちょっとくねくね動く。カエルの目がきょろきょろ動いている。瞳が横線《ストライプ》になってる。マイナスドライバーだ、とわたし自身は思ってる。知っておくと便利かも。いつか、ホットサンドメーカーの鉄板を溶けたチーズだらけにしちゃった時みたいに、ヒキガエルたちのどこが壊れちゃったのかをみるのにバラバラに分解することがあったら。ヒキガエルたちはミミズに食いつかない。わたしは両足を合わせておたがいにちょっとこすりつける。学校のショーツのせいでかゆいのが続いてる。最近わたしは、よくおしっこをもらして、濡れたショーツをベッドの下に隠してる。不幸中の幸いなのは、お母さんの鼻がいつもつまってて、寝る前におやすみを言いに来ても、濡れたショーツのにおいがわからないってことだ。そうでなければ、一族が集まるバースデーパーティーの時、きっとわたしを笑いものにするだろう。わたしのお腹とわたしのことをわざと出たてのうんちみたいに見えるくずれたモカケーキにたとえたみたいに。

きょうも学校でやってしまった。幸い、先生をのぞいてはだれにも気づかれなかった。わたしは先生から〈忘れものボックス〉の中のショーツをもらった。そこには、もうだれにも探されなくなった、真の忘れものが入っている。そのショーツには、赤い文字で〝COOL〟（かっこいい）と記されている。ショーツに入ってるテキストっていうのは、お父さんとお母さんの抵抗運動とそっくりだ。見えないように秘密にしてるけど、いつでもそういう気持ちでいるっていう。どこが〝COOL〟なんだかって気がする。

「怒ってますか?」ショーツを受け取る時、わたしは先生にきいた。

「怒ってなんかいるもんですか。そういうこともあり得るからね」先生は言った。

どんなことでもあり得る、とわたしはその時考えた。でも、予測のつくものはなんにもない。死の計画と救い主、お父さんとお母さんがもう重なって寝ないこと、お母さんが洗濯ラベルを見なくてもわかるようになる前にオブが服を着られなくなること、オブは、背が高くなるだけじゃなくますます残酷になっていくこと、わたしがぬいぐるみのクマに乗って動き、疲れ切ってベッドから降りることになるお腹のムズムズ虫のこと、それに、どうしてうちにはもうあらびきクランチのピーナッツバターがないのかという疑問、どうしてキャンディー入れの缶に口ができて、そこからお母さんが「ほんとうにそうしたいの？」と言っている声が聞こえるのか？　どうしてお父さんの腕が遮断棒になったのか。番になってもならなくても、その棒は下りてくる。マティースについてと同じように、話題にされない地下室のユダヤ人たちのこと。まだ生き続けるんだろうか？　突然、片方のヒキガエルが前へ動く。机から落ちて粉々にならないように、わたしは手で押しとどめる。カエルたちの頭の中にも飼料サイロってあるんだろうか？　わたしはまた、頬づえをつく。カエルたちをそばで見て、話しかけられるように。「どういうことなんだかわかる？　ヒキガエルくんたち？　きみたちは、自分の力を発揮しなくちゃいけない。アオガエルみたいにスイスイ泳げなくて、高くとび跳ねられもしないなら、別のものを持たなくちゃ。たとえば、きみたちはじっと静かにしてるのがとてもじょうずだ。アオガエルにはまねできないことだ。あんまりじっとしてて土の塊と見分けがつかないくらいだ。それから、土を掘るのがじょうずだ。それは認めなくちゃならない。冬のあいだじゅう、どこかに消えちゃったかと思うけど、実はただ、わたしたちの足元の土の中にいる。わたしたちヒトはいつも見えてる。たとえ見えなければいいと思っても。あとね、ヒトは、きみたちができることはなんでもできる。泳ぐのとかジャンプするのとか、掘るのとか。だけど、ヒトはそういうことをそんなに大事だと思ってない。できないこと、長いこと学校で習わなくちゃいけないことのほうをしたいから。わたしは泳げるようになったり、泥に埋まって二シーズンやり過ごしたりしたくてしかたがないけどね。だけど、もしかしたら、きみたちとわたしとのちがいで一番大事なことは、きみたちにはもうお父さんもお母さんもいないか、もう会うこともない、ってことかもしれないね。それって、どんな感じだったの？　ある時、言われたの？　〝それじゃね、まるまるほっぺくん、おまえはもうわたしらがいなくてもやっていける、わたしらは行くよ〟って。そんな風だったの？　それとも、七月のあるきれいな夏の日に、きみたちが足でぴちゃぴちゃ水遊びしていると、睡蓮の葉っぱの上にいるお父さんとお母さんがだんだん、見えなくなるまで遠くへいっちゃったとか？　それって辛かった？　いまでもまだ辛い？　変に聞こえるかもしれないけど、わたしは、よく、お父さんとお母さんが恋しくなるんだ。毎日会っててもだよ。それは、もしかしたら、まだできないから習いたいことみたいなのかもしれないよね。自分が持たないものを恋しく思うのって。お父さんとお母さんはいるんだけど、いないって」わたしはそこで息を深く吸いこんで、そしてお母さんのことを考える。お母さんはいま、下できっと〈深淵〉っていう教会の雑誌を読んでいるはず。アニス入りのホットミルクのカップを片手に、両膝をきちんとそろえて座って。その雑誌は木曜日になったらビニールのカバーから出してよくて、それより前には開けてはいけない。お父さんは、テレテキスト（テレビ画面で文字情報を見ることのできるサービス）でミルクの値を探してる。それがよければ、お父さんはキッチンで自分でサンドイッチを作り、お母さんはパンくずが出るんじゃないかと害虫駆除係みたいにピリピリ神経質になる。ミルクの値がよくないと、お父さんは外へ出ていき、堤防をこえてわたしたちから遠ざかっていく。わたしは毎回、これがお父さんを見る最後かと考える。そして、お父さんのつなぎの作業服を玄関ホールのマティースのジャンパーの横にあるフックにひっかける――ここには、それぞれの死の専用コートかけがある。だけど、最悪なのは、果てしない静けさだ。テレビが消えると、聞こえるのは壁にかかってるカッコウ時計がチクタクいってる音だけ。まるで、時がテントのペグみたいに、どんどん暗い地中に消えていって、ついにはお墓みたいに真っ暗になるような。だから、お父さんとお母さんがわたしたちから遠ざかるんじゃなく、わたしたちのほうが遠ざかっていくんだ。

「これ、ほんとにここだけの話だからね、約束だよ、ヒキガエルくんたち。だけどさ、わたし、時々、別の両親だったらよかったなって思うことあるんだ。きみたち、わかるかな？」わたしは続ける。「ベルの両親みたいなね。オーブンから出したばかりのパウンドケーキみたいにふんわりしてて、ベルが悲しい時、ずっと長いこと抱きしめててあげるんだよ。不安な時もだけど、嬉しい時もなんだ。ベッドの下にいるいろんなおばけを追いはらってくれる両親。頭の中からもだよ。それから、ディウヴェルチェ・ブロックがテレビの中でやってるみたいに、毎週の終わりにその週のことを忘れないように、なにをどこまでできたか、くじけてもまたはい上がるんだよって、一緒にふり返ってくれる、そんな両親。それから、話しかける時にこっちを見てる両親。とはいっても、まあ、人の目をじっと見るのは死ぬほど怖いけど。人の眼球はきらきら光る二つのビー玉で、ビー玉遊びで勝負してるみたいで。家族を亡くした悲しみの中のビー玉袋は空っぽだ。そうそう、それでね。ベルの両親は遠くの国へ旅行に行くんだけど、ベルが学校から帰るとお茶を淹れてあげるんだ。いろんなめずらしいお茶が百種類はある。わたしの大好きなスターミントもね。時々、床に座って飲むんだよ。そのほうが椅子に座るより気持ちいいからって。そして、ふざけっこする。でも、けんかになることはない。それに、いやなことしちゃったら、すごくよく〝ごめんね〟って言うんだ。ところでさ、きみたち。きみたちヒキガエルは、泣くことってできる？　それとも、悲しくなったら泳ぐの？　わたしたちは体の中に涙を持ってるけど、きみたちのはもしかしたら体の外側にあって、涙の中に沈むために探しにいくのかな？　でも、きみたちの力の話の続きだ。そこからはじめたんだったよね。きみたちはつまりは、なにを活用して、それをどうしたいか、知らないとね。きみたちがハエを捕まえるのとか、交尾するのがじょうずだというのはわかってる。交尾って変な行為だと思うけど、きみたちはいつだってそうしてきた。そして、もしもそのいいと思ってしてきたことがストップするとしたら、そこにはなにかが起きているということだ。ヒキガエル風邪っていうのがあるのかな？　ホームシック？　それとも、ただ、うまくいかない？　質問しすぎかもしれないね。だけど、きみたちが交尾期にはいるなら、お父さんとお母さんもきっとそうなる。時には、だれかがお手本を示さないといけない。わたしがいつもハンナのいいお手本でいなくちゃいけないように。ほんとはその逆のほうがうまくいくんだけど。それとも、きみたちはいま、キスしてるところなの？　ベルが言うには、そこにいくまでには四つのステップがあるんだって。キス、いじる、もっといじる、そして交尾っていう順になってるんだって。うまく話せないけど。だって、わたしはまだ、そうなったことないからね。まあ、はじめはそっと始めないといけないってことはわかるけど。ただ、わたしたちにはもう、時間がちょっとしかない。だって、お母さんはきのう、ライ麦パンとチーズも食べなかったし、お父さんはしょっちゅう出ていこうとするし。二人はもうけっしてキスをすることもないんだ。けっしてだよ。いや、まあそれでも、大晦日に十二時になって年が明ける時だけはするけどね。お母さんがそっとお父さんのほうに体を曲げて、油でギトギトしたアップルベニエ（リンゴの輪切りのフリッター）にさわるみたいにお父さんの頭をちょっとだけ手ではさんで、唇をチュッとも音をさせずに肌に押しつける。わたしは愛ってなにか知らないけど、でもそれって高く跳びあがれたり、プールで何往復も泳げたり、はっきり見えるようにするものだってことはわかる。牛たちだってよく恋をする。すると、おたがいの背中の上に跳びあがる。メスとメスでもね。だから、わたしたちだって、この農家の中の愛をなんとかしなくちゃいけない。でもね、敬愛なるヒキガエルくんたち、正直言うと、わたしたち、自分たちで土掘って埋もれちゃったんだと思う。夏なのにだよ。泥土の奥深くにいて、もうだれも引きあげる人はいない。きみたちにはそもそも神さまっている？　赦してくれたり、覚えててくれたりする神さま。わたしたちの神さまがどんな神さまなのか、わたしにはもうわかんない。もしかしたら、休暇に出てるのかも？　それとも、やっぱり土の中に自分を埋めちゃったとか。どっちにしても、神さまは仕事をサボりぎみだ。それで、ヒキガエルくんたち、質問たくさんしたけど、きみたちの小さい頭にはどのくらいが適当なの？わたしは計算が苦手だけど、十くらいかな。もし、きみたちの小さい頭が何百個もわたしの頭の中にはいるとしたら、そこにどれだけの質問があって、どれだけの答えにチェック印がつかないかって考えてごらんよ。さあ、またバケツの中にもどってもらうよ。ごめんね、でも、逃がしてやるわけにはいかないんだ。さびしくなっちゃうから。だって、そうしたらわたしが眠る時、だれが見張っててくれるの？　いつかは、きみたちを湖に連れていってあげるって約束する。そして、一緒に睡蓮の葉っぱに乗って漂流しよう。そして、もしかしたら、もしかしたらだけど、わたしはジャケットを脱ごうって気にだってなるかもしれない。しばらくは気持ちよくないだろうけど。でも、牧師さんが言うには、不快なのはいいことで、不快の中にいるのがほんとうのわたしたちなんだって」

十四

午前と午後の搾乳のあいだには、ちょうど十二時間ある。土曜日だ。ということは、お父さんははじめの回のあと、またベッドへもどる。すると、床がきしむのが聞こえて、そのうち二階が静かになる。十一時頃になってお父さんがようやく朝ごはんを食べたくなると、わたしたちもキッチンのテーブルについていい。そこにはもう、八時からしたくができていて、わたしは時々、お腹を空かせてぐるっとそのまわりを一周して、お父さんがわたしのがまんの震えを天井づたいに感じればいいのにと思う。わたしはたまに、朝食用のパウンドケーキを一切れ、二階にこっそり持っていって二つに分ける。前ならひとつはハンナ用だったけど、いまはヒキガエルたちのになっている。いつもはお父さんがやっとテーブルにつくと──お父さんはその前に〈主の日〉のために、あらかじめひげを剃ってつるんときれいにしておかなくちゃいけない──、シェービングクリームの泡が首や襟もとにまだくっついている。いつもなら。もう十一時過ぎたけど、お父さんのサンドイッチはまだお皿にのったままだ。わたしはもう四周もキッチンのテーブルのまわりをぐるぐる歩き、お母さんは全粒パンにバターを塗って、その上にお父さんの好きなヘッドチーズをのせてケチャップを少しかけた。そうして作ったサンドイッチは、きのう学校の帰りに道ばたで見た、車に轢かれたハリネズミの死骸を思い出させた。悲しい光景だった。内臓と一緒に舗道のはしっこにこびりついていた命。両目がくりぬかれていたのは、きっとカラスのしわざだ。それは、指を二本挿しこめられるような二つの黒い穴だった。ハリネズミの死骸は、干拓地のわき道にあった。だけど、そこはトラクターや自動車がめったに通らないところだった。もしかしたら、ハリネズミは自分で選んだのかもしれない。もしかしたら、もう何日もそこで、道にとび出す瞬間を待ってたのかもしれない。わたしは悲しみながらハリネズミの横にしゃがんでささやいた。「主よ、あわれみたまえ。われらとともにあれ。われらはともに、ここ、この地に、ハリネズミとの告別がためにあり。ハリネズミはわれらから無慈悲に連れ去られた。われらはこの壊された命をあなたにお返しし、御手《みて》にお委ねいたします。ハリネズミを召され、彼が生前得られなかった安息を恵みたまえ。慈悲深く愛に満ちた神よ、われらが死を受け入れ、生きられますように、みなをお導きください。アーメン」そのあと、わたしは何度か草を摘みとってハリネズミの上をおおってやると、もうふり返らずに自転車で走り去った。

わたしはパンを一枚お皿にのせると、チョコレートスプリンクルを表面ぜんぶによく注意してふりかける。お腹がグルグル鳴っている。

「お父さんはまだ寝てるの?」わたしはきく。

「お父さんは帰ってもいないんだよ」と、お母さんが言う。「シーツをさわってみたんだけど、冷たかった」

お母さんはテーブルごしにお父さんの冷めたコーヒーのカップからミルクの膜をスプーンですくう。お母さんはミルクの膜が好きだ。その茶色い、ずるっとしたミルクの塊がお母さんの口の中に消えていくのが見える。背筋がぞくっとする。

わたしのむかい側のオブの椅子も空っぽのままだ。きっとコンピューターの前にいるか、ニワトリのところかどっちかに決まってる。オブとわたしはニワトリをそれぞれ二十羽ずつ飼っている。シルキー、オーピントン、ワイアンドット、あと、ホワイトレグホンが何羽か。わたしたちはよく、うまくいってる会社を経営してるつもりになる。オブの会社は〈フリーレンジ〉、わたしのは〈ドワーフ〉っていう名まえ。年に一度、黄色いちっちゃな綿菓子に足がくっついてるようなひよこたちが生まれる。ほとんどは母鶏が羽の内側で温めて育てるけど、時々育児拒否する母親がいる。そういう母鶏は、羽がなんの役に立つかを知らない。そもそもニワトリって羽があっても飛べないし、空に留《とど》まるには下半身があまりにも太っちょで重すぎる。それで、わたしたちはそういうひよこたちをおがくず入りの水槽に入れる。それを物置小屋の中に置いて、仔牛を温かくしておくためのランプを上から吊るす。時々、わたしはひよこを一羽、上の屋根裏に連れていって、わたしのわきの下に入れて眠らせる。糞だらけにされないように、ひよこのお尻にキッチンペーパーを巻きつけて。オブとわたしは、卵を売りに行く。ひと箱十二個入りで、値段は一ユーロ。広場のフライドポテト屋さんのところに。屋台のおじさんは、卵でとびきりおいしいマヨネーズを作ったり、ゆで卵にしてヒュザーレンサラダに入れたりする。はじめのうち、オブはいつもニワトリのところにいた。茶色いニワトリが砂浴びするところなんか、ミルク缶をさかさにしたのに座って何時間でも眺めてた。でもニワトリのところにいる時間はどんどん減っている。時々、エサをやるのさえも忘れる。すると、ニワトリたちはお腹を空かせて囲いの金網めがけて飛んでくる。オブはわざとやってるんだと思う。オブは、なにをするのもますますいやになってて、だからきっと、パタチェ（フライドポテトのこと。オランダではマヨネーズをたっぷりかけて食すのが主流）の屋台のおじさんもおじさんのマヨネーズもきらいになってるんだと思う。だからわたしがオブのニワトリにパンをやって、飼育小屋のレグホンの卵をひろって、それをこっそりわたしの卵の箱に入れてる。オブが早く小屋のそうじをすればいいのにと思う。すぐにしないとニワトリを売ってしまうぞとお父さんはオブを脅していた。特に、いまみたいに暑い時には、ウジやシラミだらけになる。腕の上を茶色い六本足のが歩いてるのが見えたら指でプチッてやればつぶせるんだよ。

そうこうするうち、ハンナもテーブルについていた。そして、あっという間にボウルのイチゴをすっかり食べてしまった。待っていると、わたしたちは落ち着かなくなってきた。なぜかといえば、このあとどうなるのかわからなかったから。お父さんはどこにいるんだろう？　って。とうとう、わたしたちから永遠に去る気になって、自転車で行っちゃったんだろうか？　自転車のズボンガードが取れてなくなってるけど。礼拝のあと、風に飛ばされちゃったからね。それとも、牛だまりに落ちて、乾乳牛のどっしりした足に踏みつぶされちゃった？　わたしはイチゴのことを考える。しばらくしたら、また菜園に行って採ってこよう。お父さんはイチゴに目がなくて、白ざとうをドバッとかけて食べるのが大好きだから。

「牛舎はもう見た？」

「この時間に朝ごはんだって知ってるはずでしょ」お母さんが言い、お父さんのコーヒーを電子レンジに入れる。

「もしかして、ヤンセンさんのところにサイレージを取りに行ったとか？」

「そんなのは土曜日に絶対しないから。それじゃ、もうお父さんなしで食べはじめようね」

でも、だれも食べはじめようとはしない。お父さんがいないと変な感じがする。それに、そうしたらだれが神さまに感謝の祈り——貧しき者にも富める者にも——を捧げる？

わたしが「わたし、ちょっと見てくる」と言って椅子を後ろへ引くと、まちがってマティースの椅子にさわってしまう。椅子はぐらぐら揺れて背もたれから床に倒れる。そのバタンという音がわたしの耳の中に響く。すぐにもとどおりにしようと思ったけど、お母さんがわたしの腕をぎゅっと強くつかむ。「さわらないで」お母さんは、まるでマティースが転倒したみたいに背もたれを見ている。わたしたちの頭の中で、これからもくり返し転倒するにちがいないマティース。わたしは椅子をそのままにして、まるで死人みたいにそれを見ている。イチゴがなくなったので、ハンナはまた爪を嚙みはじめる。時々血のついた指の皮が歯のあいだに挟まってる。バタンという音のあとには、だれもが息もしない静けさが続く。そして、そのあとにまただんだんゆっくりと体がもとにもどってくる。感覚、におい、音、動き。

「ただの椅子じゃない」わたしは言う。

お母さんはわたしを放してピーナッツバターの瓶をつかむ。

「あんたって、ほんとうにどこかちがう星から来たんだね」お母さんがささやく。

わたしは床を見つめる。お母さんは地球しか知らない。わたしは八つぜんぶの惑星を知ってるし、いまのところ、生物がいるとわかっているのは地球だけだってことも知っている。*Mijn Vader At Meestal Jonge Spruitjes Uit Nieuw-Lekkerland.* ――わたしのお父さんはたいていニウ・レッカーラント産の芽キャベツの若芽を食べた――。お父さんは芽キャベツが大っきらいだ。でも、これは、惑星の名まえを暗記するための文。イライラしてたり、学校のすぐ近くで長く信号待ちをしなくちゃいけない時とかには、頭の中でこの文を十回続けて言う。そうして何度も唱えると、自分がちっぽけなものにも思えてくる。わたしたちはみんな、巨大なフライパンの中の芽キャベツの粒みたいなものだ。

「あんたたちはいったい、どうなるっていうんだろうね」と、お母さんが不平を言う。お母さんのもう一方の手は、デュオ・ペノッティをつかんでいる。マティースが死んでから、もうだれも食べなくなった。白いところを白いままにしておけないのが、二色が混ざり合ってひとつの黒い穴《ブラック・ホール》になってしまうのがあまりに怖くて。

「わたしたちは、ビッグ・フレンドリー・ヒューマンになるよ、お母さん。それに、この椅子はもちろんただの椅子じゃないよ。ごめんなさい」

お母さんが、それでいいんだよとうなずく。「あの人はいったい、どこにいるんだろうね？」お母さんは、またあらためて電子レンジのスタートボタンを押す。お母さんはわたしを太陽系にもどさずに、宙に浮かんだままにする。わたしはほんとうにひとりだけちがうんだろうか？

わたしは急いで裏のドアから外へ出て牛舎のほうへ向かって裏の敷地を歩く。息を深く吸って、思いきり吐きだす。それを何度かくり返して、わたしの上の空が灰色になりはじめているのを見る。むこう側に逃亡するのにうってつけの日だ。あそこではきっと、自分で時間を定めてよくて、好きな時間に朝ごはんを食べられる。でも、牛舎の近くにいくほど、のろのろと歩いている。わたしは裏の敷地の敷石のタイルの半分をよけて歩こうとする。サモナイト、オマエハ、オモイビョウキニナリ、ハイタリ、クダシタリ、スルダロウ。ソシテ、ミナガソレヲミル。ムラジュウノヒトタチモ、クラスメイトモ。わたしは頭をふってこんな考えをふりはらおうとする。すると、搾乳舎《ミルキングパーラー》の隣りにある飼料サイロのハッチが開いているのが見える。その下には巨大なペレットの山がある。お父さんはいつもネズミに気をつけろと言っている。「もしこぼすと、やつらはまず、ペレットから食いはじめる。それからおまえの足のつま先、そして靴底を横断してかじりつくすからな」ペレットの粒の流れは細くなっていて、もう大部分が流れ出ている。わたしは両手をペレットの中に入れてみる。冷たくて細かい粒がわたしの指のあいだをすべるように通りぬける。それからハッチを閉めて、それをロープでサイドにしっかり固定する。とたんに、牛舎の真ん中に下がっているロープのことを思い出す。そこには前は、牛たちの気分転換のための青いスキッピーボールがついていた。でも、ある日、まだ角の生えてる新入りの牛がつっついて穴を開けちゃった。ロープはまだ残ってる。時々、わたしたちはそこにクルミの葉っぱを釘で打ちつけたり、お父さんがオブから押収した〈ヒットゾーン〉のCDを一枚ぶらさげたりしている。クルミの葉っぱもそうだけど、アルバムの裏面がピカピカ光るのは、フンバエよけになる。わたしはいま、スキッピーボールではなく、そこにお父さんの頭がぶらさがってるところを思い浮かべている。お母さんは前よりもよくお父さんの味方をする。ひょっとしたら、わたしがウサギ小屋の裏に隠れていたあの夜もそうだったのかも？田舎にはたくさんのロープがあるんだけど、どれも決まった役割で使われているわけじゃない。とにかく、サイロの上にお父さんは立ってない。牛舎のドアの開いているところから、オブがエサ置き場に立っているのが見える。オブはしなやかなカーブを描きながら牛たちにサイレージをピッチフォークで投げている。顔に牛舎の窓の朝露みたいな汗をかいている。牛たちには落ち着きがない。左右にしっぽをふりまわしている。何頭かのしっぽは、干からびて塊になった糞だらけになっている。時にはそれをひづめナイフで毛から切り取ってやっている。牛たちのためというよりも、見た目のためだけど。オブがしなやかに動くたびに、腕の筋肉が盛り上がる。オブはますますたくましくなっている。わたしはすばやく、何十頭もの牛たちの背、牛舎のそれぞれの隅から真ん中のロープまで、目を走らせる。すると、一番奥のドアが開いて、お父さんが現れる。お父さんは、いつもとようすがちがう。まるでだれかがお父さんの頭をサイロのハッチみたいに開けっぱなしにしておいたかのようだ。つなぎの作業服の一番上のスナップが開いていて、日に焼けた胸がのぞいている。お母さんはそういうのってよくないと思っている。ミルクを買いに来るお客さんたちがそんなお父さんを見たらどう思う？　って。お母さんは、お客さんがミルクを買わずにお父さんと一緒に逃げるんじゃないかと心配してるんだと思う。ミルクは一リットルで一ユーロだ。お父さんはだいたい五十リットルくらいでできてるかな。お母さんの一番好きな日が日曜日だっていうのは、それもきっと理由のひとつだ。なぜかというと、〈主の日〉には、だれもお金のやり取りをしてはいけないから。その日にしていいのは、息をすることと必要最小限のものを食べることだけで、それは、神さまの愛の御言葉とお母さんの野菜スープだけってことだ。

お父さんは手のひらで最後の牛たちのお尻をたたいて中へと追いやっている。そして納屋の大きな扉のかんぬき錠を閉める。わたしにはさっぱりわからない。かんぬき錠は冬のあいだか、敷地にだれもいない時だけに閉めるものだから。いまは冬じゃないし、みんな家にいる。お父さんもピッチフォークをエサ置き場でありったけふるい、サイレージの入っていたビニールの残りに包んでいる。お父さんの目が一瞬天をあおぐ。ひげをまだ剃ってないのがわかる。お父さんは両手を頭の両脇に当てる。あごが引きつっている。お父さんに言ってあげたい。お母さんは家の中でただ待ってるだけだし、怒ってないし、「お母さんのこと好き？」ってわたしたちにまだきいてないし、だからお母さんはその答えを疑うなんてことはできないわけだし、お父さんのサンドイッチはお父さんのお気に入りのお皿の上に用意できてて、そのお皿は縁に牛柄がついてるやつだし。ハンナとわたしは今朝、今週の詩篇歌の百番を練習したし、それはミルクみたいに真っ白で清らかな歌だよって。

お父さんはまだわたしに気がついてない。イチゴをのせた陶器のボウルを片手に、わたしはお父さんのほうを見ている。お父さんはオブと一緒に、若牛檻から雄牛を連れてくる。その牛は来てからまだ二日も経っていない。わたしたちは〈ベッロ〉と名づけた。お父さんは雄牛をすべて〈ベッロ〉と呼んでる。わたしたちが好きに名まえをつけてよくて別の名まえにしても、結局はやっぱり〈ベッロ〉と呼ぶ。わたしは、一度〈ベッロ〉のおちんちんを見たことがある。ちょっとのあいだだったけど。というのは、その時お母さんが搾乳舎からやってきて、ビニール手袋をした片手でわたしの目をふさいで言ったからだ。「これからドッキングをするんだよ」

「どうしてわたしは見ちゃいけないの？」わたしはきく。

「遊びじゃないからだ」

わたしは自分の質問を恥ずかしく思った。そう、わたしたちはそんなお祝い気分じゃなかった。そんなの、雄牛に失礼だ。

そして、お父さんがわたしが立っているのにようやく気づく。お父さんは手で押しとどめるような動作をして大声で言う。「おまえは出ていけ、いますぐにだ」

「そう、いますぐにな」オブがお父さんに続いて同じことを言う。オブは青いつなぎの作業服を腰に結びつけている。そのようすから、オブがお父さんのあと継ぎとしての役割をほんとうに真剣に引き受けようとしているのがわかる。一瞬、脾臓《ひぞう》のあたりを刺されたような気がする。牛たちのあいだで、突然、二人はわかり合ったようだ。父親と息子だから。

「どうして？」

「言うことをきけ！」お父さんがどなる。「戸を閉めろ」

お父さんの怒った声にわたしはびっくりする。カチンカチンに固まったウサギの糞みたいな目をして。玉のような汗がお父さんのおでこをつたって下へ落ちている。その時、一頭の牛が踏み板の上ですべって足をカクンと折りたたみ、乳房を下にしてうずくまる。ちっとも起きあがろうとしない。わたしは問いかけるような顔でオブとお父さんのほうを見る。でも、二人はもうあっちを向いて、若牛の檻のところにしゃがんでいる。わたしは大股でずんずん牛舎を出て、戸をバタンと音をさせて閉める。そして、こんな牛舎なんか壊れちゃえばいい、と考える。でもすぐあとに、自分の考えを恥ずかしく思う。なにが起きるのか、どうしてわたしは知ってはいけないんだろう？　どうしてわたしはどこからもしめ出されるんだろう？

わたしは菜園の鳥よけネットの下にはいつくばっている。隣りのリーンおばさんが、カモメやムクドリに食われないようにとイチゴの畝《うね》の上に張ったネット。湿った土の上に膝をつく。土曜日だからズボンを履いてよくて、だから仕事をしなくちゃいけない。気をつけて葉をかきわけて、真っ赤に熟したきれいなイチゴの実だけを摘みとり、小皿にのせる。時々、ひと粒口に入れる。みずみずしくてあまい。わたしはイチゴの小さい種や口の中に感じる毛の舌ざわりが大好きだ。食感はわたしを落ち着かせる。食感は全体を表すもの、バラバラのものがまとまってひとつになってる。ただ、炒飯《ナシ》用の野菜、茹でたチコリ、チクチクする服は好きじゃない。人間の皮膚にも手ざわりがある。お母さんのは、ますます鳥よけネットに似てきている。柔らかい皮膚に細かい網目がついてて、まるで、一ピースずつどんどんなくなっていくジグソーパズルみたい。お父さんのは、もっとポテトの皮みたいだ。つるんとしていて、ところどころにごわごわの場所がある。お父さんがうっかり釘にぶつかってあいた穴もあったりする。

ボウルがイチゴでいっぱいになると、わたしはまた鳥よけネットの下からはい出して、ズボンについた土をはたく。物置の中には、お父さんとオブの長ぐつがドアマットの横においてある。まだ長ぐつぬぎに半分ひっかかっている長ぐつがある。二人は朝食のテーブルではなくテレビの前のソファに座っている。いまは昼間で、昼間はスクリーンが真っ黒なはずなのに。そういう時には、たいてい、スクリーンに雪が映る。はじめわたしは、そこでマティースが見つかると思ったんだけど、ただ、お父さんがケーブルをぬいちゃってただけだったとあとでわかった。ニュースをやってた。「MKZが当地の農家でも発生しています。神が下された罰でしょうか、それとも偶然ふりかかった災難でしょうか？」

お天気と同じように、神さまは当てにならない。村のどこかで白鳥がレスキューされれば、ほかのどこかで教会のメンバーが亡くなる。MKZがなんなのか、わたしにはわからないし、それを質問するチャンスもない。お母さんが、オブとハンナと遊んできなさい、これはほかのふつうの日のようなわけにはいかないんだからと言うからだ。そして、わたしはこんなこと言ってお母さんのじゃまをしたくはない――いつもの日だってもうずっと長いこと、ふつうじゃないよね――だって、お母さんの顔は窓にかかってるかぎ編みのカーテンのクリーム色とそっくりな白い色してるから。お父さんとお母さんがやけに寄りそって座っているのにも気づいた。もしかしたら、これは二人がこれから裸になるという前触れで、それなら二人をそっとしておかなくちゃいけないのかもしれない。くっついてる二匹のかたつむりを引き離してはいけないように。そんなことすると、貝の内側の真珠層が傷ついてしまうから。わたしは二人のためにイチゴをのせたボウルをドレッサーの上に開いたままになっている国定訳聖書の横に置く。交尾のあと、お母さんがお腹が空いた時のため、ようやく食べる気になった時のために。お父さんは奇妙な音を立てている。シューッと言ったり、うなったり、ため息をついたり、頭をふって「ダメだ、ダメだ、ダメだ」と言ったり。交尾の音は、生き物によってちがう。ヒトだってきっとちがう。するとその時、テレビのスクリーンに牛の舌が、そのわきにすり傷のあるようすとともに映し出されるのがちらっと見えた。「ＭＫＺって何？」わたしはそれでもやはり、すばやくきく。返事はない。お父さんはリモコンを取ろうと前かがみになり、そして、ボリュームボタンを押し続けている。

「行きなさいったら！」お母さんがこちらを見ないで言う。

まるで階段がテレビのスクリーンのボリュームメーターみたいに、わたしは一段上がるごとにだんだん大きな音を立ててふんづけながら二階へ上っていく。でも、だれもわたしのあとについてこない。これからいったいなにが起ころうとしてるのか、だれもわたしに教えてくれない。

十五

オブの部屋のドアに、黒いメモが貼ってある。そこに白い文字で書かれているのは〈NIET STOREN〉（じゃまするな）。部屋にはいるなっていうけど、ハンナやわたしがオブの部屋にしばらく行かないと、オブはわたしたちの部屋にやってくる。わたしたちは部屋のドアにメモを貼らないし、むしろじゃまされたい。そうしたらさびしくないから。

白い文字のまわりには、新作〈ヒットゾーン VOL 14〉にはいってる歌のアーティストたちのシールが貼ってある。ロビー・ウィリアムズとかウエストライフとか。お父さんはオブがこういうのを聴いているのを知っているけど、オブのディスクマンを取りあげようとはしてない。それはオブをおとなしくしておけるただひとつのもので、だけどわたしにとってはもうこのために貯金することも許されないものだ。「貯金で本を買え。そのほうがおまえらしいぞ」と、お父さんは言った。そしてわたしは思った――わたしはやっぱり、わき役《やく》、クールなものの横にいるだけのやつになっちゃったんだ――お父さんはとにかく、ＣＤやラジオの音楽はすべて邪悪だと思っている。わたしたちが一番聴かなくちゃいけないのは〈音楽のフルーツバスケット〉のはずなんだけど、あれはもう退屈の元祖みたいなやつで、老人向けで、腐ったフルーツだって、オブは時々言う。あはは、おかしい。病人のベッドに腐ったフルーツ。リクエストは讃美歌十一番。わたしはセサミストリートのバートとアーニーのお話を聞くほうがずっといい。なぜかというと、二人はふつうの人なら肩をすくめるだけのどうでもいいことでけんかするから。二人の口げんかはわたしを落ち着かせる。そしてわたしはCDプレーヤーのスイッチを入れてまた毛布にもぐりこみ、自分がバートのコレクションの中のめずらしいペーパークリップだと想像する。

「クラパウシウス」わたしは、オブの部屋のドアのちょっと開いてるすきまをそっと押し開けながらささやく。床に座っているオブのつなぎの作業服の背中がちょっと見える。もっと開けるとドアがキィーっと音を立てる。オブがわたしを見る。部屋のドアのメモみたいに、オブの目も黒々としている。とたんに、わたしは考える。ちょうちょたちは飛んでふたに激突できることを知ると、寿命が短くなるんだろうか。

「パスワードは?」と、オブが声をあげる。

「クラパウシウス」わたしはもう一度言う。

「ちがう」オブが言う。

「それがパスワードだったんじゃないの?」ディウヴェルチェのヒゲはまだわたしのジャケットのポケットにはいっている。そして、手のひらをチクチク刺す。運よく、お母さんがジャケットのポケットを空にすることはない。でないと、わたしがどんどん重くなるために集めてるもの、どれも失くしたくないもののことを知られてしまう。

「なんかもっとマシなまねできないのかよ。じゃなきゃ、はいるな」

オブはまたくるりとあっちを向いて、レゴの続きをする。巨大な宇宙船を作っているところだ。わたしはちょっと考えて言う。「ハイル、ヒトラー」しばしの静けさ。すると、オブの肩が小刻みに上下するのが見える。オブはクスクス笑い出し、その声はだんだん大きくなる。オブが笑うのはいいことだ。そこに同盟が生まれる——村の肉屋さんも、わたしができたてのソーセージを買いに行くと、いつもウィンクしてくれる。それは、肉屋さんも、いい物を選んだねと思っている、肉屋さんがたくさんの愛情をこめて作ったナツメグの香りのするソーセージから肉屋さんを解放してくれて嬉しいよという意味だ。

「もう一度言ってみろよ。今度は腕をあげて」

オブはもうすっかりこっちを向いている。お父さんとちょうど同じように、つなぎの作業服のスナップをはずしている。つやつやと日に焼けた茶色い胸板は、攻撃態勢になったニワトリみたいだ。そこには聴きなれた〈ザ・シムズ〉のはじめのところが聞こえている。わたしは迷わず、手を宙につき出してもう一度小声で同じあいさつをする。オブは〝はいれよ〟という合図がわりにうなずくと、またレゴに視線をもどす。まわりにはさまざまなレゴの部品が色分けしたグループごとに置いてある。オブが死んだティーシェをくさくなるまでしばらく隠していたレゴのお城は壊されていた。

オブの部屋には、むっとした空気が立ちこめている。長いこときれいに洗ってない高校男子の汗くささ、なにかが腐ったようなにおい。ベッドサイドチェストの上には、トイレットペーパーがひと巻き、まわりにあるクシャクシャにまるめたクリーム色の紙くずと一緒に置いてある。わたしはその紙くずで遊び、そっとにおいを嗅いでみる。もし涙ににおいがあるとすれば、ひそかに泣くなんてことはもうだれにもできないだろうな。紙くずはなんのにおいもしない。いくつかはくっついてる感じで、カチカチに固まってるのもある。オブの枕の下から雑誌がのぞいている。わたしはそれを引きずりだす。表紙にバターナッツみたいなおっぱいの裸の女の人が載っている。その人は驚いた顔をしている。まるで、その人自身、なんで裸になってるのか理由がわからないみたいな、ちょっとした偶然が重なってそうなっちゃって、それがこの瞬間みたいな。その瞬間にびっくりする人たちがいる。撮ってもらうのを楽しみにしていたというのに、いざとなるとその瞬間はやっぱり思いがけないと。わたしにいつそういう瞬間がやってくるのかわからないけど、わかってるのはただ、ジャケットは着たままだっていうこと。この女の人、腕に鳥肌立ってないけど、寒いにちがいないよね。

わたしはそれをまた枕の下にすばやく押しこむ。いままで、この雑誌は見たことない。〈改革派日報〉、〈深淵〉、〈アグリフィルム〉、スーパー〈ディルク〉のPR冊子、そして、マティースの柔道の雑誌――お父さんとお母さんが定期購読の解約をいまだに忘れ続けているもんだから、毎週金曜日にマティースの死がくり返しドアマットにバサッという音とともに投げこまれる――以外、うちにはなにも届かない。もしかしたら、だからオブはベッドの縁に頭をぶつけるのかもしれない。裸《ヌード》の女の人を追いだすために。なぜかというと、テレビのリモコンで操作するみたいに自分をパッと消せないし、清らかでないものを頭の中に引きこむとお父さんはきっと見ぬくに決まってるから。

わたしはカーペットの上のオブの隣りに座る。オブはレゴのお城の廃墟に王女《プリンセス》を閉じこめている。王女は口紅とマスカラをつけて、ブロンドの髪を肩まで垂らしている。

「おまえを犯してやる」とオブは言って、騎士を前後に動かしながら王女に押しつける。雄牛の〈ベッロ〉が乳牛にするみたいに。いま、目の前を手で隠すのはちょっとできそうにない。だって、わたしがのぞき見するかどうかなんて、だれもチェックしてないから。だからわたしは考える。誘惑に負けてしまえばいいんだと。そのシーンを見物しながら、きれいにしたツナの空き缶をレゴの箱から取りだす。わたしたちはそこにコインや金のメダリオンを保存している。みんなオイル漬けの魚のにおいがする。オブが手を差しだす。

「そこにおまえの金があるぜ、売女《ばいた》」オブは声をわざと低くしている。オブはこの夏から変声期になって、低い声がいきなり裏返って高くなる。

「ばいたって何のこと？」

「女の農民のことだ」お母さんが聞いていないかと、オブはドアのほうを見る。お母さんは農業が男の仕事だと思ってはいても、女の農民がダメとは思ってないって、わたしは知ってる。わたしは壊れた見張り塔にいた別の騎士をつかむ。オブはオブのレゴ人形をまた王女に押しつけている。二人はずっと嬉しそうにしている。わたしは声を低くして言う。「王女よ、そなたのドレスの下にあるものはなんじゃ？」

オブは大声で笑いだす。時々、オブの喉の中にはホシムクドリのひなが飛びこんじゃって、ピイピイ鳴いてるみたいな音がする。「そこにあるもの、なんだか知らねえのかよ？」

「知らないよ」わたしは王女をまっすぐ立たせて、城壁の凹凸のところにカチンとはめこんだ。わたしは、おちんちんしか知らない。

「おまえにもあるんだぜ。おまんこ」

「どんなになってんの？」

「プディングブローチェ（ソフトロールパンのあいだにカスタードクリームをはさみ、粉砂糖をかけたオランダ風のクリームパン）みたいなやつ」

わたしはおどろいて眉を上げた。お父さんは時々、パン屋さんからプディングブローチェのパンを持って帰る。たまに青い斑点がパンの底のところについてて、クリームに広がってることがあるけど、ふつうにおいしい。下でお父さんがどなっているのが聞こえる。お父さんはますますよくどなるようになっている。まるで、お父さんの言葉がわたしたちにたくさん威力を発揮してほしいみたいに。〈イザヤ書〉の言葉を思い出す。——精いっぱい大声で叫べ。角笛のように、声をあげよ。わたしの民に彼らの背きの罪を告げ、ヤコブの家にその罪を告げよ——わたしたちはどんな背きをしでかしたんだろう？

「ＭＫＺってなに？」わたしはオブにきく。

「口とひづめの病気だ。口蹄疫《こうていえき》」

「どうなるの？」

「牛はぜんぶ死ななくちゃいけないんだ。一頭残らずな」

オブは感情を表に出さずに言う。でも、頭のてっぺんのあたりの髪が下のほうよりもべとついているのがわかる。まるで湿ったサイレージの草みたいに。オブがもう何度、頭のてっぺんをさわったか数えてないけど、心配なのははっきりしてる。

わたしの胸は、ホットチョコレートをあわてて飲み干したみたいにどんどん熱くなっていく。だれかがスプーンでそれをかきまわして、わたしの心の中にうず巻きを作る——「スプーンで遊んでないで」というお母さんの声が聞こえる——、牛たちが一頭また一頭とうず巻きの中に消えていく。ココアの塊がミルクと混ざり合うみたいに。わたしは全力でレゴの王女のことを考える。王女のドレスの下にプディングブローチェが隠れてて、オブは鼻を粉砂糖だらけにしてそのクリームを舌でなめさせてもらってるところを。

「だけど、どうして？」

「病気だからだ。死ぬ病気」

「うつるの？」

オブは両目をカミソリのように細めて、わたしの顔を推しはかるように見る。隣りのリーンおばさんのウッドチッパーのためにわたしたちが買いにいってあげたカミソリみたいな目。そしてオブは言う。「おれは、どこで息してどこでしないか、気をつける」わたしは両手で膝をかかえて、体を前後にゆらゆら揺らすその速度をだんだん早めている。突然、目の前にこんな光景が浮かぶ。お父さんとお母さんがレゴの人形みたいに黄色くなって、牛たちがいなくなるといまいる場所から動けなくなる。もしも二人の首ねっこをつまんで適した場所にカチンとはめこむ人がだれもいなければ。

しばらくすると、ハンナもわたしたちのところに来て座る。ハンナはチェリートマトを持ってきて、赤くて柔らかい果肉が見えてくるまで歯で皮をむいている。ハンナがひと皮ずつはぎとってトマトを食べるていねいなしぐさに、心を動かされる。パンを食べる時には、ハンナはまずサンドイッチの中身を食べて、そのあと耳、それからようやくパンの柔らかいところという順序だ。ミルクビスケットだと、前歯でミルク味の層を削ぎとってクッキーのところを最後まで残しておく。ハンナは層を食べて、わたしは層を考える。ハンナが次のチェリートマトを歯のあいだにくわえようとしたちょうどその時、オブがまたドアを開けて、ドアの縁に獣医さんが顔をのぞかせる。ここに獣医さんが来たのはずいぶん前のことだけど、獣医さんはいまだに同じ、黒いボタンのついたダークグリーンの長いダスターコートを着ている。ビニール手袋の四本の指がポケットからだらんとはみ出てて、親指のところは中にはいりこんでる。獣医さんは二度目の悪い知らせを運んでくる。「あした、サンプルを採る担当者たちが来る。すべての牛が対象だ。放してる牛も検査しなきゃいけないんだよ」それは登録してない牛のことで、お父さんはそういう牛たちのミルクを村人や親戚の人に売って、その分を収入の足しにするために飼っている。この〈闇のミルク〉のお金は暖炉の上の缶に入れてとってある。休暇用に。それでも、わたしはお父さんが家の中にだれもいないって思って缶を開けて中から何枚かお札を取りだしているのを見たことがある。家出する時のために貯めてるんじゃないかと思う。友達のエヴァも、まだ十三なのにそうしている。お父さんはきっと、アップルストロープの瓶につっこんだナイフをなめてもかまわなくて、いろんなことにどならないですんだり、ドアをバタンって閉めなくてすんだりする、そういう家族を探してるんだ。その家族は、食後にお父さんがズボンの一番上のボタンを開けっぱなしで、パンツのゴムの上に金髪の縮れ毛が見えてても気にしない。そしてそこではたぶん、着る服だって自分で選べるんだろう。いまはお母さんがお父さんの着る服を毎朝ベッドの隅に用意している――もしお父さんがそれを気に入らないと、お母さんはお父さんに一日中話しかけなかったり、お母さんの食べ（るべき）物リストからまたもやなにかをはずしちゃったりする。そして、ため息をつきながら、まるでその食べ物のほうがお母さんを受けつけないみたいに言う。

「もしもそれがそうあるならば、それは神の御心である」お父さんはわたしたちを一人一人見つめ、にっこりする。いい笑顔。バウデヴェインのよりもいい笑顔。

「そして」お父さんは続ける。「両親にことさらやさしく接するように」わたしたちはおとなしくうなずく。ただ、オブだけは不機嫌に、自分の部屋の暖房ラジエーターのパイプのほうを見ている。そこに何羽かのちょうちょを乾かしているのだ。獣医さんが見て、お父さんとお母さんに言いつけなければいいけど。

「また牛たちのところへ行かないと」獣医さんは言い、くるりと向きをかえてドアを閉める。

「どうしてお父さんが自分で言いに来ないの？」わたしはきく。

「対策しなくちゃいけないからだ」オブは言う。

「どんな？」

「敷地を閉鎖して、消毒コンテナを用意して、仔牛たちを中に入れて、道具やミルクタンクを消毒して」

「わたしたちには対策しないの？」

「そりゃするさ」オブが言う。「でも、おれたちは生まれた時からもう閉じこめられてるし、縛られてる。おれたちはこのまんまだ」

そして、オブはわたしに近寄る。お父さんのアフターシェーブをつけてる。お父さんが持ってる威厳みたいなものを身につけるためでもある。「牛たちがどうやって殺されるか知りたいか？」

わたしはうなずき、学校の先生が言ったことを思い出す。わたしは他人の気持ちになる力と際限を知らない想像力で大物になれるだろう。でも、それを結局は言葉にしなくてはいけない。なぜかというと、そうしなければ、なんでもだれのことでも自分の内側にかかえこんでしまうことになるから。そして、ある日、黒タイツみたいに――わたしは一度も黒タイツを履かないのに、改革派だからって、クラスメイトたちは黒タイツとわたしをからかって呼んだりする――自分を内側にクシャクシャに小さく縮めて、もう黒しか、永遠に黒い暗闇しか見えなくなる。オブは人差し指をわたしのこめかみに当てて、銃を撃つ音をまねする。そして突然、わたしのジャケットのひもを左右からぎゅっと引っ張り、わたしの喉が絞まる。一瞬、わたしはオブと正面で目が合う。そこには、オブが水のはいったグラスにハムスターを入れてゆらゆら揺さぶった時と同じ憎しみが見える。わたしはオブを引き離す。「狂ってる！」

「おれたちはみんな気が狂う。おまえもな」オブが言う。そして学習机の引き出しからミニ・エアロを取り出すと、包み紙をやぶって次々に口に放り込み、チョコは茶色いぐちゃぐちゃの大きな塊になる。あのエアロは、オブがきっと地下室から盗んできたんだ。ユダヤ人たちが瓶詰めのアップルムースの積んである壁の裏にうまく隠れられたならいいけど。

十六

お父さんは、カラスのお葬式が一番美しいと思っている。お父さんは時々、堆肥の山だか牧草地だかでカラスの死骸を見つけて、それを桜の木にさかさまにロープで縛りつけておく。するとまもなく、カラスの群れが木のまわりを飛びはじめて、仲間に最後の敬礼をしてるみたいに何時間もそうしている。こんなに長時間、喪に服す生き物はカラス以外にいない。たいてい、その中に頭としっぽがとび出てるのが一羽いる。ほかのどのカラスよりも少し大きくて気性が激しく、鳴き声が大きい。きっとその群れの牧師さんにちがいない。カラスたちの黒い羽のコートは明るい空に美しく映える。カラスはかしこい生き物だとお父さんは言う。数を数えられるし、人の声や顔を覚えられる。だから、ひどい扱いをした人に恨みを抱く。でも仲間の一羽が吊るされたあとでも、カラスたちはずっと敷地内に群がっている。そして、お父さんが家と牛舎とを行き来するのを雨どいのところから鋭い目つきで見ている。まるでボール紙でできた射的のウサギを見るように、カラスたちの黒い目はショットガンがあけた二つの穴みたいにお父さんの胸を射ぬいている。わたしはカラスたちをじっと見ないようにしている。もしかしたら、なにかはっきりさせたいことがあるのかもしれない。それとも、牛たちが死ぬのを待ってるのかも。おばあちゃんがきのう、敷地のカラスたちは死人が出る前ぶれだよと言った。はじめはお母さんかわたしなんじゃないかと思う。お父さんが今朝わたしに、敷地に横になれ、そうしたらオブのニワトリ小屋に使った残りの板とパレットと樫《オーク》の木で新しいベッドを作るのにサイズを計れるからなと言ったのにはきっと理由があったんだ。わたしは体の両わきに腕をくっつけて冷たい敷石の上に横になり、お父さんが折りたたみ定規をのばしてわたしの頭から足に当てるのを見ていた。そして考えた──ベッドの足をのこぎりで切って、マットレスを取っちゃえば、簡単に棺が作れる。それじゃ、ぜひ、顔を下へ向けて、のぞき窓にお尻がくるようにしてほしい。みんながお別れに来たらわたしのお尻の穴をじっと見ることになる。すべての元凶のそこを。

お父さんがまた定規を折りたたむ。そして「ヤンチェがこれ以上がまんできない」から、もうマティースのベッドで寝ないようにと強く言った。それに、ここ数週間というもの、隣りのリーンおばさんが毎週金曜日の晩にじゃがいものケース入りのオレンジを運んでくるのを見て、わたしは青ざめていた。オレンジの中には、わたしがジャケットを着てるみたいに紙に包まれているのもあった。わたしは病原菌を取りこまないように、マティースのそばに行けるように、ますますよく息を止めるようになっていた。まわりのものが雪景色みたいに薄れて、へなへなとくずれ落ちて倒れてしまうのに、時間はかからない。床に倒れるとわたしはすぐに意識を取りもどす。すると心配そうなハンナの顔が見える。ハンナはじっとり濡れた手をボディーミトンみたいにわたしのおでこに当ている。ハンナには、失神して気もちよかったことは言わない。この農家で死と会うことでよりも、雪景色の中でのほうがマティースに出会えるチャンスが大きいってことも。カラスたちは、わたしが敷地に寝っころがり、お父さんが測った長さを帳簿に書きこんでいた時、わたしの頭の上をぐるぐるまわっていた。

お母さんは、わたしの新しいマットレスに清潔なシーツをしいて、枕をはたいてくれた。わたしの頭が当たる真ん中に、握りこぶしを二回押しつける。学習机の椅子から新しいベッドが見える。わたしは古いのをもう恋しく思っている。たとえ、足の先がベッドのはしっこに当たって、むかしの拷問道具の親指締めみたいにだんだんきつく締めつけられたとしても。少なくとも、ここまでしか大きくならないっていうような安心感があった。いまは広々して、寝がえりしたり斜めになったりする余裕がいくらでもある。マティース型の寝たあとがなくなったから、自分用のくぼみを作らなきゃ。マティースのサイズのなごりは、もうどこにも見つからない。

お母さんはわたしのベッドの縁のところに膝をついて座ろうとしている。水肥のにおいがするかけ布団に肘を乗せて。なぜかというと、風向きが悪かったからで、風向きが悪いことはますます多くなってる。牛たちのにおいがどこにもしなくなってわたしたちの頭の中からさえも消え、なつかしいにおい、おたがいの不在のにおいだけになるのも、もう時間の問題だろう。お母さんがかけぶとんをぽんぽんとやさしくたたく。わたしはおとなしく立ちあがり、ふとんにもぐりこんで、お母さんの顔が見えるように横向きになって寝る。ここからだと、お母さんはわたしの青いしま模様のかけぶとんから何キロも離れた先にいるように見える。お母さんは湖のむこう側のどこかにいる。お母さんの悲しみの氷にあいた穴の中で凍りついているオオバン（オランダでよく見られる水鳥。クイナの一種）みたいに痩せた体で。お母さんが手を組んでいるその下に来るように、足を少し右のほうへ動かす。わたしの足にまるで電気がとおっているみたいに、お母さんはとたんに手をよける。お母さんの目の下に黒いくまができてる。わたしは、口蹄疫発生のニュースがお母さんにどれほどショックだったか、それから礼拝のあとのあの晩遅くの出来事、そして、カラスたちがやって来たのはお母さんのためなのかわたしのためなのかということを推しはかろうとしている。

「悪に負けてはいけません。かえって、善をもって悪に打ち勝ちなさい」朝の礼拝でレンケマ牧師が説教した。わたしはハンナと何人かの村の子どもたちと一緒に、バルコニーの上のオルガンの横に座った。そこから、黒い帽子の海原にお父さんが突然立ちあがるのが見えた。上から見ると、巣の中にあまりに長くあってところどころ黒くなってるハゲワシの卵の黄身みたいだった。まわりにいる子どもたちの何人かもあまりにも長く巣の中にいすぎた。その子たちは眠そうな顔をして前を見つめていたり、その子たちが先へまわそうとしない献金袋みたいに、手で頭を支えていたりする。お父さんが一瞬まわりを見わたす。そして、お母さんが自分の黒いオーバーの裾《すそ》をちょっと引っぱるのを無視して、大きな声で言う。「牧師さまたちのせいだ」教会の中がしんと静まる。気まずい沈黙。ちょうど、乾いた牛糞を踏み板の上からなかなかはらい落とせなくて、どうしたらいいのかわからないみたいな。だれもがお父さんのほうを見て、バルコニー上にいるだれもがハンナとわたしのほうを見た。わたしはますますあごをジャケットの襟に埋め、冷たいファスナーを肌に感じていた。

　ほっとしたことに、オルガニストが白い鍵盤の上に手を置き、詩篇歌五十一番を弾きはじめるのが見えた。すると、会衆は立ちあがり、お父さんの抗議は、卵の黄身にバターをひとかけら落としたみたいに村人たちの中に埋もれた。うわさ好きな女の人たちのひそひそ声に囲まれて。そのあといくらもしないうちに、お母さんが鼻をぐしゅぐしゅさせ、讃美歌集をわきにはさんで急いで席を離れるのが見えた。ベルがわたしをつついて言った。「あんたのお父さん、正気じゃないよ」わたしは答えなかったけど、子どもの歌に出てくる愚かな男のことを考えていた。愚かな男は砂の上に家を建てて、そこに雨がザーザー降って、洪水になって、家はドサッとくずれ落ちた。お父さんもまた、くずれていく砂の上に言葉を建てた。お父さんはどうして牧師さんに失礼なまねができたんだろう？　もしかしたら、わたしたち自身のせいだったかもしれないのに？　もしかしたら、十の災いのひとつだったのかもしれない。災いはここではけっして自然現象ではなくてなにかの前兆だ。

　お母さんは小声で歌いはじめる。――青空よりも金の星々よりもさらに高く、天にましますわれらが父は、マティース、オブ、ヤス、ハンナを愛してくださる――わたしは一緒に歌わず、学習机の下のバケツを気にしてる。お母さんはヒキガエルを汚くて気持ちの悪い生き物だと思っている。時には長ぐつぬぎの裏側で箒とちり取りを使って捕まえて、こんもりしたじゃがいもの皮みたいに堆肥の山へ運んでいくこともある。ヒキガエルたちもあまり元気じゃない。なんだか色が白っぽく見えるし、皮膚が乾きはじめていて、目を閉じたまま、長いことじっとしていることが多い――もしかしたら、お祈りしてるのかもしれない。そして、わたしがだれかと話してる時と同じように、やめるきっかけが見つからないのかもしれない。わたしはそういう時、足をちょっとモジモジさせたり目の前を見つめたりしはじめて、だれかが「じゃ、またね〜」って言うまでそうしている。ヒキガエルに「じゃあね〜」って言わなくちゃいけない時なんて来ないといいけど、でもカエルたちが早くエサを食べるようにならないとそうなっちゃうかも。

歌いおわると、お母さんはピンクのバスローブのポケットに片手をつっこんで、アルミホイルに包まれた小さな包みを取り出す。そして「ごめんね」と言う。

「どうして?」

「星のこと、今晩のこと。牛たちのせいで、びっくりしちゃったから」

「気にしなくていいよ」

わたしは包みを受け取る。ソフトラスクパンにクミン入りチーズがはさんである。お母さんのバスローブのポケットの中でチーズが温まってる。お母さんはわたしが一口かじるのを見ている。

「あんたって、ただ変わってるね。あんたも、その変なジャケットも」

わたしにはお母さんがただ言っただけだってことはわかってる。なぜかというと、隣りのリーンおばさんが牛たち、だからつまりわたしたちのようすを探りに来た時にまたジャケットの話をはじめたから。獣医さんでさえ、わたしのジャケットのことをお母さんに話してた。しばらくすると仔牛たちのエサやりからもどったお母さんが中にはいってきて、キッチンのまん中に立てたキッチン用のはしごに上った。ふだん、そのはしごはクモの巣を取りはらう時にだけ使う。お母さんは巣にクモがいるとそのたびに「またこんなババっちいクモおババが家の中にはいってるわい」と言った。

これはお母さんの言うただひとつのジョークだ。でも、わたしたちはそのジョークを、捕まえてジャムのビンの中に入れてある虫みたいに大切にしている。今回お母さんはクモの巣をはらうんじゃなくて、お母さん自身が紡いだ巣からわたしを引き出すためにはしごに上った。

「すぐにそのジャケットを脱がないと、飛び降りるから」

お母さんは黒いロングスカートをはいて、わたしのずっと上のほうに乗ってて、腕組みをしていた。口もとをサクランボ――おかあさんがまだ食べるわずかなもののうちのひとつ――のかけらで少し赤くして。まっさらな白い壁紙にぺちゃんこにつぶれてくっついたクモの死骸みたいに。飛び降りるってどのくらいなんだろうと考えた。死が連れて行くのに十分な高さかな？　牧師さんによれば、悪魔は村を恐れていたって。なぜかというと、わたしたちが悪よりも強かったからだと。でも、そうだったのかな？　わたしたちは悪よりも強かったんだろうか？

わたしは、また襲ってきた刺すような激痛を抑えようと、握りこぶしをお腹に押しつけた。おならをこらえようとするみたいに尻っぺたをきゅっと閉めて。それは、微風みたいなおならではなく、嵐だった。わたしの中をますます頻繁に吹きぬけていく嵐。ニュースのハリケーンみたいに、わたしの嵐にも名まえがあって、わたしは〈聖霊〉と名づけた。〈聖霊〉はわたしの中を荒れ狂い、わたしのわきの下はジャケットの生地にくっついた。この保護膜の層がないとわたしは病気になってしまうだろう。体をこわばらせて、お母さんを、お母さんのピカピカに磨いてあるミュール型の室内履きを、ペンキのはねたあとのあるはしごをわたしは見つめ続けた。

「十数えるからね。一、二、三、四……」

ゆっくりと、お母さんの声がだんだん遠のいていって、キッチンがぼやけてきて、ジャケットのファスナーにいくら手をもっていこうとしてもできなかった。そして、ドスッと鈍い音、キッチンの床にあちこちの骨が当たる音、ガチャンと崩れ落ちる音、悲鳴が聞こえた。とたんに、キッチンは人でいっぱいに、たくさんのいろんなジャケットでいっぱいになった。両肩の上に、まるで二頭の仔牛の頭に置くかのような、獣医さんの手を感じた。穏やかに導くような獣医さんの声。ゆっくりと、またはっきり見えてくると、わたしの目の前はお母さんでいっぱいになった。お母さんは手押し車に横になって乗ってた。オブがそれを押して敷地を横ぎり、お母さんを村のホームドクターのところへ運んで行った。それは、あの台なしになった豆を堆肥の山へ運んでいった手押し車だ。わたしはただ、何羽かのカラスが飛ぶのを見ていた。涙のせいで、それはマスカラのしみみたいに見えた。お父さんはお母さんをフォルクスワーゲンに乗せて連れていくのをきっぱりと断った。そして「傷んだオレンジを八百屋に返すなんてことはしない」と言った。つまり、お母さんの自業自得だと。もうそんなに経たないうちに、とわたしは考えた。わたしたちは、お母さんを手押し車にのせて、永遠に捨てにいくことになるんじゃないかと。お父さんはというと、そのあと、その晩はもうひと言も話さなかった。そして、つなぎの作業服姿で、イエネーヴァー（オランダのジン）とタバコをおともに、テレビの前に体を投げ出して座っていただけだった。お父さんのつなぎの作業服にはだんだん穴が増えていた。それは、灰皿がないと火のついたタバコをつなぎの作業服の膝に押しつけて消すからだった。まるで、ここがあまりに息苦しくなってしまい、もっと空気穴がほしいと思ってるみたいに。

牛のことを知らせに来てくれて以来、しょっちゅううちに来る獣医さんは、ハンナとわたしを連れて村をひとまわり、ドライブしてくれた。自動車の中に座ってるのは、じっと座ってるうちで一番気もちのいい方法だ。まわりのいろんなものが動いて移り変わっていくのを自分は動かずに見ていていいんだから。車は菜の花畑へ走っていき、わたしたちはボンネットの上に座ってコンバインが菜の花を刈りとっていくのを見ていた。黒い小さな種が大きなコンテナの中にはいっていった。獣医さんは、種はランプ用の油、飼料、バイオ燃料やマーガリンになるんだよと教えてくれた。ガチョウの群れが飛んでいった。むこう岸のほうに向かっていた。わたしはしばらく、ガチョウたちが聖《マ》なる食物《ナ》みたいに天から降ってきてわたしたちの足もとにポキッと折れた首をして着地したらいいのにとちょっと思ったけど、鳥たちは見えなくなるまで遠くへ遠くへ飛んでいった。わたしはハンナを見た。でもハンナは獣医さんに学校の話をしている最中だった。ハンナは靴を脱いで、しま模様のソックスでボンネットの上に座っていた。わたしもグリーンの長ぐつを脱ぎたくてしかたがなかったけど、でも、やめておいた。どこから病気が忍びこんでくるかわからない。まるで、押しこみ強盗みたいに。お父さんとお母さんは強盗のずる賢さを甘くみているけど。二人が出かける時に閉めるのは玄関の鍵だけで、なぜかというと、裏口には知ってる人だけしか来ないからだって。

　わたしたちは、ただの一度もうちの中で起きたことについて話さなかった。不安の種を取りのぞいてしまえるような言葉がなかったから。使えるところだけが残るようにコンバインの刃が菜の花から穂先をはね落とすみたいな。わたしたちは静かに陽の沈むのを見て、帰り道に屋台のパタチェを買ってもらい、車の中で食べた。車の窓が湯気でくもって、わたしの目もくもった。なぜかというと、わたしは初めて、ひとりぼっちじゃないって、ちょっと思ったから。パタチェって、ほかのどの食べ物よりもつながりを感じる。

一時間後、わたしたちは油のついた指をしてベッドに寝ころんでいた。マヨネーズのにおい、こんな中でもやっぱりまだ希望に満ちた晩のにおいをさせながら。でも、パタチェのおかげでソフトラスクパンを食べる気は起こらなかった。ただ、お母さんをまたがっかりさせたくなかったから、やっぱりひと口かじった。お母さんがけがしたほうの足を縁にぶらぶらさせながら手押し車に乗ってる姿がまだ目に浮かぶ。あそこで突然いまにも壊れそうに見えてなぐさめてあげたかったオブは、ひょろ長なのがもっとひょろ長くなってた。ただ、どうやってなぐさめたらいいのか、わたしにはわからなかった。〈ローマ人への手紙〉に、こうある。〝教える才能のある人であれば教えなさい。慰めるのが上手な人は、慰めなさい。分け与える人は、惜しまずに与えなさい。指導する人は熱心に指導しなさい。他者を慈しむ人は喜んでそれをしなさい〟わたしにはなにが自分の才能なのかはわからない。もしかしたら、黙ってることと聞くことかもしれない。そして、それがわたしのしたことだった。わたしはオブに、ただ、オブのザ・シムズのアバターはどう？　もうディープキスの最中だった？　ってきいただけだった。「いまじゃねえ」とだけオブは言って、自分の部屋に閉じこもってしまった。新しい〈ヒットゾーン〉がわたしも小声で一緒に歌えるほどオブのスピーカーから大音量で流れてきた。それをだれもなにも言わなかった。

あの冷凍の豆と同じように、お母さんもやることがグズグズになっている。そして時々、手からただ物を落として、それをわたしたちのせいにする。わたしはきょう、〈主の祈り〉を五回唱えた。

最後の二回は目を開けたまま。そうすると、まわりにあるものぜんぶに注意を向けていられるから。イエスさまがそれをわかってくれますように。牛も、突然襲われないように目を開けたまま眠る。わたしは、晩に突然襲われるんじゃないかと、——蚊から神さままで——なにもかもがますます怖くてしかたがない。

お母さんは落ちくぼんだ目をしてわたしの発光するふとんカバーをじっと見ている。ひと口かじったパンが飲みこめない。わたしのためにお母さんを悲しませたくない。キッチンのはしごをまた取り出してほしくない。というのは、はしごを使うともっと簡単にロープのところへ行けるし、飼料サイロに登れるから。するとお母さんははしごから足を一歩踏みだすだけですむ。オブは、それからはすぐだと言う。ただ、首つりする本人にとってだけは長いと。なぜかというと、そのあとにまだひとしきり黙想の時間が続くからで、教会の黙想は少なくともペパーミント二個分の長さだ。そして、お母さんがもう高所恐怖症じゃなくなってたら、サイロの上に立つのも怖くない。

口をいっぱいにしてわたしは言う。「ここって、すごく暗いよ」

お母さんの目が希望に満ちてわたしを見る。ベルのプロフィールブックがふと頭に浮かぶ。お母さんは〝なにになりたい?〟という質問の答えを斜線で消して、代わりに〝よきクリスチャン〟と書いた。それで〝身長は何センチ?〟っていう質問のところで、わたしの身長が急激にのびてることにだれも気づかなかった。わたしはよきクリスチャンなんだろうか? わたしがもし、お母さんをまた明るくするものをあげられたら、そうかもしれない。

「暗いって、どこが?」お母さんがきく。

「そこらじゅうだよ」わたしは言い、パンを飲みこむ。

お母さんはベッドサイドチェストの上にある地球儀ライトを点けて、忍び足で部屋をそっと出ていくまねをする。包帯した痛いほうの足に気をつけながら。そして、バスローブのひもをしっかり結ぶ。まだマティースが生きてた時に遊んだゲームだ。何度やっても飽きなかったやつ。

「大きいクマさん、大きいクマさん！　眠れないよ。こわいよう」

指のあいだから、お母さんが窓のほうに歩いていって、カーテンを開けて、言うのを見る。「ほら、月を取ってあげたよ。月と、あのきらきら光る星ぜんぶだよ。小さいクマさんがもっとほしいものはなあに？」

愛情、とわたしは胸のうちで思う。あのブリスターヘッド牛たちがみんな同じ——生きのびるという——目的で息をしてる牛舎の温かさみたいな。搾乳してるあいだ、わたしが頭をくっつける温かいわき腹みたいな。牛たちは、もちろんお父さんとお母さんのために立っている。牛自身は、飼料ビーツのかけらをあげる時、時々ざらざらした舌をつき出す以上の愛情を示すことはできないけど。

「なにもいらない。小さいクマは満足だよ」

わたしは、階段のきしむ音がしなくなるまで待って、そしてカーテンを閉め、救い主のことを考えようとする。そうして胃のまわりの重圧感が消えて、そこに願いがはいる場所ができるように。ただ、小鳥たちだけがじょうずに口に出せる願いが。そのとたん、わたしが動くたびにベッドがきしむことや、そうするとわたしが深夜になにかたくらんでるのがお父さんとお母さんにわかってしまうことに気づく。わたしは起きあがり、マットレスの上に立って、柱にかかったロープを首に巻きつける。ゆるすぎる。結び目をずらすことはできない。あんまり長いこと固く結んであったから。それで、ロープをちょっとひっぱって首にマフラーみたいに巻く。ロープのけば立った繊維が肌に当たるのを感じる。想像する。これがどんな風にゆっくりとしまって、ぶらんと揺れるんだろうかと。そして、命がわたしからすべり落ちていくのを感じるのに、どんな動きが待ち受けているんだろうと。お尻まるだしでソファに寝そべって、石鹸皿になったつもりになる時ちょっと感じるのと似てるのかなと。

十七

「これは承認式だよ」わたしの新しいマットレスの上にあぐらを組んで座っているハンナにわたしは言う。ハンナのパジャマの上着にはバービーの顔がついている。バービーは、金髪の長い髪にバラ色の唇をしている。顔は半分はげ落ちている。ちょうど、バスタブの縁に立つバービー人形たちと同じように。わたしたちはスポンジたわしと石鹸ちょっとで、バービーたちの笑顔をこすり取った。ここに笑うようなことがあるって、お母さんに思われたくなかったから。特に牛たちが病気のいまは。

「それって、〝承認式〟ってなんのこと？」ハンナがきく。ハンナは髪をおだんごにしている。わたしはおだんごが好きじゃない。頭がしめつけられてキュッとなりすぎるし、もっと〈黒タイツ〉呼ばわりされる。なぜかというと、教会の女の人たちのおだんごが、ぐるぐる巻きのソックスとそっくりだから。

「物とか人とかを迎える儀式のことだよ。わたしのベッドは新しい。そして、これがベッドにとってここでの初めての夜だからね」

「ああ、そうか」ハンナは言う。「それで、わたしはなにをすればいいの？」

「まずはじめに、歓迎しよう」

わたしは髪を耳の後ろにかきあげて、大きな声ではっきり言う。「ようこそ、ベッド」手はシーツの上に当てている。

「ようこそ、ベッド」ハンナもくり返して言って、手もマットレスの表面に当てて、シーツの上をなでる。

「そして、これからが儀式だ」

わたしはマットレスの上に腹ばいになって、ハンナが見えるように枕の下で頭を横向きにし、ハンナがお父さんでわたしがお母さんだよと言う。

「わかった」とハンナが言う。

わたしの横でハンナが腹ばいになろうとしている。わたしは枕を頭にもっと引き寄せて鼻をマットレスに押しつける。マットレスはまだ、お父さんとお母さんがベッドを買った家具屋さんのにおい、新しい生命《いのち》のにおいがする。わたしにならってハンナがあとに続く。わたしはしばらくそうして撃たれたカラスみたいにうつぶせになっている。二人ともなにも言わない。わたしが枕をどけて、ハンナのほうを向くまで。ハンナの枕がゆるやかに上下している。マットレスは船、わたしたちの船だ。ハンナのほうを向くまで。——私たちの住まいである地上の幕屋が壊れても、神の下さる建物があることを、私たちは知っています。それは、人の手によらない、天にあるけっして消えゆくことのない家です——

――しばらく〈コリント人への第二の手紙〉の言葉を思いだして、それからまたハンナに注意を向けてささやく。「いまからここはわたしたちの作戦基地で、わたしたちの安全な場所だ。あとに続いて言うんだ――愛するベッド、われら、ヤスとハンナ、すなわちお父さんとお母さんは、貴殿が計画《ザ・プラン》の暗闇の世界にはいることを喜んで承認する。ここで口にした言葉、願望は、ここだけにとどまる。以後、貴殿はわれらに属する」ハンナが言葉をくり返す。顔をマットレスにくっつけているから、それはもっとつぶやきに近かったけど。つまんない、こんなのもういいからそろそろ別の遊びがしたいともうすぐ言いだすような声に聞こえる。これは遊びじゃなく、大まじめなんだけど。

　これがみんな本気なんだとハンナにわからせるために、わたしはハンナが頭の後ろに当てている枕の両はしを持って下へぎゅっと強く押しつける。とたんにハンナは下半身をくねらせはじめる。それでわたしはもっと力を入れる。ハンナは両手をふりまわしてわたしのジャケットにしがみつく。わたしはハンナより力が強い。ハンナはぬけ出すことができない。

「これは承認式なんだ」わたしはもう一度あらためて言う。「ここの住人になるには、窒息しそうになるってどういうものかを感じなくちゃいけないんだ。マティースみたいに、死にそうになるってことが。そうしてはじめて、わたしたちは友人になれる」

　わたしが枕をどけると、ハンナはすすり泣きはじめる。顔がトマトみたいに赤くなってる。ハンナは必死に空気を吸おうとしている。「バカ！」ハンナが言う。「息がつまる寸前だったんだから」

「それでいいんだ」わたしは言う。「これで、わたしが毎晩どう感じてるかわかったんだし、ここで起きるかもしれないことがベッドにもわかったんだ」

わたしはすすり泣いてるハンナのほうへにじり寄り、頰っぺたにキスして、しょっぱい恐怖を乾かしてやる。

「キミよ、泣くな」

「怖がらせたのはあなたじゃないの」ハンナはささやく。

「オオカミを恐れる者は、森の外にいなければならない」

ゆっくりと、わたしは妹に体をくっつけて動きだす。よく自分のぬいぐるみのクマにするように。そして、ささやく。「もし、わたしたちに勇気があれば、日々は延びるだろう。図書館の本の返却日を延長するみたいに。罰金を払うことなく、本の中をもっとさまよっていていいように」

「わたしたちはすり切れた本で、表紙がなくて、外側を見てもなににもついての本だかだれにもわかんなくて」ハンナが言う。そしてわたしたちはこの小さな実感にクスクス笑う。わたしの体は動くにつれてどんどん熱くなり、ジャケットは肌に張りつく。ハンナが眠ってしまいそうになるのを感じてようやくわたしは動きを止める。いま、眠っているひまはない。わたしはまた起きあがってベッドの上に座る。

「わたしは獣医さんにする」突然わたしは言う。きっぱりした声が出るようにしながら。しばしの静けさ。「獣医さんはやさしいし、むこう側に住んでるし、そして、いろんな心臓の音を聴いてる。何千もだよ」わたしは続ける。

ハンナがうなずき、バービーの頭もうなずく。「バウデヴェインは、わたしたちみたいな女の子たちにとっては、手の届かない人だしね」ハンナが言う。

ハンナがなにを言いたいのかわからない。わたしたちみたいな女の子たちって、どういう意味なのか。そもそも、わたしたちがだれかって、どこを見て決めるんだろう？　わたしたちがミュルダー家の一員だって、人はどこで見分けるんだろう？　わたしたちみたいな少女たちって、たくさんいると思う。まだ、わたしたちがそんな少女たちに出会ってないだけで。世の中のお父さんたちとお母さんたちも、ある日出会う。そして、だれもが内側に親っぽさを持っているから、結局は結婚できる。

わたしたちの両親がおたがいをどうやって見つけたのかは、いまだに謎だ。なにせ、お父さんは探しもののできない人だし。なにか失くしたら、だいたいそれはポケットにはいってて、買い物に行くと、いつもメモに書かれてたのとはちがうものを買って帰ってくる。お母さんはメモになかったパックのヨーグルトだけど、お父さんはそれで満足したし、お母さんのほうも同じだった。お父さんとお母さんは、初めての出会いのことを一度もわたしたちに教えてくれたことがない。お母さんは、いまがそれを話すいい機会だと思うことがない。ここにはめったにいい機会なんてないし、あるとしても、それがわかるのはあとになってからだ。牛たちとまったく同じように、こういうふうになってたんじゃないかなと、わたしは想像している。ある日、おじいちゃんとおばあちゃんがお母さんのベッドルームのドアを開けて、お父さんを雄牛みたいにお母さんにあてがった。そのあと、おじいちゃんとおばあちゃんはドアを閉めた。そして、「はい！　できました」ということで、わたしたちが誕生した。その日から、お父さんはお母さんを「おまえ」と呼び、お母さんはお父さんを「あんた」と呼んでいる。うまくいってる日々には「キミ」と「あなた」で。わたしとハンナは時々それをまねして遊んだりする。

お父さんとお母さんの出会いのこと、ベルにはふざけてでたらめ話しちゃった。二人がスーパーのヒュザーレンサラダ売り場で偶然出会って、二人とも牛肉入りのパックを取ろうとした時、おたがいの手がちょっと触れ合ったんだよって。学校の先生は、愛に目と目のコンタクトは要らない、触れることだけで十分すぎるくらいだと言ってた。わたしがその時思ったのは、どちらもなかったら、それはなんと呼ぶんだろうってことだった。目と目のコンタクトも触れることもなかったら。

それでもわたしはハンナのほうを向いてうなずく。わたしたちみたいな女の子たちはいるんだとは思うし。もしかしたら、その子たちはいつも牛のにおいとか、お父さんの怒りやタバコのにおいをさせてはいないかもしれないけど、それはきっとなんとかなる。

ちょっと手を喉に当てる。さわるとロープの感触が皮膚に残ってるのがわかる。そして、きょうのこと、キッチンのはしごがグラグラしてガタンと倒れたことを思い出すと、なんだか首もとでロープの結び目が少しきつくしまるみたいに思える。すべてが喉のところで突然ストップするような。ふとんの上に差すお父さんのトラクターのヘッドライトの光の筋みたいに。畑の上をトラクターが牛糞の肥料を撒きながら走るのが聞こえる。こっそりやらないといけない。感染を広げないように、もう肥料を撒いてはいけないから。だけど、そうしたら牛糞の肥料をどこへやればいいのか、わたしたちにはわからない。手押し車で牛糞を肥溜めへ運ぶために渡してある板は、肥えの中に沈んでいる。そこにはそれ以上捨てられない。お父さんは、夜中なら牧草地をトラクターで走ってもだれも気づかないだろうと言ってた。きょうは、白い作業服を着た清掃処理の担当者も、青い毒のはいったネズミ捕りボックスを何十個も農場の敷地のまわりに置きにきた。ネズミが牛の口蹄疫を他へ伝染させないようにだ。ハンナとわたしは起きていなくちゃならない。お父さんがわたしたちを置いて突然去っていってはいけない。光の筋は、足もとから喉の下まで差して、そしてしばらくすると、また下のほうからはじまる。

「トラクターの事故、それとも肥溜めに落ちる？」

ハンナはふとんにすべりこみ、わたしにぴったり体を寄せる。ハンナの茶色い髪はサイレージのにおいがする。わたしはそのにおいを思いっきり吸いこんで、これまで牛たちにどれほど悪態をついたことだろうかと考える。でも、いざ牛たちが殺される寸前になると、なによりもわたしたちと一緒にいてほしい。鳴き声を思い出すだけの静かな敷地、屋根の雨どいのところでわたしたちをじっと見張ってるカラスがいるだけの敷地なんて絶対いやだ。

「ヤスったら、冷凍したパンみたいに冷たいよ」ハンナが言う。ハンナはわたしのわきに頭をつっこんでいる。遊びにのってこない。もしかしたら、口に出してそれがほんとうになるのが怖いのかもしれない。言葉当て番組の〈リンゴー〉で、緑のラッキーボールをつかむのはだれか、よくわたしたちが予測して当てるのと同じに、死を予測するかもと。

「解凍しちゃった豆の袋より冷凍のパンのほうがましだよ」わたしは言う。そして、お母さんを起こさないようにと、わたしたちはかけぶとんを引っぱって頭の上までかぶり、クスクス笑う。それからわたしは手を自分の喉から離してハンナの首に当てる。温かい。皮膚の上からハンナの首の骨を感じる。

「キミは、ボクよりも早く完璧な肉づきになるな」

「なんのために？　ねえ、あなた？」ハンナも遊びにのってくる。

「救われるためにだ」

ハンナはわたしの手を押しのける。救われるのに、完璧な肉づきなんていらない。逆に完璧じゃないことがわたしたちを壊れやすくして、それでわたしたちは救われなくてはならなくなるんだから。

「わたしたちって、壊れやすいかな？」

「一本の麦わらみたいに壊れやすいよ」ハンナが言う。

とたんに、なにが起きてるのかが一気にわかる。これまで起きたことのすべてにつじつまが合うような気がする。そのたびごとに、わたしたちはいつも壊れやすかった。そしてわたしは言う。

「これもまた、〈出エジプト記〉の災いのひとつなんだよ。それしかありえない。ただ、わたしたちのは、起きる順番がぐちゃぐちゃなだけで。わかる？」

「どういう意味？」

「あのさ、ハンナが鼻血を出して、それで水が血に変化した。カエルの大移動があった。学校で頭ジラミが流行った。一番上の子どもが死んだ。堆肥の山にアブがたかった。オブが長ぐつでバッタをぺっちゃんこにした。目玉焼きでわたしの舌が腫れた。そしてあられの雨」

「それで、だから次は牛の疫病だって思ってるの？」ハンナがびっくりした顔をしてきく。そして、片手を胸の上、ちょうどバービーの耳のところに当てた。まるでわたしたちがここで話してることを聞いちゃいけないみたいに。わたしはゆっくりとうなずく。そのあと待ち受けるものが、もうひとつあると、わたしはひとり考える。そしてそれは最悪の事態だ。暗闇。完全な暗闇。昼間がお父さんの日曜日のまっ黒いオーバーに永遠に覆われる。口に出しては言わないけど、わたしたちは二人とも知ってる。この家には湖にかかる橋を渡ってむこう側へ行きたいといつでもあこがれている人間が二人いて、そこに捧げもの――チューインガムのファイヤーボール、死んだ動物……――をしたいと思ってること。

　そして、トラクターの止まる音がする。トラクターのライトが突然部屋を照らさなくなった暗さに対抗しようと、ベッドサイドチェストの上の地球儀ライトを点ける。お父さんは肥料を撒き終わった。つなぎの作業服姿のお父さんが、ちょっと離れたところから家を見てるのを目に浮かべる。表側にだけまだ小さい明かりが点いていて、それはまるでほろ酔いの月が数メートル下のほうにころがり落ちたみたいな、楕円形の窓の光だ。この農家を眺める時、お父さんには三世代の農民が見える。この家はおじいちゃんミュルダーのものだった。おじいちゃんはそのお父さんから受け継いだ。おじいちゃんの亡くなったあと、おじいちゃんの牛の多くはその後も生き続けた。お父さんはよく、そのうちの一頭がやっぱり口蹄疫になった話をする。その牛は水を飲みたがらなくなった。するとおじいちゃんは、小さい樽入りの塩漬けハーリンク（ニシンを軽く塩漬けにして発酵させるオランダの伝統食）を買ってきて、病気の牛の口の中にそれを投げこんだ。たんぱく質はとれたけど、それだけでなくものすごく喉が渇いて、牛は舌の傷の痛みにうち勝ってまた水を飲むようになった。わたしはこれをいい話だとずっと思い続けていた。舌の傷をハーリンクで手当てするなんてことはいまではもうできないし、おじいちゃんの牛だって殺されたことだろう。お父さんの暮らしがまるごといっぺんに取りあげられてしまう。お父さんはそんな気持ちにちがいない。ティーシェの小さな死に牛の頭数をかける、ということは百八十倍の死。お父さんはどの乳牛のことだって、どの仔牛のことだって一頭一頭よく知っている。

ハンナがわたしの首もとから顔を離す。ベトついた肌がわたしからゆっくりとはがれていく。あとにはワセリンの層がうっすらと残る。まるでわたしの部屋の天井から時おり落下する星のひとつみたいだ。わたしはもう、星にお願いなんかできない。なぜかというと、天は願いの井戸じゃなく、集団墓地だから。ひとつひとつの星はそれぞれ死んだ子どもだ。一番きれいな星はマティースで――お母さんがそう教えてくれた。だからわたしは時々、怖かった。マティースの星がある日落下して、よその家の庭にはいっちゃって、わたしたちはそれに気づかないだろうって――だけど夜空の星は、ポツポツとしか出ないほうがずーっと多かったんだし、心配することなんて、なんにもなかったんだよね。

「わたしたち、安全地帯を作らなくちゃ」ハンナが言う。

「そのとおり」

「でも、じゃあいつ、いつ、むこう側へ行く？」

ハンナは待ちきれない声で言う。ハンナには待つということがよくわかってない。したいことはなんでもいますぐでなくちゃいけない。わたしはもっと用心深い。だから、たくさんのことが通り過ぎていく。なぜかというと、物事は時に待ってはくれないことがあるから。

「言ってるばっかりで、なかなかほんとにならないんだもん」

ハンナに、わかった、悔い改めると約束する。「わたしの頭からネズミたちがいなくなると、愛はテーブルの上でまた踊りだす」

「ネズミ？　それも災いなの？」

「ちがうよ。家主がまたもどってくるっていうおまじない」

「愛ってなに？」

少し考えてからわたしは答える。

「敬虔なほうのおばあちゃんのアドヴォカートみたいなもんだよ。もったりしていて黄金色《こがね》で。おいしく作るのに大切なのは、いろんな材料を順序どおりに正しい比率で混ぜるってこと」

「アドヴォカートって、ドロドロしてて気持ち悪いよ」

「それは、好きになるのを学ばないといけないからだよ。愛だって、すぐに好きになるんじゃなく、少しずつおいしくなって、あまくなっていくんだから」

ハンナはわたしにしばらく抱きついている。自分のお人形を抱きかかえるみたいに、わたしのわきの下でわたしの体をしっかり抱きしめている。お父さんとお母さんはおたがい肌を寄せ合うことはない。それはきっと、自分の秘密のいくらかが相手にくっついたままになるからだろう。ワセリンみたいにべっとりと。だからわたしも自分からすすんでだれかと抱き合ったりしない。とはいっても、自分がどんな秘密をあげちゃいたいのか、わからないけど。

十八

硬いつま先に青いビニールカバーをつけたお父さんの木靴が、ドアマットの横に置いてある。感染が広がるのを防ぐためだ。わたしも自分の息だけを吸っていられるように、顔にそのカバーをしっかりくくりつけたくてしかたがない。その同じ木靴を履いて、生ゴミのはいったバスケットを堆肥の山へ空けに行き、朝露で白いあとのついた牛糞の上に野菜や果物の皮を落とす。するとそのとたん、これはもしかしたら、わたしがこのさき目にする最後の牛糞の山かもしれないという思いが心の中にゆっくりと沁みこんでいく。早朝の牛の鳴き声や、ミルクタンクの冷却システムや飼料濃縮ミキサーが作動する音、とうもろこし飼料にたかりに来て牛舎の棟に巣を作るモリバトたちの鳴き声と同じように、もうすぐすべてが、バースデーパーティーの集まりの時や眠れない夜に思い出すぐらいなことになっていくだろう。そして、すべてが空っぽになる。牛舎も、チーズ小屋も、飼料もサイロも、わたしたちの心も。

ミルクのあとがミルクタンクから農場の敷地の真ん中にある排水口へと続いている。お父さんがタンクの蛇口を開けたからだ。ミルクはもう売ってはいけない。でも、お父さんはこれから起ころうとしていることなどなにもないかのように搾乳を続ける。牛たちをストールのあいだに固定して、乳房にティートカップをつけ、そのあとそれをはずすと、わたしの使い古しのショーツのうちの一枚におっぱいクリーム《アュエルザルフ》をつけたのを取り出す。牛たちの乳房をきれいに清潔にしておくためだ。お父さんがこれっぽっちのためらいもなく、わたしのすり切れたショーツで牛の乳房やティートカップをゴシゴシふくと、わたしはよく恥ずかしくなった。だけど夜には、ショーツの股の部分にはオブから農家のヤンセンさんまで、そういえばどんなにたくさん他人の手が触れたか、ひびわれやたこのできた手のひらで、ある意味わたしに触れていたじゃないかと考えた。時々、牛たちのあいだでショーツが迷子になって、最後には踏み板の上でもみくちゃになった。お父さんはわたしの使い古しのショーツを乳ふき布と呼んで、ショーツだったとはちっとも思ってなかった。土曜日にはお母さんが洗濯して、何枚もの乳ふき布を物干しのロープに干した。

　わたしが生ゴミバスケットに残ったリンゴの芯を爪でほじっていると、目の隅に仔牛専用の小屋のところにしゃがんでいる獣医さんが映る。抗生物質の瓶にシリンジを浸して仔牛の首に針を刺している。仔牛は下痢をしていて、マスタード色の下痢便が胴体に飛び散っている。足は風で揺れる柵みたいに震えている。日曜日だというのに、獣医さんは来ている。でも、わたしたちがお風呂場のラグマットの上にお尻まるだしで横になり、体温計をお尻の穴につっこんでた時には、月曜日までようすを見ようってことになったのに。そんな時、お母さんは日曜日には病気にならない〈コルトヤッキェ〉っていう歌を歌った。わたしは思った――〈コルトヤッキェ〉って、おくびょう者だなーーって。学校へは行けなくて、教会には行くって、楽ちんだよ。でも、中学生になってからようやくわかった。〈コルトヤッキェ〉は自分の知らないことぜんぶが怖かったんだ。いじめに遭ってたのかな？　わたしみたいに、校庭が見えてきたり、遠足に行くことになってそれなら病原菌も一緒について行くだろうと思ったりすると、お腹が痛くなったのかな？　〈コルトヤッキェ〉も、吐き気止めのペパーミントをテーブルの縁で砕いたのかな？　〈コルトヤッキェ〉って、ほんとはかわいそうな女の子だったんだ。

わたしが一足踏み出すごとに、カバーつきの木靴が音をたてる。お父さんが言ってた。「死はいつも木靴を履いてやって来る」わたしにはわからなかった。どうしてスケート靴とかジョギング・シューズとかじゃないのかって？　でも、いまはわかる。死はたいていの場合、知らせに来る。でも、それを見たくも聞きたくもないことの多いのがわたしたちというものなんだ。そう思えば、わたしたちは氷にはもろくなってる場所がまだたくさんあることを知っていたんだし、口蹄疫がわたしたちの村をよけていかないことだってわかってる。

わたしはウサギの飼育小屋に逃げこむ。いろんな病気からわたしを守ってくれる安全な場所。そして、しなびたニンジンの葉っぱを金網のあいだから押しこむ。ちょっと、ウサギの首の骨のことを考える。ひねったらポキッと音がするのかどうかって。他者の死の大部分を自分たちの手が握っているなんて、恐ろしい考えだ。わたしの手がまだどんなに小さくてもーーレンガ積みのこてみたいに、積みあげることや、とがったほうで寸法に合わせて切り落とすことはできるけどーー。わたしはエサ入れをはずし、手をウサギの毛の上に当てて、ディウヴェルチェの耳を後ろへなでつける。

耳の縁には軟骨があるから硬い。ちょっと目を閉じてテレビの〈シンタクラース子どもジャーナル〉のくるくるカールの髪をした女の人のことを思い浮かべる。お供のピートたちが行方不明になったり、みんなが目を覚ましたのに薪ストーブの横に置いた靴になにもプレゼントがはいっていなかったり、馬にあげるニンジンがストーブの熱でしなびて皮がオレンジのしわしわになっちゃったりした時の心配そうなまなざしを。テーブルの上のメレンゲのお菓子や、ジンジャーブレッドドール、そして時々わたしがジンジャーブレッドになって、彼女のすぐ近く、ほかのだれよりも近くにいていいところを空想することを考える。そして彼女が「ヤス、物はふくらんだり縮んだりするけど、人のサイズはいつも変わらないのよ」と言ってくれることを。彼女がわたしを安心させてくれるようすを。なぜかというと、わたしは自分ではもう安心することができないから。

また目を開けて、ディウヴェルチェの右耳を指でつまむ。コリッと堅い手ごたえがある。それから、後足のあいだをさわる。あの陶器の天使の時みたいに、ひとりでに。その時、獣医さんがはいってくる。わたしはすばやく手を引っこめて、エサ入れをもとにもどそうと頭をうつむかせる。顔が赤くなると、頭はいつもよりも重くなる。なぜかというと、恥ずかしさ分の重さが増えるから。

「みんな、熱があるんだ。四十二度ある仔牛もいる」獣医さんは、固形のグリーンソープを使って雨水タンクの樽で手を洗う。樽の中には藻がついている。うへ、ブラシできれいに洗わなくちゃなあ。樽の縁を上から見る。石鹼の泡に吐き気をもよおす。手を下っ腹に当ててると、腸が腫れてるのを感じる。肉屋さんのなかなか消化しないフェンネル入りソーセージとそっくりだ。

獣医さんはグリーンソープを木のテーブルの上にいくつか置いてある小さい石のエサ入れのあい

だにもどす。それはもとはウサギ用ので、ウサギのほとんどは年を取って死んだ。お父さんは牧草地の一番奥に、鋤で穴を掘ってウサギたちを埋葬した。そこはわたしたちがけっして遊んではいけない場所だ。時々わたしはそこにいるウサギたちのことが心配になる。ウサギの切歯は、もしかしたら死後もずっとのび続けるかもしれない。そして、歯が地上に突き出して、牛がそれに引っかかるかもしれない。最悪の場合、お父さんが。だからわたしはディウヴェルチェに葉っぱをたくさんやるし、バケツに草を摘んでくる。歯がのび続けないように、噛むものが十分あるように。

「なぜ、仔牛たちの病気はよくならないの？　子どもは熱が出てもまた治るのに？」

獣医さんは古い食器拭きに両手をこすりつけてふき、それをまた小屋の壁のフックにかける。

「感染力が強すぎるからだよ。肉もミルクももう売ってはいけないんだ。損するばかりってことだ」

わたしはうなずく。わかったわけじゃないけど。これからもっと大きな損をするんだよね？　わたしたちがどれだけ好きかしれない、あの湯気を立てているぜんぶの体は、もうすぐ殺処分される。まるでユダヤ人だ。ただ、ユダヤ人たちは憎まれていた。だから、みんなの愛とどうしようもない無力な気持ちに囲まれて亡くなるよりもひどい死にかただ。

獣医さんは飼料バケツをさかさまにひっくり返してそこに座る。顔のまわりの黒髪のカールがパーティーのくるくるしたデコレーションみたいだ。こうして獣医さんよりも高くそびえてると、身の置きどころがない気がする。そもそも、プロフィールブックにだけ記録される身長ののびた分とどう向き合えっていうのか。以前は、ドアの横にある柱にも記録していた。お父さんが折りたたみ定規とえんぴつを持ってきて、頭のてっぺんのところに線で印をつけていた。マティースが帰ってこなくなってから、お父さんはその柱をオリーブ色に塗っちゃった。それは最近は閉めっぱなしになっている家の表側の窓のよろい戸と同じ色だ。わたしたちの成長は、だれにも見られちゃダメってことだ。

「悲しい仕事だよ」獣医さんはため息をつきながら手のひらを上へ向ける。手の内側に、いくつかのすり傷が見える。エアクッション入りの封筒みたいな手だ。お父さんはそういうのに雄牛の精液入りのアンプル管を入れて送ってた。そのガラス管は生温かくて、時々朝食のテーブルのいろんなものと一緒に置いてあった。冬、ベッドから出たばかりでつま先からほっぺたまで床の冷たさが伝わるような時には、それをほっぺたに当てた——お母さんが薪ストーブののぞき窓に息を吹きかけて、それからキッチンペーパーでゴシゴシふく音を聞きながら。お母さんは、お父さんが古新聞の切れはしと一緒に燃え種で火を起こす前に、必ずそうしていた。お母さんが言うには、炎が木ぎれを囲んで闘志を燃やしているのが見えるほうがもっと温かく感じるんだって。

お母さんは、わたしがアンプル管をほっぺたに当てるのを汚いと思っていた。そして、それは仔牛の鋳造型みたいなもんだと言った。村じゅうのみんながおばあちゃんのためにとっておいたキャンドルの溶けた蠟《ろう》でおばあちゃんがまた新しいキャンドルを作るみたいに。でも、アンプル管の中のは白っぽく、時には水っぽく、時には逆にすごくドロッとしていた。一度、わたしはそれをこっそり自分の部屋に持って行った。ハンナは、それが冷めて、わたしたちをもう温めてくれなくなったら開けようと言った。アンプル管がわたしたちの体と同じくらいに冷めてから、わたしたちはそれぞれ小指を管の中に浸して、一、二の三のかけ声でそれを口に入れた。むかつくような、しょっぱい味がした。そして、晩のあいだじゅう、仔牛がわたしたちから出てくるのを空想した。そのうち、救い主を探す計画が二人の頭の中で盛り上がり、わたしたちはこれまでになく自分たちが大きくなったように感じた。わたしたちは救い主の手の中で液体になるんだ。アンプル管の中の精液みたいに。

「そのジャケットは着ごこちいいのかい？」

返事ができるまで、しばらくかかる。わたしはまだ、獣医さんの手のひらのすり傷のことを考えてる。

「うん、とってもいいよ」

「暑苦しくはないの？」

「暑苦しくないよ」

「ジャケットのことでいじめられるのかい？」

わたしは肩をすくめる。わたしは答えを考えるのは得意だけど、口に出すのはそれほどうまくない。答えるたび、そのあとに確認が続く。わたしは確認が好きじゃない。それってしつこくて、チーズの上から刷毛《はけ》で塗るコーティングが服についちゃったみたいで。洗ってもほとんど取れない。

獣医さんがにっこりする。いま気づいたけど、獣医さんの鼻の穴って、わたしがこれまで見た中で一番大きい。さては、獣医さんもよく鼻をほじくってるな。こうして同盟が生まれるってことを忘れてはいけない。獣医さんは首に聴診器をかけている。わたしは、自分の胸に冷たい金属が当てられ、獣医さんがおでこに心配そうなしわを寄せて、わたしの体内で動いたり変化したりするいろんなものを聴いたり、ちょうど仔牛にするように、わたしのあごのあいだに親指と人差し指で食べ物を押しこんだりするところを思い浮かべる。獣医さんはきっと、寒くないようにとグリーンのダスターコートをわたしにはおらせておいてくれるだろう。

「お兄さんがいなくてさびしい？」突然、獣医さんが質問する。獣医さんはわたしのふくらはぎに手を当てて、やさしくつねっている。もしかしたら、わたしも病気かどうかさわってるのかもしれない。仔牛の足の肉づきをみると、健康状態がわかるから。獣医さんは手を動かしてふくらはぎをやさしくさする。するとデニムの下のわたしの皮膚は熱くなって、その熱は全身に散らばる。まるで、寒い冬の日に、家に帰ってホットチョコレートを飲むみたいな。家に着いたら思ったほど温かくなかったみたいな。獣医さんのきれいに切りそろえられた爪を見つめる。薬指には、指輪のあとが見える。そこはまわりの皮膚より色が薄くなっている。愛する人たちは、いつも見えている。心の中や皮膚の下に。まるで、ベッドの縁に座ってお母さんに、陶器みたいな声で「お母さんのこと好き？」ときかれて、「地獄の底から天国に届くまで」と答える時の裂けるようなわたしの胸のうちみたいに。時々胸がポキッと鳴るのが聞こえて、すると、おしまいには胸が裂けたままになっちゃうんじゃないかと怖くなる。

「うん、さびしいよ」わたしはささやく。

マティースがいなくてさびしいかときかれるのははじめてだ。頭をなでるのでも、ほっぺたをちょっとつまむのでもない、わたしへの質問。「お父さん、お母さん、牛たちにとってはどうなの？」ではなく「きみにとってはどうなの？」って。わたしは自分の靴をじっと見つめている。もとあったものが欠けるってどういうことかな。そして、サイレージ運びの作業をなんとなく思い浮かべている。サイレージの山の上にかぶせてあるカバーのまわりには、大きな古タイヤが置いてある。わたしたちはそのカバーを外して、サイレージの山を毎日少しずつ削る。そのあと、また新しくサイレージの山を作るために。一年ごとにまたはじめから。

獣医さんを見ると、急に悲しそうな表情になっている。お母さんもよく、そんな顔してるように。まるで、一日じゅう水のはいったグラスを頭の上にのせたまま、それをこぼさずにむこう側へ運ばないといけないみたいな。だから、わたしは言う。「だけど、嬉しいこともあるし、ジーンズの両膝にコミックのキャラのワッペンを継ぎ当ててもらえて神さまを称えてるぐらい、とっても元気だよ」

獣医さんが笑う。「あのね、きみはね、ぼくがこれまで会ったうちで一番かわいい女の子だってこと知ってる？」

ほっぺたが選択問題の解答欄の〇《まる》を塗りつぶすみたいに赤くなってるのを感じる。獣医さんがこれまでの人生でいったいどのくらいたくさんの女の子に会ったかわかんないけど、それでもわたしはすごく褒められたみたいに思う。だれかがわたしをかわいいと思ってる。色あせて裾がほころびはじめたジャケットを着ていても。なんて答えたらいいのかわからない。マークシートは、ひっかけ問題が多いと先生が言ってた。なぜかというと、どれもどこかもっともらしくて、どれもどこかうそっぽいから。獣医さんは、シャツの下に聴診器を隠す。そして外に出ていく前、わたしにウィンクする。お父さんがお母さんに同じようにウィンクすると、「なんなのそれ」とお母さんは言う。それを怒って言う。夫婦円満なんて言葉はもうとっくのむかしに死語だから。それでも、わたしの胸のうちには心の中とはなにかちがうものが燃える。よく、ブラックベリーの茂みが激しく燃えるように。

十九

わたしたちは〈御言葉〉とともに育っている。でも、この農家では言葉の欠けてることがますます増えている。そうして、コーヒータイムをもうだいぶ過ぎても、わたしたちはまだキッチンに黙って座っていて、きかれてもいない質問に頭をうなずかせている。テーブルの上座のお父さんの場所には獣医さんが、その向かい側にはお母さんが座っている。獣医さんはコーヒーをブラックで飲み、わたしのレモネードはブラックベリー味だ。お父さんはいつものように、午後のエサやりの時間の前に、自転車で湖へ出かけた。見落としたものはなかったかと。チェーンにズボンが巻きこまれないように、右足の裾を青い洗濯ばさみでとめて。お父さんは見落としが多い。目の高さにあるものよりも、地面か空のほうを見てる。わたしの身長は、いまちょうどその中間で、お父さんの目にはいるためには大きくなるか小さくなるかどちらかにしないといけない。日によっては、キッチンの窓からお父さんを見送ることもある。お父さんの姿が堤の上で、群れからはぐれた一羽の小鳥みたいに小さい黒点になるまで。マティースが死んだあとのはじめの数週間、わたしはマティースが凍えながらもお父さんの自転車の荷台に乗って帰ってくるんじゃないかとまだ期待していた。そうすれば、なにもかもうまくいくはずだって。いまでは、お父さんの荷台は空のままで、イエスさまが雲に乗って降りてこないのと同じに、マティースはもどってこないのを知っている。

テーブルは静かだ。どっちにしても会話はますますなくなっている。だから、ほとんどの会話の場はわたしの頭の中だけ。するとわたしは地下室のユダヤ人たちと長いこと話をして、お母さんの心の状態をどう説明するか、とか、お母さんが最近なにか食べてるのを見かけたか、お母さんはちっとも交尾しようとしないわたしのヒキガエルと同じように、ある日倒れて死んでしまうと思うか、質問する。それから、地下室の真ん中の、小麦粉の袋やピクルスの瓶詰め、お母さんの好きなナッツのあの油っぽい缶の並ぶ棚のあいだに、クロスのかけられたテーブルがあるのを空想する。お母さんはホールのナッツだけが好きで、ハーフはそんなにおいしいと思わなくて、いつもお父さんに残す。お父さんはホールだろうがハーフだろうが気にしないから。そして、お母さんはそこでお気に入りのワンピースを着ている。海みたいな青い地にヒナギクの花がついてる。わたしはユダヤ人たちにたずねる。あなたたちは〈雅歌〉をお母さんに暗唱して聞かせてくれますか？　お母さんはそれをすごくきれいだと思っているので。あなたたちは、お母さんの気分の浮き沈み関係なく世話してくれますか？

お父さんについての会話はちがう。お父さんが家を出ていくことについてのことが多い。わたしは、お父さんが新しい奥さんにもっとよく反論されるといいなと思う。だれかが怖がらずにお父さんに逆らって、お父さんのことを疑って――わたしたちも時々神さまを疑うことがあるように――。

一番の親友どうしでも意見は同じじゃない、だから神さまとお父さんもちがう。時々、だれかがお父さんに怒って言えばいいのにと思う。「あんたの耳には飼料ビーツがびっしりつまっちゃってる。ひとの話を聞かないわよね。それに、そのだらんとした腕を修理しなくちゃだけど、うまく合う蝶つがいなんてないわよね！」そうなればいいのに。

オブはわたしに向けて舌を突きだす。わたしがオブを見るたびにいつも、オブは舌を出す。舌は、レモネードと一緒にもらった〈ヤギの足〉っていうお菓子についてるチョコレートで茶色くなってる。わたしはそれをはじめに半分に割って中身の白いクリームを歯で削ぎとって食べる。獣医さんがわたしに向かってウィンクすると、わたしははじめて、自分の目に涙がたまっているのに気づく。ニール・アームストロングについて、学校の科学の授業で習ったことを思い出す。月にはじめて降り立った人だ。そして、月のほうは、自分が生まれて以来はじめてだれかがわざわざ近くまでやってきた時、どんな感じがしたんだろうと考える。もしかしたら、獣医さんも宇宙飛行士なのかもしれない。わたしの命がどのくらい残ってるか、やっとだれかがわざわざ診てくれるんだ。いい会話だといいな。ただ、どういうのがいい会話っていうのかはわからない。とにかく、いいっていう言葉がはいってればいいことは、はっきりしてるように思える。それから、忘れちゃいけないのは、ほかの人を長いことじっと見るってことで、それは、あんまり目をそらしてる人には秘密があるからで、秘密っていうのはいつも頭の中の冷凍セクションに隠してある。ひき肉の冷凍パックみたいに。そして、外に出したまま放置すると、腐る。

「あの仔牛たちがみんな下痢をしてるなんて、とんでもないことだ」獣医さんは静けさを破ろうとして言う。お母さんは両手を握りこぶしにしている。まるで、テーブルの上にまるくなったハリネズミが二匹いるようだ。ハンナに、このハリネズミは冬眠をしてるんだよと言えばよかった。そして、きっとまたすぐに、わたしたちのあごの静脈をたどるにちがいない、お母さんが時々人差し指でわたしたちの口のはしに干からびてくっついたミルクを掻きとっていたみたいにねと。

すると玄関ホールのドアが開いてお父さんがキッチンにはいってくる。スキッパー襟のファスナーを開けて、冷凍のパンをキッチンカウンターの上にドサッと放り投げる。そして、テーブルにやってきてお父さんの分の〈ヤギの足〉をパクパクとたいらげる。

「明日、コーヒータイムの頃に来るそうだ」獣医さんが言う。

お父さんはこぶしでテーブルをたたく。お母さんの〈ヤギの足〉がちょっと浮きあがる。お母さんはそれを押さえようと手で覆う。もしわたしが〈ヤギの足〉だったら、お母さんのこごめた手の中にすっぽりはいれるのに。

「わたしたちがなにをしたっていうんだろう？」お母さんが問いかける。お母さんは椅子を後ろへ引いて、キッチンカウンターへ歩いていく。お父さんは、泣いて自分が乾ききらないように、指をパンの袋をとめるクリップみたいにして鼻をつまむ。「おまえたちは上へ行ってろ」お父さんはそれだけ言う。「いますぐだ」

オブが屋根裏へ行こうと手で示す。わたしたちはオブのあとについてオブの部屋へ行く。カーテンはまだぴっちりと閉まっている。きょうの午後、科学の授業の終わりに、学校の先生は言ってた。

鼻で呼吸すると、鼻毛がいろんなものをろ過してくれる。口で呼吸すると、すぐにあらゆるものが体内にはいって、病気を防げない。ベルは音を立てながら口で呼吸しようとして、みんなを笑わせた。わたしはただ、おびえながらベルを見ていた。もしもベルが病気になったら、それはわたしたちの友情が終わるということだ。わたしは鼻からしか息をしない。唇をきゅっと結んで、口はなにか言う時にだけ開ける。といっても、それすらもますます減っているけど。

「ハンナ、ズボンを下げるんだ」

「どうして?」とわたしがきく。

「命にかかわる大事なことだからだ」

「お父さんが、牛たちのための古ショーツがもっと要るって?」

自分のショーツのことを考える。もしかしたらお母さんは、わたしのベッドの下のショーツを見つけて、乾いたおしっこで黄色く固まってるのを見たかもしれない。オブは眉をそびやかす。まるで変な質問をするやつだっていうみたいに。そしてちがうと首をふる。

「おもしれえこと考えたんだ」

「死とはもう関係ない?」ハンナがきく。

「ああ、ぜんぜん関係ないさ。ゲームだ」

ハンナは勢いよくうなずく。ハンナはゲームが好きだ。表側の部屋のカーペットの上でよくひとりでモノポリーをしている。

「じゃ、ショーツ脱いで、ベッドに横になれよ」

なにをしようとしてるのか、わたしがオブからきく前に、ハンナはもうズボンを脱いでショーツを足首まで下ろしていた。わたしはハンナの足のあいだの割れ目を見る。オブが言ってたクリームパンみたいには見えない。どっちかというともっとナメクジみたい。オブが一度、長ぐつぬぎのところで折りたたみナイフで切り裂いたら、ナメクジからヌルヌルの液が出てきた。

オブはベッドの上のハンナの横に腰かける。「じゃ、目をつぶって足を広げるんだ」

「薄目開けてる」わたしが言う。

「開けてない」ハンナが言う。

「まつげが震えてるよ」

「すきま風のせいだもん」ハンナが言う。

念のために、わたしはハンナの目の上に手を当てる。ハンナのまつげがわたしの肌をくすぐるのを感じる。そして、オブがコーラの缶をつかんで上下に激しくふりはじめるのを見る。それからオブは缶をハンナの割れ目に当てて、ハンナの足を思いっきり広げる。するとピンク色の肉が見えた。オブは缶をもう数回ふって、それをハンナの割れ目のできるだけそばに近づける。そして一気にプルタブをはがすと、コーラが割れ目の肉めがけてまっすぐにピューンと噴きだす。ハンナのお尻がショックでピクッとし、ハンナは叫び声をあげる。でも、わたしがびっくりしてハンナの目から手をどけて、その目の中に見たのは、なにか知らないものだった。痛みではなく、むしろ穏やかなまなざし。ハンナはクスクス笑っている。オブは二缶目のコーラをふって、同じことをくり返す。ハンナは瞳を大きくして、わたしの手のひらに唇をぺちょっと押しつけ、小さくうめく。

「痛い？」

「ううん、気持ちいいよ」

するとオブは、缶からプルタブを外して、それを割れ目のあいだに突き出してるピンク色の小さい玉の上に当てる。そして、コーラの缶をあけるみたいにしてプルタブを一気にすばやく引っぱる。ハンナは今度はもっと大きくうめき、ふとんの上で身をよじる。

「オブ、やめて。ハンナを痛くしちゃうよ！」わたしは言う。汗をかき、コーラで濡れながら、ハンナは枕に頭をのせている。オブも汗をかいている。そして、半分になったコーラを床から拾い、そのうちのひと缶をわたしに渡す。ごくごくとわたしはそれを飲む。缶の縁の向こうに、ハンナがまた下着をはこうとしているのが見える。

「ちょっと待て」オブが言う。「とっておいてもらわないといけないもんがあるんだ」オブは学習机の下からゴミ箱を引きだすとそれを床の上にひっくり返して、落第点だらけのテストの紙のあいだからたくさんのコーラのプルタブを拾いあげる。それからオブはプルタブをひとつずつハンナの中に押しこむ。

「そうじゃないと、お父さんとお母さんにおまえたちが缶をくすねたってわかっちゃうからな」オブが言う。ハンナは文句を言わない。急に別人になったみたい。ほとんどほっとしているように見える。お父さんとお母さんがもうこれ以上大変な思いでいなくてもすむように、わたしたちはずっと負い目を感じていようねって約束したのに。わたしは怒ってハンナを見る。そして、気づけば「お父さんとお母さんはハンナのことなんか愛してないよ」と口走っている。ハンナは舌を突きだす。でも、だんだんハンナの目からは安堵の色が薄れていくのがわかる。瞳が小さくなっている。わたしはすぐにハンナの肩に手を置いて言う。いまのはじょうだんだよと。わたしたちはみんな、お父さんとお母さんの愛情をほしがっている。

「もっと生贄を捧げないとな」オブが言う。そして、ブーンと立ちあがったコンピューターの前に座る。わたしには、わたしたちがさっきなにを捧げたのかわからない。でも、それ以上はきかないことにする。また新しいミッションを言いつけられると困るから。ハンナはオブの隣りの折りたたみ椅子に座ろうとしている。二人ともなにもなかったようなそぶりだ。そして、もしかしたらほんとにそうなのかもしれない。わたしがよけいな心配をしてるだけかもしれない。いつも夜になると落ち着かなくなるみたいに。そういうものなんだ。わたしがどんなに暗闇が怖くても、結局はまた明るくなる。いまみたいに。たとえモニタースクリーンの人工的な光でも、さっきまでの暗さのほとんどは消え去った。わたしは忘れられたコーラの缶のプルタブを拾って、ジャケットのポケットにいれる。ウサギのヒゲや貯金箱のかけらのあいだに。ハンナには気をつけなくちゃいけない。ハンナは一歩足を踏み出すたびに、わたしたちを告発できる。もしかすると、ハンナの中のコーラのプルタブがカチャカチャ音をさせるのが聞こえてしまうかもしれない。時々、飲んでるうちに取れて、缶の中に落ちちゃって、ひと飲みするたびに音がするみたいに。わたしはオブとハンナの背中を見る。とたんに、クッキーの箱のふたに当たるちょうちょのパタパタする翅音がしなくなっているのに気づく。心の中に〈マタイによる福音書〉の一節が浮かぶ。――もし、あなたの兄弟か姉妹が罪を犯したなら、四つの目のあるところで責めなさい。もし聞き入れたら、あなたは仲間を得たのです――オブとわたしは話し合わなくてはいけない。そして、わたしたちの目はいつも合わせて六つだけど、ハンナの目は閉じているようにしなくては。しばらくのあいだ。

夕食のあと、わたしは急いで外へ出て、牛舎の前に張ってある赤いテープをまたぐ。舎屋《しゃおく》にはいる時には紙のマスクのように手で唇の上を覆って。ドアも窓も開けちゃいけないので、そこにはサイレージのにおいに混じってすごいアンモニア臭がしている。牛たちの後ろの踏み板を牛糞掃除用のシャベルをずらしながら通り、下痢便を真ん中に集める。糞は踏み板から落ちていき、地下の肥溜めタンクへと落ちる音が聞こえる。シャベルは体に斜めに構えておかないといけない。そうでないと、踏み板のすきまに挟まったままになってしまう。時々、牛にどいてもらうのにひづめをシャベルで押す。もっと乱暴にしないといけないこともあるんだけど、それは牛が気づかない時だ。わたしは排水溝の裏を通って乾乳牛たちのほうへ歩く。機嫌よさそうに反芻してるところだ。これが最後の晩餐でも動じないみたいに。わたしはベアトリクスに手をなめさせる。黒い牛で、頭は白くて目のまわりに茶色い斑《まだら》がある――牛たちの目はみんな青い。光を反射する膜が眼球に一枚よぶんについているから――。冬には、仔牛にも手をなめさせる。かじかんだ指をしゃぶらせるんだけど、そうすると指がすっかり真空状態になる。まるでわたしの胸の中の悲しみのように。毎回この吸引音を聞くたびに、わたしはオブが教えてくれた話を思い出す。なんでも、ヤンセンさんちの息子さんは、手じゃなくなにか別のものを入れたっていうんだけど、まあ、そういうのは月に一度肥料まきする時に村じゅうに漂う水肥えのにおいみたいなもんで、鼻をつまんで軽蔑したほうがいい。

わたしはもうしばらく牛に手をなめさせる。まず信用させて、それから無慈悲にやっちまうんだ。そう、オブから教わった。きっとオブはそうしてちょうちょのコレクションを作りあげたにちがいない。手を牛の頭から背中の線にそって、そして腰骨としっぽのあいだへとすべらせる。耳の横は、牛がさわられて一番気持ちよさそうにする場所だ。わたしも毎晩、懐中電灯で自分の体のそういう場所を探すけど、どこにも見当たらない。なでると落ち着いたり息がはあはあ速まったりするような場所は。わたしの手はひとりでに腰骨の先のしっぽのほうへすべっていく。牛のうんちの穴が見える。まるでお腹の空いた赤ちゃんの口が開いたり閉まったりしているみたい。なにも考えず、わたしは牛のそのうんちの穴に人差し指を挿しこむ。そこは温かくてゆったりしている。その下に、オブの言ってたとおり、プディングブローチェに似たものがついてるのが見える。でもそれはもっとピンク色っぽくて、先っちょに毛が一房ついている。そのあいだに、もうひとつ穴がある。こっちのはせまくてやわらかい。これがきっと牛のおまんこなんだ、とわたしは考える。とたんに、牛はお尻をキュッとつぼませてしっぽを自分にくっつけ、足を落ち着きなく後ろへずらす。一瞬ハンナのことを思い浮かべ、わたしは牛のそこに指を入れては出し、出しては入れ、だんだんそれを速くして、つまらなくなるまで続ける。もう片方の手をジャケットのポケットに入れると、ふと、貯金箱の破片やコーラのプルタブやディウヴェルチェのヒゲのあいだにあるチーズの検査棒が手にふれる。チーズ小屋から持ってきちゃったのを忘れてた。わたしは検査棒をポケットから取りだすと、何度か上に持ちあげて何度か回転させ、いろんな角度から眺める。突然、ある考えが浮かぶ。救い主は試されなくてはならない。ダイバーにライセンスがなくちゃいけないように。これは獣医さんへのテストになる。もし獣医さんが迷えるチーズの検査棒から牛を救えるならば、少女の迷える心も救えるからだ。わたしはベアトリクスが痛みを感じるんじゃないかと目をぎゅっと細める。そして、用心深く検査棒をうんちの穴に挿しこみ、うんちの穴がだんだん広がって検査棒が埋まっていき、もうこれで行き止まりというところまで押しこむ。腕が牛の中にひじまですっかりはいると、わたしは検査棒を手から離して、牛糞にまみれた腕を引きだす。そして、牛のわき腹を軽くたたく。あのグリーンソープの時、済んでからお父さんがわたしの足にしたのと同じように。

わたしはお母さんがミルクのバケツを洗う時に使う道具で腕をきれいに流して、長ぐつの裏をホースの水でゆすぎ、蛇口を閉めてから、獣医さんに言う。

「ベアトリクスになにかあったみたい」

「ちょっと見てくる」獣医さんは言って、牛舎へはいっていく。少し経ってもどってきた時の獣医さんの目にはなんの変化も見られない。両目のあいだに心配そうなしわを寄せてもいないし、口のまわりをこわばらせてもいない。

「それで?」わたしはきく。

「貴族みたいな牛だよね。少しぐらい痛いところがあったとしても平然としてる。どこもおかしくない。いたって健康だ。それでいて、かわいそうに、あしたには殺処分されるなんてな。神さまから見れば、口蹄疫は許しがたい非道な病気だよ」

わたしは獣医さんに向かってほほえむ。テレビ番組〈リンゴー〉の司会の女性がグリーンのラッキーボールをつかみそこなった人にほほえむようにして。

二十

「これから最初の牛だよ」お母さんが言う。お母さんは両手にそれぞれ保温ポットを持って牛舎のドアの外に立っている。片方には〈THEE（紅茶）〉、もう片方には〈KOFFIE（コーヒー）〉と耐水マーカーで書かれている。片方の腕に、ピンク色のアイシングのついた焼き菓子のパックをはさんで。そうしてまるで自分自身のバランスをとってるみたいだ。お母さんの声はかすれている。わたしがお母さんのあとについて牛舎の中にはいると、その時ちょうど、最初の牛が死んで踏み板の上に倒れる。ずんぐりしたその体は後足をつかまれて床の上をクレーン車へ引きずられ、するとクレーン車のアームが移動遊園地のぬいぐるみみたいにそれを持ちあげて、トラックに落とす。二頭の牛が回転ブラシの下でのっそりと口をもぐもぐ動かしている。その鼻は厚いかさぶたに覆われている。そして、足から崩れ落ちたり、すべってひっくり返ったり、搾乳舎のタイルの床をけっていたりする仲間たちを熱に浮かされたように見ている。仔牛の中には、まだ生きているうちに死体収容ワゴン行きになってるのもいる。別の牛たちは額をピンで突き刺す家畜銃で撃たれている。鳴き声やワゴンの壁にぶつかる音でわたしの皮膚の下には小さな亀裂がたくさんはいり、体が熱くなってくる。ジャケットの襟を鼻のところまで引っぱりあげてひもを噛めばすむどころの話じゃない。マキシマやユヴエールチェ、ブラールチェまでも少しの容赦もなく殺される。牛たちは足から崩れ落ちて死ぬ。空になったミルクの紙パックみたいに、折り重ねられてコンテナに放り投げられる。

突然、お父さんの叫び声が聞こえる。お父さんはオブと一緒に飼料置き場に立っている。青緑の作業服にシャワーキャップとマスクをした男の人たちに混じって。お父さんは声をはりあげて、〈詩篇〉の三十五篇一節を唱える。その声はだんだん叫びになり、口のはしから唾が飛び散る。「主よ。私と争う者と争い、私と戦う者と戦ってください。盾と大盾とを手に取って、私を助けに、立ち上がってください。槍をぬき、私に追い迫る者を封じてください」ゆっくりと、お父さんのあごから床の飼料置き場に唾液が落ちる。わたしはその落ちていく唾液に心を集中している。タイルの縁と排水口のあいだに流れる死んだ牛たちの糞尿や血のように、お父さんからしたたり落ちる悲しみに。それは冷蔵タンクからのミルクと混ざり合っている。

仔牛たちはその日、もっと前に殺された。だから、母親たちが野蛮な方法で殺されるところを見ないですんだ。抗議を示すため、オブは一番小さい仔牛を木の枝に足をくくりつけて逆さに吊り下げた。舌を口から突きださせて。村じゅうの農民が死んだ牛か豚の一頭を車の乗り入れ口のところに吊り下げた。中には、清掃処理の職員たちが通れなくなるようにと木を切り倒してボルダーの道を幹でふさぐ人もいた。そのあと、前にネズミ捕りボックスを敷地のまわりにいくつも仕掛けていき、それを回収に来て用心深く保健所の車の中へ片づけていた白い作業服の男の人が、あの用心深さはなんだったというのか、毒のペレットを黒いコンテナに無造作に投げこんだ。

「汝、殺すなかれ」お父さんが大声で言う。お父さんはおじいちゃんのだった牛のところに立っている。いまはもう、その牛は足を宙へ向けて床にころがっている。いくつものちぎれたしっぽが踏み板の上に落ちている。角も、ひづめのかけらも。

「人殺し！ ヒトラー！」オブがその後ろで叫ぶ。わたしは、追い込まれる家畜と同じような運命をたどったユダヤ人の人たちのことを考え、病気をとても恐れて、人を病原菌みたいに、それをまるで簡単に根絶できるものみたいに見るようになったヒトラーのことを考える。学校の先生は歴史の授業中、ヒトラーは四歳の時、氷の裂け目から落ちて、教会の司祭に助けられたと教えてくれた。人はどう氷の裂け目から落ちるのか、そして、助けられなかったほうがよかったかもしれないこともあると。わたしはその時思った。なぜ、ヒトラーみたいな悪人が助かって、わたしのマティースは助からなかったんだろうと。なぜ、牛たちは死ななければならなかったんだろう。なにもまちがったことはしなかったのに。

そして、作業服の人たちのひとりに殴りかかるオブの目の中に憎しみが見える。村の農夫のエヴェルトセンさんとヤンセンさんの二人が、オブの作業服を後ろへ引っぱって落ち着かせようとする。でもオブはそれをふりきって牛舎の外へ駆けだす。開いたドアのところに、保温ポット二本と一緒にまだ張りついてるお母さんのわきをすりぬけて。もしお母さんの持ってるポットを一本取ったら、お母さんはたぶん、いま順番がきた乾乳牛たちとちょうど同じように、床にバタンと音を立てて倒れるんじゃないだろうか。死臭がわたしの喉につっかえてる。プロテインの粉が凝りかたまった塊みたいに。わたしはそれを飲みこもうとする。そして仔牛たちの姿を目の隅から追い出そうとする。刺される前に羽虫をまばたきで追い出すみたいに。でも、その姿はただ涙でぼやけて見えなくなるだけだ。すべての喪失には、失くしたくないものをなんとか守れないかとやってみたけどやっぱり手放さなければならなくなったといういきさつがある。きれいなのや珍しいのでいっぱいのビー玉袋も、わたしのマティースも同じだ。喪失の中にわたしたちは自分自身、あるがままのわたしたちを見いだす。もろくて弱い存在。時おり裸のまま巣から落っこちて、また拾いあげてほしいと願ってるホシムクドリの雛みたいに。わたしは牛たちがかわいそうで、三博士がかわいそうで泣く。それから、怖さよけのジャケットに包まれたばかげた自分を思って泣き、またすぐに涙をふくために泣く。ハンナに言わなくちゃ。ここしばらくは、むこう側へは行けないよと。お父さんとお母さんをこのまま置き去りにはできない。牛たちがいなくなったら、お父さんとお母さんはどうなる？親鳥のいないホシムクドリの子が確かに知っているひとつのこと、それは拾いあげられて巣にもどることはけっしてない——

わたしは悪臭を手でさえぎりながら、小声で何度もくり返す。*Mijn Vader At Meestal Jonge Spruitjes Uit Nieuw - Lekkerland.* ——わたしのお父さんはたいていニウ・レッカーラント産の芽キャベツの若芽を食べた——……なんの助けにもならない。ちっとも落ち着かない。お父さんのほうを見る。お父さんは激怒して、時おり、手にしたピッチフォークを作業員の人たちに突き出している。あの人たちが干し草かサイレージのブロックだったらとわたしは考える。そしたら、ひとまとめに持ちあげて運んでやる。それか、グリーンのビニール袋に押しこんで畑に置きっぱなしにして、干からびさせちゃえばいい。作業員の中で一番背の高い人が、牛舎のドアのところ、お母さんの隣りに立ってピンクのアイシングのついた焼き菓子を食べている。マスクをまるで嘔吐《おうと》袋みたいにあごの下にぶら下げて。その人はアイシングを歯で削ぎ取って、それから下のケーキを食べている。まわりでは牛たちが頭を撃たれ、壁にぶち当たっているというのに。その人が二つ目のお菓子をパッケージから取りだしてアイシングを用心深く削ぎとっている時、わたしの皮膚の亀裂は広がったように思えた——イモムシがちょうちょになる寸前、でもまだ押しとどめるなにかがあって、だけどまわりには亀裂がたくさん、そこから自由の光が透けて見えているのって、こんな感覚にちがいない——。そして、わたしの心臓の鼓動は、あばら骨の裏で激しく打ちはじめて、もう、村じゅうの人に聞こえるかと心配になるほどだった。夜、ぬいぐるみのクマにまたがって寝て、暗闇が揺れ動くのを怖れていた時みたいに。わたしは叫びたくてしかたがなかった。そして作業員の男の人たちのお腹をけっとばすか、マスクを二枚、それぞれの目にくりつけて牛たちを見えなくしてやりたい。自分たちの行いの闇だけが見えるように、その行いが黒くベタベタと、これからあの人たちが一歩踏み出すたびにくっつき続けるように。そして、あの人たちの腐った頭を汚《けが》れた牛舎じゅう引きまわして、それからクレーン車のアームでつかんでコンテナの上に落としてやるんだ。

お父さんはピッチフォークを落とし、頭をもたげて牛舎の天井へ向ける。パン！という音がするたびに鳩たちは梁《はり》に飛びあがった。鳩たちの羽は汚れている。平和はいつも白をまとってやってくる。これは戦争だ。ほんの少しのあいだ、わたしはこうだといいと思う。お父さんがわたしのほうへ来て、わたしを強く引き寄せる。するとお父さんのつなぎの作業服のスナップがわたしのほっぺたに押しつけられて、お父さんにぎゅっとつかまりたいと願いながらわたしは失神する。でもいま、わたしが失神できるたったひとつの場所は、この喪失の中だけだ。

外に出ると、オブが使い捨てのつなぎの作業服を脱ぐのが目にはいる。オブは脱いだそれを抗議の焚き火の中へ投げこむ。それは枯れた葦で起こした火で、牧草地の堆肥の山の隣りにボウボウ燃えている。焚き火のまわりを何人かの失意の農夫たちがとり囲んでいる。わたしたちの体も同じようにして自分自身を脱げればいいのに。こびりついた汚れがなくなるように。

第三章

一

突然、オブがわたしの耳に口を押しつけて、ゆっくりと、区切って強調しながらささやく。

「God-ver-dom-me《ホットフェルドムメ》（ちくしょうめ、神なんか、消えちまえ）」カーテンのすきまからオブのおでこにひと筋の光が差している。頭をぶつけた赤い切り傷は痕《あと》になっている。わたしのソックスの縫い目みたいに。そうしてオブもますます、よくないものを含んだじゃま者になっていく。わたしは目をぎゅっとかたくつぶって、ハミガキ粉のにおいのするオブの息を感じている。禁じられた言葉を聞きながら。オブがもう一度くり返すその言葉は、わたしの耳の鼓膜のうずまきの中へ消えていく。だけど、よかった、わたしの耳だけで。お父さんやお母さんのじゃなくて。だって、これって言っても考えてもいけない一番悪い言葉だし、うちの中でまだだれも口にしたことのない言葉だから。悲しくなってくる。とはいっても、わたし自身がというより神さまのことを思ってだけど。神さまだって、この家で起きてることをどうにもできないんだし、それなのに神さまをそんな風に言うなんて。オブがその言葉を言えば言うほど、わたしはますますかけぶとんの下で身をすくめる。

「おまえ、ザ・シムズのパスワード使ったよな」しま模様のパジャマを着たオブがわたしに半分覆いかぶさる。オブの両手はわたしの枕の両わきに置かれている。

「一回だけだよ」わたしは小声で言う。

「ちがうだろ。おまえのアバターたちはもうぜんぜん仕事にいかねえじゃねえか。大金持ちだからって。イカサマやっただろ。まずおれにきいてからやんなきゃダメだってのに。ちくしょう《Godverdomme》！」

お父さんのアフターシェイブのにおいがする。シナモンとクルミが混ざったにおい。オブのこともお父さんみたいに満足させないといけないと、わたしは考える。そしてひとりでにくるんと腹ばいになり、パジャマのズボンとショーツを引きおろしてお尻をまる出しにする。オブはわたしの耳元から口を離して言う。「なにやってんだ？」

「うんちの穴に指を押しこんで」

「そんなの、きったねえだろうが！」

「お父さんもそうしたんだよ。そうすると、そのうちまたうんちがでるようになるから。つまり、通り道を作るってことなんだけど、ほら、覚えてるかな、いつか砂をいれた水槽にアリ捕まえてきて、通路作ってやったよね？　そういうのが要るんだよ」

オブはパジャマの腕の裾をまくりあげて、わたしの尻っぺたをそっと両側へ開く。まるでオブの動物百科事典みたいに。それはオブが大事にしてる、オブしかさわっちゃいけないやつだ。オブは人差し指を中へ押しこむ。オウムのカカトゥーみたいな珍しい動物を指さしているみたいに。

「痛くねえの？」

「ううん、痛くない」わたしは言う。そして、歯を食いしばって涙をこらえる。ほんとは、グリーンソープを使うんだとは言わなかった。あれってちっともグリーンじゃなくて、黄色がかった茶色だけど。口蹄疫の牛たちの中みたいに、口のまわりを泡立たせたくない。お父さんはわたしのお尻の世話をだんだん忘れることが多くなってる。お父さんにとっては、もう勝ち取った陣地だから旗立てなくていいってことかな。だったら、だれかがその役を受け継いでくれなくちゃ。お医者さんに行って中身を出してもらわなくていいように。

オブは指をできるかぎり奥まで押しこむ。そして、

「うえぇ、屁《へ》なんかこくんじゃねえぞ」と言う。

ふり返って後ろを見ると、オブのパジャマのズボンの股のあたりがつっぱっている。わたしはオブがおちんちんで悪さをした前回のことを思い出している。そして、あれは指何本分くらいなんだろう、もっと通り道を大きくするには、あれを入れてもいいんじゃないかと考える。でも、そんなことは言わない。いまじゃない。質問すると期待されるし、それにちゃんと応えられるかどうか、わたしにはわからない。学校の先生がわたしになにか質問する時、わたしの考えは時々修正液で消えちゃうみたいになるんだ。そして、オブをもっと怒らせてはいけない。オブの悪態でお父さんとお母さんが目を覚ましでもしたらどうする？　突然オブは人差し指をもっと速く前後に動かしはじめる。まるで自分のコレクションの中の珍しい生き物を生き返らそうとしてツンツンつついてるみたいに。わたしはゆっくりとお尻を上下に動かしはじめる。逃れたいけど、やっぱりそうしていたい。沈みたいけど、浮かんでいたい。わたしのまわりに雪景色がぼんやり現れる。

「ウナギって何歳まで生きられるか知ってるか？」

「ううん、知らないよ」わたしはささやく。ささやく理由はどこにもないけど、わたしの声は自然に小さくなって、あえいでもいる。口には唾液がたまっている。一瞬、わたしのヒキガエルたちのことを考える。二匹の長い舌は一緒になって架空のアオバエと戦っているみたいにからみついている。カエルたちは上下に重なっていて、おたがいに「キミ」「あなた」と呼び合っている。ヒキガエルにはおちんちんがあるのかな？　そして、雄牛みたいに鞘の中に引っこめられるのかな？　オブの木のリボルバーがホルスターにしまえるみたいに。

「ウナギはな、八十八歳まで生きられるんだ。だけど、三つ敵がいて、それは鵜とカイチュウと漁師だ」

オブはいきなりわたしのうんちの穴から指を引きぬく。雪景色は溶けはじめる。わたしはほっとするのと同時に、胸のうちでは残念な気もしている。まるでオブがわたしを真っ黒な気持ちに押しもどしてるみたいに。ステージへと誘導する懐中電灯がフッとまた消えるみたいだ。わたしはますこの農家から逃避することが多くなっている。腹ばいになって、股をぬいぐるみのクマに押しつけて動きながら。すると、ベッドの床板がきしんで、それがどんどん激しくなってもう自分の耳に聞こえなくなる。そしてその日の緊張がすべて解けると、聞こえるものはただ、自分の耳にザー、ザー押し寄せる、昼間よりもずっと近くにある海の音だけになる。

「父さんと母さんは四十五歳で、敵はいない」

「だからなんなの？」わたしはショーツとパジャマのズボンを引きあげながら答える。お父さんが怒らないといいな。お父さんの役目をとりあげたって。もうやめちゃって、わたしにぜんぜんさわらなくなっているとはいっても。お父さんにもうこれ以上面倒をかけたくない。

「そう、なんの意味もないよな」オブが言う。

オブは何度かごくんと音をたてて唾を飲みこむ。それから、まるで、そんなのどうってことない、自分たちよりも先に両親を失くすのなんて怖くないみたいなそぶりをする。そして顔をしかめて人差し指を見る。オブはちょっと指のにおいを嗅ぐ。

「秘密のにおいってこういうんだな」オブが言う。

「スケベ」

「父さんと母さんになんにも言うんじゃねえぞ。じゃないと、ディウヴェルチェを殺してやる。それにおまえのその汚ねえジャケットを脱がすからな、god-ver-dom-me《ホットフェルドムメ》。オブはわたしを押しのけ、大股で歩いてわたしのベッドルームを出ていく。オブが階段を下りて、キッチンの棚を開け閉めするのが聞こえる。もう牛たちがいないので、わたしたちは決まった時間に朝食をとらなくなっている。時には、朝食らしいものさえもなくて、クラッカーを少しとオートミールだけだったりする。お父さんは水曜日に村のパン屋さんへパンを取りに行くのを忘れる。それとも、急にカビが怖くなったのかもしれない。午後、わたしたちはお父さんのところへ行って前に立たないといけない。お父さんは窓辺のタバコ用の椅子に右足を上にして柄にもなく足を組んで座っている。お父さんには、足をガバッと広げて座ってるほうがにあってる。手には帳簿用の青い万年筆を持っている。つまり、わたしたちは新入りの家畜で、病気が隠れていないかどうか、チェックされる。わたしたちは、パンケーキの底を表にひっくり返すみたいに背中をむき出しにしてお父さんに見せなくちゃいけない。お父さんはわたしたちの背中の青くなってたり白くなってたりするところをチェックする。「おまえたち、死なないって約束するんだぞ」お父さんが言うとわたしたちはうなずき、お腹がぺこぺこなことや空腹で死ぬことだってあるなんてことは言わない。晩はいつも決まってミートボール入りの缶スープで、お母さんが温めながらお鍋の上からバーミセリを折ってパラパラ入れる。そうすると、お母さんが自分で作ったスープみたいに見える。ニワトリの絵柄のスープボウルの中で、バーミセリの何本かは救命ブイみたいに浮いてる。

わたしはディノサウルス柄のカバーのついたかけぶとんの下で、足をちょっと動かす。重くなくなってふつうの重さになるまで。ただ、足ってどう感じるものだかはっきりとはわからないけど、たぶん、なにも重さのないものなんだろう。自分に属してるものはなんでも重さを感じなくて、よくわからないものは重たく感じる。オブの悪態の混じったハミガキの息が、わたしのまわりに漂っている。ミルクを買いにくる、注文の多いお客さんみたいに。そういうお客さんたちはどうやっても満足しないし、よその家の敷地をまるで自分の庭みたいに入ってきて、ふんぞり返っている。わたしはふとんを押しのけて、踊り場のむこう側のハンナの部屋へ歩いていく。ハンナは廊下の奥で寝ている。部屋のドアはいつもうっすら開いている。踊り場の明かりは、ハンナのためにつけておかないといけない。ハンナは、どろぼうたちが蛾みたいに明かりのところに集まって、お父さんが朝、外に追い出してくれると思っている。

そっとドアを押し開ける。ハンナはもう目を覚ましていて、絵本を読んでいる。わたしたちはたくさん本を読むし、ヒーローが大好きで、ヒーローたちを空想の世界へ連れて行って物語の続きを作る。でも、いまはわたしたちを主人公にしてる。いつか、わたしはお母さんのヒーローになる。そうすればハンナとわたしは安心してむこう側へ行ける。そしてわたしは、ユダヤ人たちもヒキガエルたちも自由にしてやり、お父さんには牛舎いっぱいの新しいブリスターヘッド牛を買って、サイレージのサイロのもどこのもロープはぜんぶなくす。そうしたら、高い場所も、死への誘惑もなくなる。

「オブったら、ひどいことを言ったんだよ、神さまのはいってる言葉で」わたしは小声で言うと、ハンナのベッドの足もとの縁に腰かける。ハンナの目は大きくなる。そして絵本をわきへ置く。

「もし、お父さんが聞いたら……」ハンナが言う。目には目やにがついている。わたしは目やにを小指で取ってやりたいと思う。いつかオブとわたしがカタツムリをパテナイフで殻から引き出して、そのヌルヌルの生き物をタイルになすりつけたみたいに。

「わかってるよ。なんとかしなくちゃ……お母さんに、オブが悪いことしたって言わないといけないかな？　ね、エヴェルトセンさんが犬を処分した時のこと、覚えてる？　エヴェルトセンさん、ひどい犬だって言ってて、一週間あとに安楽死させられたよね」わたしは言う。

「オブは犬じゃないよ。バカじゃないの？」

「でも、悪いやつだ」

「うん、でも、なんかやらなくちゃ。安楽死の注射っていうより、犬の大好物の骨みたいな、おとなしくさせるもの」とハンナが言う。

「なにをさ？」

「動物」

「生きてるの、それとも死んでるの？」

「死んでるのだよ。動物がかわいそうだよ。オブはそういうのがいいんだよ」

「そんなの、動物がかわいそうだよ」

「へたなこと言っちゃだめだよ。じゃないと、逆にオブを怒らせるから。そして、わたしたちは〈計画《ザ・プラン》〉について相談しなくちゃ。もうこれ以上ここにいたくないよ」

わたしは獣医さんのことを考える。獣医さんがチーズの検査棒を見つけられなかったこと、そしてわたしの心を救うのも不可能なこと。そういうことをわたしはなにも言わなかった。そこにはもっと大事なことがあった。

ハンナはベッドサイドの棚からファイヤーボールのガムの袋を取りだす。袋の表には口の中から出てきた炎の人形のイラストがついている。ハンナはプラスチックの袋を破ってわたしにひとつ、赤いボールをくれる。わたしはそれを口に入れてなめる。そしてがまんできないほどピリピリしてきたら、口からちょっと出す。ファイヤーボールの色はだんだん変わる。赤からオレンジへ、そして黄色へと。

「もしもわたしたちがむこう側へ行けたとしたら、ファイヤーボール工場を始められるかもしれないよね。そうしたら、毎日赤いボールだらけの中を何往復も泳ぐんだよ」ハンナは続ける。ハンナはガムを片方のほっぺたからもう片方のほっぺたへと移動させる。わたしたちはガムをカルネメルク通りに面した村はずれの小さいお菓子屋さん〈ファン＝ラウク〉で買う。お店のおかみさんは、いつも同じ、うす汚れた白いエプロンをして、とかしてないボサボサの黒い髪を垂らしている。そして、みんなに〈魔女〉と呼ばれている。おかみさんについての気味の悪いうわさ話がいろいろある。ベルが言うには、おかみさんは寄ってくる猫たちを猫ドロップに、お菓子を盗もうとする子どもを板キャラメルに、魔法をかけて変えちゃうんだって。それでも村じゅうの子どもたちはそのお店でお菓子を買う。ほんとうは、お父さんにそこへは行っちゃいけないと言われてる。「あれはな、敬虔なクリスチャンのふりした異教徒だぞ。安息日だっていうのに、日曜日に生け垣を切りそろえてたりするの、時々見かけるしな」一度、わたしはベルと一緒に裏へまわって、生垣ごしに庭をのぞいた。そこは、それはそれは生い茂っていて、木々のてっぺんが星までとどきそうだった。わたしはこう言ってベルを怖がらせた。「魔女っていうのはね、夜になると庭をのぞいた者たちひとりひとりのところへ来て、みんなを植物に変えちゃって自分の家の裏の鉢植えにするんだ」

　お菓子のほかに、そのお店には文房具もあって、トラクターや女の人のヌードが表紙に載ってる雑誌もある。ドアを開けると、無駄にチリンとベルが鳴る。なぜかというと、自分の顔色と同じような白いダスターコートを着てウィペット（犬の一種。スリムな体型をしている）みたいに痩せてるだんなさんがいつもカウンターのむこう側に立ってて、お店に入ってくる人みんなを磁石みたいに吸いつくような目つきで見てるから。

　だんなさんの横にはオウムが入ってる鳥かごが置いてある。ファン＝ラウクさん夫婦は、その鮮やかな色の鳥にしょっちゅう話しかけている。新しいボールペンがまたもや届いてないだとか、

〈靴ひも〉っていう名のリコリスの飴が硬くなっちゃって、これ投げたら窓が割れるだろうねだとか、きょうは暑すぎるとか寒すぎるとか、ムシムシして息苦しいとか。

「もう行かなきゃダメだよ。じゃないと、お父さんとお母さんが目を覚ましちゃうよ」ハンナが言う。わたしはうなずいて、ファイヤーボールを噛んでチューイングガムにする。シナモンの甘いかおりが口いっぱいに広がる。ハンナはまた絵本を手に取り、続きを読むふりをする。でも、もう言葉に集中できないのが見ればわかる。言葉が踊っている。まるで、よくわたしの頭の中で言葉が舞い踊って、きちんと列に並んで口から出ていくのがだんだん難しくなるみたいに。

二

　敷地の上に二本のピッチフォークが、まるでお祈りをしてる両手みたいに刃と刃を組み合わせて置いてある。オブの姿はどこにも見えない。わたしは空っぽの牛舎でオブを探す。牛舎は干からびた血のにおいがして、ちぎれたしっぽが地べたのあちこちにこびりついている。牛の殺処分以来、ここにはもうだれも来ていない。そこを通りぬけて菜園のほうへ歩いていくと、オブが飼料ビーツを横において、地面にへばりついているのが見える。オブの肩が揺れている。枯れたビーツを一本腕にかかえたオブが、新しい種をまくのに、わたしのお尻にしたみたいにムキになって指を土に押しこんでいるのをわたしは遠くから見ている。今回のオブはいつもより雑に押しこんでいる。もう片方の手は、ビーツの葉をなでている。きげんのいい時には、ニワトリの羽毛もなでる。オブは、ここで起きたもの――死――からなんの影響も受けなかった。わたしはジャケットの上から腕を組む。十一月になったばかりだけど、きのうの夜はもう凍てつく寒さだった。

　突然、オブが体を半分起こす。そして、後ろをふり返ってわたしが立ってるのに気づく。わたしは〈出エジプト記〉の一節を思い出す。――あなたを憎んでいる者のロバが、荷物の下敷きになっているのを見た場合、それを起こしてやりたくなくても、必ず彼と一緒に起こしてやらなければならない――わたしはオブにむかってにっこりする。平和な気持ちで来てるってことを見せるために。わたしはいつでも平和な気持ちで来てるんだって。時には、戦争してるみたいな気分で来たいと思うこともあるけど。壊れたおもちゃを菜園に持ってきて、それを紫玉ねぎのあいだの片方しか翼のないあの天使の隣りに埋める時みたいに。まあでも、子ども時代を葬るなんてことをするにはもっといい家庭の子じゃないといけないってこと、そして、ならば子どものわたしたちが土の中に横たわらなきゃいけないことはわかってるけど、いまはまだその時じゃない。わたしたちにはまだ使命がある。それは、これまでまっすぐ立って持ちこたえてきたものだ。オブは湿った土に体半分埋まって動かずにこっちをふり向いて見ているけどね。土の上で長ぐつを少しぎこちなく前後に動かしていると、その時はじめて腕に鳥肌が立っているのに気づく。パジャマのズボンのゴムがお腹のまわりでゆるゆるになってる。オブが体をぴょんと勢いよく立てると、顔に涙のあとが見える。オブはしま模様のパジャマから泥をはたき落とす。わたしたちの心に触れるものは、オールドチーズのかけらみたいに、結局最後にはバラバラと落ちていくことになるんだ。

オブがわたしの前に立つ。オブの密集したまつげは、目の上の有刺鉄線みたいにわたしに近寄るなと警告してるみたいだ。オブは手の甲でほっぺたをこする。もう片方の手にはしおれたビーツの茎葉をにぎっている。ビーツの先はしなびていて、あちこちにカビが生えている。葉は茶色い。

「さっきおまえが見たのは、なかったことだからな」オブが小声で言う。

わたしはすばやくうなずくと、カリフラワーのまわりの虫よけのコーヒーかすを見る。お父さんとお母さんは、わたしたちをむしばみ続ける虫なんだろうか？　オブはくるりと向きをかえる。パジャマのシャツに濡れた土がついている。わたしははじめて、こんなことを想像する。菜園に穴を掘って、そこにオブを横にして埋めて熊手でならし、それからケールみたいに寒さにさらす。そして、オブの改良バージョンが生まれるようにと願う。改良バージョンのオブはわたしが兄と呼べるようなオブで、わたしの引き出しにはいりきらなくなったミルクビスケットをあげたいと思うような兄で、そういうオブは、けんかしたり、自転車置き場でクラスメイトたち相手になにかを見せびらかしたり、クモにラッキーストライクのタバコを押しつけたりして、学校の校庭でわたしが恥ずかしく思わないですむ兄だ。

——神が呪わないのに、どうしてわたしに呪えようか。主が罵《ののし》らないのに、どうしてわたしに罵ることができようか——

オブは手押し車のところにつっ立ったままだ。あれはお母さんが乗ってた手押し車で、いまは半分雨水がたまっている。わたしが怒って手押し車を足でけると、それはひっくり返って雨水は土の上に流れ出る。オブの長ぐつのかかとのまわりにも。手押し車の横にはマティースの錆びたゴーカートがある。赤いサイドシートは色あせて、背もたれには大きなひびが入っている。マティースが死んでから、もうだれも乗ってない。オブが笑う。

「おまえって、いつもいい子なのな」

「わたしはただ、オブに汚い言葉を使ってほしくないんだよ。お父さんとお母さんに死んでほしいとでも思ってるの？」

「もう死んでるじゃねえか」オブは喉を指で切るまねをする。「それで、おまえらだってそのうち死んじまうさ」

「なに勝手なこと言ってんの」わたしは言う。「生贄を持ってくるなら別だけどな」

「どうして生贄なの？」

「時が来たら、見せてやるよ」

「だけど、時っていつ？」

「でっかい肉厚トマトが熟した色みたいになったらってこと。あんまり長く採らないでいると、トマトにひびが入って、割れてパカッと開いて、そのうちカビが生える。ちょうどいい時っていうことだ」そう言うと、オブは腕にビーツをかかえてわたしから離れ、歩いていく。ビーツがオブのパジャマに泥のあとをつけている。

三

お父さんが銀色の牛をひとつひとつゴミ袋に入れて、横についてる黄色いヒモを引っぱり出して結ぼうとしている——しわの寄ってる結び目が牛のうんちの穴に似てる。ほら、お尻の穴の筋肉がキュッと縮んでて——。お父さんは手に袋を持ったまま、しばらく立っている。わたしは読んでいるネイチャーブックの本の縁からお父さんを見る。横分けにきっちりなでつけて、耕した牧草地みたいにくしの歯でとかし目をつけた洗い髪。灰皿みたいなくぼみに、タバコが挟まったままになっている唇。横分けにしてると、お父さんはちょっとヒトラーに似てる。でも、そんなこと言わない。わたしがお父さんのことも大っきらいだってこと、お父さんはすぐ勘づいて、いまよりももっとかがんで歩くだろう。ゆっくりとだんだん土の中に、二人分で一区画のマティースのお墓の中にはいっていく前ぶれ。マティースのお墓にはもうひとりだけ、家族が入れる——「早いもの勝ちってわけ」お母さんは一度そう言ってた。二人が競争しないといいけど。マティースの命日にも誕生日にも、わたしたちはみんなで連れだって改革派教会の横にある墓地へ行く。死が針葉樹のにおいのする場所に。お墓に着くと、お母さんがハンカチでお墓をごしごしこすって、唾をちょっとくっつけて墓石についてる写真をきれいにする。まるで、マティースの口のまわりについてる架空のミルクをふき取ってるみたいに。そして、お父さんが灯籠に明かりを灯して、じょうろで墓石のまわりの草花に水をやる。わたしたちの足の下の砂利は、姿勢を変えようとするとザクザク音を立てる。わたしはいつも、まちがってお母さんにぶつからないように、なるべく少ししか動かないようにしている。わたしたちはなにも言わない。わたしはいつもマティースのお墓の隣りや後ろのお墓を見る。ある少女は、ある夏のあいだにボートから落ちて、スクリューに挟まった。ある女の人のお墓には巨大なちょうちょの彫刻がある。それはその人が空を飛びたかったけど翼がなかったからだ。ある男の人は、死臭がするようになってから見つかった。でも、聖書に書かれてるように、ある日、すべてのお墓があばかれて、みんながそれぞれよみがえる。わたしはそれをいつも恐ろしい考えだと思っていた。土の下から出てくるたくさんの体、生物の人体模型が歯をカタカタ言わせて、空洞の目をして行列になって村を練り歩く姿が目に浮かぶ。その人たちは、ドアをどんどんとたたいて、あなたの知り合いだ、家族だと主張する。わたしはマティースのこと見てもわからなくなっちゃったらどうしようと思った時に、おばあちゃんが一度朗読してくれた〈コリント人への手紙〉の言葉を思い出す。「思い違いをしてはいけません。あなたの蒔くものは、死ななければ、生かされません。あなたが蒔くものは、後にできる体ではなく、麦やそのほかの穀物の種粒です。神は、みこころに従って、それに体を与え、おのおのの種にそれぞれの体をお与えになります。死者の復活もこれと同じです。朽ちるもので蒔かれ、朽ちないものによみがえらされ、卑しいもので蒔かれ、栄光あるものによみがえらされ、弱いもので蒔かれ、強いものによみがえらされ、血肉の体で蒔かれ、御霊に属する体によみがえらされるのです。血肉の体があるのですから、御霊の体もあるのです」

そうはいっても、わたしにはわからなかった。もしマティースが地上でもすばらしいものを咲かせることができたのなら、なぜ、わたしたちはマティースを種のように土に埋めなければならなかったのか。そして、ようやくお父さんがくるりと体の向きを変えると、帰る時間になったんだとわかる。すると、わたしは通りすがりに決まって針葉樹に一瞬ふれる。まるで、敬意から、怖れから、死への心からのお悔みを捧げるように。

お父さんは横分けヘアをワックスで固めている。そんなお父さんを床板のすきまからユダヤ人たちに見てほしくない。そんなことでびっくりさせる必要ないし。あの人たちはまだ地下室に住んでいるんだろうかと時々、思ってはいるにしても。だって、すごく静かだし、もうすぐ冬が来るからあそこはガチガチに寒くなりはじめる。あまりの寒さに、最後にはクロスグリのジュースのボトルみたいに凍ってしまうにちがいない。早めに干し草の納屋に移してあげたい。あそこのほうが温かいから。

わたしはネイチャーブックの続き、アリとその運搬力について読んでいる。お母さんのためには、ユダヤ人たちがまだいるといいな。だって、アリの女王に仕える家来たちを取りはらってしまうと、女王アリが孤独で死んでしまうのにそう時間はかからないって書いてある。反対に、みんなの母アリが翅を閉じていなくなってしまうと、家来のアリも死んでしまう。お母さんがいなかったら、いまゴミ袋をしっかり結んでるお父さんだって、きっと長くは持ちこたえられないだろう。お父さんは、牛たちが十万リットルのミルクを出して、酪農協会賞の銀賞を二つもらったことがあった。それは、お父さんのお気に入りのブリスターヘッドたちで、当時、写真入りで〈改革派日報〉に載った。その日曜日、わたしたちは礼拝のあとに手ごたえのない握手を受け、無料のパウンドケーキを一切れ、牧師さんの説教についてみんながあれこれ話す集会所〈フックステーン〉でもらった。お父さんは教会の人たちの中でしばらく光ってるように見えた。わたしのグロウ・イン・ザ・ダークの星みたいに。お父さんは大きな手ぶりをしながら大声で笑った。家畜商に仔牛を売った時と同じ笑い。わたしはお父さんを見て考えた――これはお父さんじゃない。これは、しばらくしたらひとつ屋根の下にまた一緒に住むだれか知らない人で、まわりが明るくなると光らなくなるんだ。だからわたしたちは暗くしておかなくちゃいけなかった。そうすればお父さんが引き立つから。そしてやっぱり、お父さんが賞のことをみんなにあれこれ報告するようすをすごいと思った。時には、自分を売りこまないといけないものだし、なにかをもっと高く、大きくするために、相手に納得のいくようなオファーをしないといけない。毎日、わたしたちは自分自身、そして自分のできることを売りこんで、市場に出さなければいけない。お父さんはそれが得意だ。いつかお父さんは、ハンナやわたしのことも嫁に出すために売りこむ。そんなの時間がかかりすぎるし、自分たちの手でなんとかするほうがずっといいと思うけど。その日曜日、わたしはお父さんの話を聞いているあいだにケーキの焼き色のついてるベトッとした端っこをちぎってジャケットのポケットにしまった。それをホシムクドリのひなの嘴《くちばし》の上に毛虫を落とすみたいに、ソファの縁に立ってお母さんにあげようとうちに持って帰った。でもちょっとだけ、マティースのお墓のところにお供えするのとどっちがいいかと迷った。マティースはケーキが好きだったから。特に、ホイップクリームとつぶつぶのスプリンクルがのってて、そして中のほうがまだ少ししっとりしてるのが。でも、もしかしたらウジ虫や埋葬虫《シデムシ》が寄ってくるんじゃないかと思った。

窓ごしに、お父さんがゴミ袋を黒いコンテナに入れてるのが見える。もどってくると、窓ぎわのタバコ椅子に座る。お父さんの顔の半分はタバコの煙で霧がかかったようになる。お父さんはわたしのほうを見ないで言う。「抗議のしるしに木に吊るすのは、仔牛じゃなくて農民仲間のほうがよかったな。あのきたねえ異教徒ども、臆病なメレンゲ野郎どもにはもっと迫力あっただろうよ」お父さんは悪口を言う時によくメ、レ、ン、ゲって言う。外側はしっかりしてるみたいに見えるけど、口に入れると一気に溶けてなくなっちゃうから。とたんにわたしは、お父さんが木から逆さに吊りさがって口から舌を出してるところを目に浮かべる。さあ、これからきっと、「出ていって二度と帰らないからな」って脅すつもりだ。すると、お父さんはわたしにきく。ある日、男が自転車に乗り、世界の果てまで走っていく話を覚えてるかと。そいつは途中で自転車のブレーキが故障してるのに気づいて、もうなにがどうでも止まらないでいいとほっとするんだ。そのおめでたい男はそうして世界の果てへと走っていって、ころんではまたころび、男がいつもころんでたようにころんで、でも、そこには終わりがないんだ。いつまでもずっと、ころび続けるんだ。起きあがることもなく、ばんそうこうもないのにな。死っていうのはきっとそんな感じにちがいないな、と。わたしは息を止める。その話はわたしをよく怖がらせた。そして、ハンナと一緒に一度ビールびんの王冠を折り曲げてお父さんの自転車のスポークにくっつけた。お父さんがその男のあとをこっそりつけないように。あとになってようやく、わたしは気づいた。お父さんがその男なんだ。ころんでるのはお父さんなんだと。

「もう糞《クソ》は出たのか？」お父さんが突然きく。

とたんに自分の体がこわばるのがわかる。ちょっとだけ、お父さんがすっかり煙でかすんで、数分消えちゃえばいいのにと思う。わたしから出るものといえば、ただ、チョコレートミルクみたいな水っぽいやつで、なにって呼ぶほどのものではない。下痢便でもない、茶色いおしっこのほうに近い。お父さんの言ってるのはほんとのうんちで、必死になって出さないといけないやつのことだ。

「それで、いったいどんなゴミみたいなもんを読んでるっていうんだ？　国定訳聖書の純然たる改訂版を読んだほうがいいぞ」お父さんは続けた。

　わたしはびっくり仰天してネイチャーブックをパタンと閉じる。アリたちは自分の体重の五千倍までのものを持ちあげられる。それに比べてヒトは取るに足りない。自分の体重×1がやっとだ。ましてや、自分の悲しみをひとりで背負うなんて無理だろう。わたしは身を守ろうと両膝をかかえる。お父さんはタバコの先をトントンとコーヒーカップに打ちつけてカップの中に灰を落とす。お父さんはこうするのをお母さんがすごくいやがるのを知っている。お母さんが言うには、そういうことするとコーヒーが濡れたタバコのにおいになる、死因第一位のにおいになるって。

「糞が出ないんならな、おまえの腹に穴あけて、糞が袋にいくようにしてもらわなきゃいけないんだぞ。そうしてほしいのか？」

お父さんはストーブに火をつけようと、タバコ椅子からのびあがる。そして、自分の心配をストーブの隣りにある燃え種みたいに積みあげる。それはわたしたちの熱っぽい頭の中でよく燃える。みんな、お父さんの心配がほしい。ちょっとのあいだしか燃えず、たいした温もりをくれなくても。わたしは首をふる。オブとオブの指のこと、うまくいったんだってお父さんに話したい。お父さんをがっかりさせたくはないけど。だって、人を不用品扱いするもんじゃないから。そんなことするとお父さんが錆びついちゃう。

「わざとがまんしてるんだろうが？」

わたしはもう一度首をふる。

お父さんがわたしの前に立つ。燃え種を手にしている。目が暗い。お父さんの瞳のまわりの青がすり減っちゃったみたいに見える。

「犬だって糞するってのに」お父さんは言う。「腹を見せてみろ」

そうっと、わたしはまた両足をおろす。お父さんはわたしのジャケットの裾をつかんでいる。とたんに画びょうのことを思う。もしお父さんが画びょうを見たら、きっと乱暴に引っこぬくだろう。死んだ牛の耳タグを引きはがすみたいに。そうしたらお父さんとお母さんはもう二度と休暇に出かけないだろう。なぜかというと、わたしが行きたい場所はわたし自身で、それは五人用の山小屋じゃなくてたったひとり用の場所なんだから。

「よい子のみなさん」背後で突然声が聞こえる。お父さんがわたしのジャケットから手を離す。お父さんの目の色が急に変わる。そういうの、「思いがけずいいお天気になることは内陸ではよくあります」って、〈シンタクラース子どもジャーナル〉のディウヴェルチェなら言うだろう。一週間前からディウヴェルチェはまたテレビに出てる。時々わたしにむかってウィンクしてくれる。だから、わたしたちのしようとしてることは正しいんだって思う。もしハンナとわたしが出て行っても、ディウヴェルチェはきっと見守っていてくれるんだって。そう考えるとなんとなく安心できる。お父さんはストーブの戸を開けて、燃え種を中に放りこむ。

「こいつは、上半身は健康だが、下のほうは病気だな」

獣医さんはお父さんからわたしへと視線を移す。それは獣医さんが牛たちに使う言いかただけど、いまはわたしのことを言ってる。獣医さんはうなずくと、緑の上着のホックをひとつひとつはずす。お父さんはため息をついている。「糞の穴の調子がよくないんだ」わたしはベッドサイドチェストの中に隠してある石鹸のことを考える。ぜんぶで八個ある。それだけあれば、海全体を泡だてることができる。いろんな魚も、クジラもサメもタツノオトシゴも洗濯されるだろう。わたしはみんなのために洗濯ひもをピンと張って、お母さんの洗濯ばさみでとめてあげよう。

「オリーブオイルと、いろんな種類の食べ物をとることだな」獣医さんが言う。そして、鼻水をぬぐって、それを袖になすりつける。

わたしはまだ手に持っているネイチャーブックをつかむ。ぎゅっとしっかりと。

ロバの耳って呼んでる草の葉っぱ、読んでたページに挟んでおくのを忘れた。どこがわたしの場所で、どこから物語を先へ進めていけばいいのかがわかるように、だれかがわたしのどこかにそうして挟んでくれたらいいのに。それがここなのか、それともむこう側——約束された土地——なのかも。

ふいに、お父さんはくるっと背中をむけると、キッチンに歩いていく。調味料の棚の中をかきまわしている音が聞こえる。お父さんはオリーブオイルの古い瓶を持ってもどってくる。ふたの縁のところに黄色っぽい塊がこびりついてる。わたしたちは食べ物にオリーブオイルを使うことはない。ただ、ドアのきしむ音がしなくなるように、蝶つがいに油をさす時にお父さんが使うことはたまにあるけど。

「口開けて」獣医さんが言う。

わたしは獣医さんを見る。獣医さんはわたしのほうを見ないで、壁のお父さんとお母さんの婚礼写真をじっと見てる。それは、二人がおたがいをほんとうに見つめ合ってる唯一の写真だ。二人が愛し合ってるのがわかる。お母さんは唇のまわりにあいまいな微笑みを浮かべ、お父さんは芝生の上でぎこちなく片膝をついて、変形したほうの足は写らないようにきれいに撮られてるとはいっても。二人の体は撮影のためにオリーブオイルを塗ったみたいに、まだすべすべしている。お父さんは茶色いスーツ、お母さんは乳白色のドレスを着てる。写真を長く見れば見るほど、牧草地でブライドメイドみたいに乳牛に囲まれている二人の笑顔が、将来なにが待ち受けているのかを知っていたのかなと思えてくる。

あっと思った時には、お父さんはもうわたしの鼻をつまんで、瓶の注ぎ口をわたしの唇のあいだにねじ入れ、オリーブオイルを流しこんでいる。わたしはせきこむ。お父さんはわたしを放してくれる。

「よし、このくらいで十分だろう」

わたしは気持ちの悪いオイルを飲みこもうとし、何度かゴホゴホせきこんで、オーブンの天板に油を塗るみたいに膝に口をなすりつけてぬぐい、そして両腕でお腹をかかえる。ハクナ、ハクナ、ハイタラ、オマエハ、シヌ。お父さんが外を指さし、獣医さんは指に従う。なにを言ってるのか、わたしには聞こえない。しばらくのあいだ、わたしはただただ願う。神さまがある日、クレーンが死んだ牛たちにしたようにこの農家を引きあげてくれるといいのにと。そして、わたしの両手はますますお腹をしっかり挟みこむ。うんちを出したい、そして同時にがまんしたい。もしかしたら、オブはもっと大きいものを挿し入れなくちゃいけないのかな？　それとも、チーズに穴ができるお母さんのレンネットをひと口飲むべきなのかな？　そうしたら、わたしにも穴ができて、やっとぜんぶ外に出せる。そうしたら、わたしはトイレットペーパーを決まりどおり――うんちはミシン目八つ分、おしっこは四つ分――きちんと使い、手を牛糞掃除用のシャベルみたいにして、尻っぺたのあいだをふくだろう。

四

わたしはお皿の上のブロッコリーの房をフォークでつぶしている。たくさんの小さいクリスマスツリーそっくりだ。これを見てると、マティースが帰ってこなかった晩のことを思い出す。お父さんの双眼鏡を首にさげて窓辺で過ごした、マティースが死んだあとの時間のこと。ほんとうは、アカゲラを見つけるための双眼鏡だった。わたしはアカゲラもマティースも見なかった。双眼鏡のひもは、わたしの首の後ろに赤い筋みたいなあとを残した。双眼鏡の大きなグラスをのぞきこみながら、遠くと近くをパッと逆にするだけで、遠ざかっていくものをそばに引き寄せられたらいいのに。双眼鏡でよく空もくまなく見た。クリスマスツリーの天使たちを探しながら。オブとわたしは、マティースの死んだ一週間あとに屋根裏の箱からこっそり天使たちを取りだして、オブの部屋で乱暴に動かして遊んだ。オブが「ぼくのジューシーな天使ちゃん」とうめくような声で呼びかけて、わたしは「わたしのかわいい陶器ちゃん」と答えながら。それから、わたしたちは天使たちを天窓の外についてる雨どいからすべり落とした。野ざらしのまま、天使たちはいまでは緑色になっている。

中にはナラの木の葉っぱの下じきになって朽ちているのもある。天使たちがまだそこにあるかどうか、何度も見にいくたび、わたしたちはがっかりする。だって、天使たちがたまたま出くわしたこれしきの逆境をものともせずに羽ばたけなければ、どうやって天国のマティースのそばにいられる？　どうやってマティースやわたしたちを見守ってくれる？

わたしは結局、またレンズキャップをつけて双眼鏡をケースにしまい、もう二度と取りださなかった。だから、双眼鏡の景色は永遠に黒いままだった。アカゲラがもどってきた時でさえも。

ブロッコリーをひと口頰ばる。わたしたちはいつも、お昼に温かい食事をする。晩は冷たいものばかりだ――寒々とした家のまわり、ずっと黙ってるお父さんとお母さん、わたしたちの心、パンにのっけるヒュザーレンサラダ――。どうやって椅子に座ったらいいかわからない。わたしはオブの指のせいで焼けるようなうんちの穴に当たらないように、最小限にだけ体を前後にずらす。なにも気づかれてはいけない。じゃないと、オブはわたしのウサギを凍える晩のように冷たくしてしまう。だけど、こうしたかったのはそもそも自分だったはずだよね？　雄牛だって、雌牛がお尻を見せるとおとなしくなる。

テーブルにつくと、獣医さんのお皿の横に置いてある聴診器から目が離せない。こうして本物を見るのは二度目だ。以前、テレビのネーデルラント1チャンネルで、画像が映ってたことがあった。でもそこには体は映ってなかった。どうしてかというと、素肌が映りすぎてるから。そして、わたしはまたも想像する。聴診器がわたしの素肌の胸に当てられて、獣医さんが金属のところに耳を寄せながらお母さんに言う。「思うに、この子の心臓はひきさかれている。遺伝的なものなのか、それともこれまでにない症例かな？　もしかしたら、海へ行ったほうがいいかもしれないね。空気がきれいだから。清潔な服にだって水肥がついて、心臓が感染しやすいんだからね」獣医さんがズボンのポケットからスタンレーナイフを出すところが目に浮かぶ。お父さんがサイレージのブロックのロープを切る時に使うのと同じナイフ。ブロックが崩れて草がバラバラ出てくるまでシュバッシュバッって切るやつ。そして、獣医さんはわたしの胸の上に、フェルトペンで線をひく。するとわたしは、あの〈大きな怖いオオカミ〉のことを考えるだろう。七匹の子ヤギを食べちゃったけど、ハサミで切られて、そうしたら子ヤギたちが生きたまま出てきたっていう大きなオオカミのこと。もしかしたら、わたしの中から大きな少女がはい出してくるかもしれない。恐怖から解放されて。それとも、皮膚とジャケットの層の下にもう長すぎるほど隠れていただれかが姿を見せるかも。聴診器がわたしの体から離れると、獣医さんはわたしの胸に耳を当てるはず。そうしたらわたしは獣医さんの頭が上下するように息を吸ったり吐いたりして、よくわかるようにしてあげよう。そして、どこもかしこも痛いって言って、いままでだれも痛がったことのないところ――わたしのつま先から頭のてっぺんまで、そしてそのあいだぜんぶ――を指すんだ。ほくろとほくろのあいだに線を引いてもいいかもしれない。点をつないで内側を色づけする塗り絵みたいにはみ出てはいけない場所がわかるように、それともわたしの姿の切り取り線みたいに。でも、助けを求めるわたしの叫びが獣医さんに聞こえなければ、わたしは金属を胸から離して、口をこれ以上開けられないくらい大きく開けて、喉の一番奥のあたりにそれをつっこまないと。そうしたら獣医さんにもよく聞こえるにちがいない。おえって吐き気がするのはけっしていい徴候じゃない。

オブがわたしのあばら骨のあいだをひじでつつく。

「おい、ボケヤス、ちょっとグレイビーソースをまわしてくれ」

お母さんがわたしにソース入れをまわす。取っ手が取れちゃってる。ソースの中には脂の玉が浮いている。わたしはそれをすばやくオブに渡す。なに考えてたんだよとしつこくきかれて場の雰囲気を台無しにしないうちに。じゃないと、オブは学校の校庭にたむろする男の子たちぜんぶの名まえをあげるんだろうから。わたしがよく考えてる男の子っていうのは、その子がいつも自転車を停めてた場所で記念プレートになってるだけなのに。雰囲気っていっても、もう牛たちのいなくなったいまは、どっちみちいいわけないけど、獣医さんは、口蹄疫で村じゅうの農家がどんなに大変なことになってるかっていうことを話している。大半の人はそのことを話したがらない、そしてそういう人たちが一番危険だって獣医さんは言ってる。気づかないうちに鉛の錘《おもり》みたいにずしんと落ちこんでダメになるよって。

「そうは思えねえけど」お父さんはだれのことも見ないで言う。「まだ子どもたちだっているしな」

わたしはとっさに横にいるオブのほうを見る。オブの頭はお皿にくっつきそうなくらい垂れさがっている。まるでブロッコリーの構造を観察してるか、ブロッコリーの房がたくさんの小さい傘になってわたしたちを隠していてくれるかとじっと見つめているみたいだ。オブがげんこつを握りしめてるのを見て、お父さんの言うことに、それとも逆に言わないことに怒ってるのがわかる。わたしたちはみんな、お父さんとお母さんは自分たちのいる場所から動かないようにするカーテンの錘みたいなものだってことを知っている。わたしは獣医さんの舌が銀色のナイフにそって時おり行き来するのをじっと見続けている。ダークレッドのきれいな舌。お父さんが温室で植物の葉脈をナイフで切って、葉っぱを上に向けて挿し木用の土に留め具で固定するのを思い浮かべる。獣医さんの舌がわたしの舌に触れるところを想像する。そうすると、おしまいには、わたしに葉脈ができるのかなあと。そしてみんなは、わたしの折り目やしわのあるところや、そこから新たな生命、つまりジャケットなしバージョンが育つところを見られるのかなって。ちょっと前、ハンナがわたしの口に舌を押し入れた時、ハンナが最後に食べたのがハニードロップだったんだってわかった。もしかしたら、とわたしは思った。それをちょっと飲みこんだら、わたしの喉のイガイガに効くんじゃないかなって。獣医さんの舌は、はちみつの味がするんだろうか？　そしてそれは、わたしの下腹部のムズムズ虫をおとなしくしておいてくれるんだろうか？

お父さんはテーブルの上に両手で頭を支えて座っている。そして、もう獣医さんの言うことを聞いていない。獣医さんはないしょにするみたいに突然前かがみになってささやく。「キミのジャケット、にあってると思うよ」なぜ、獣医さんがささやくのかよくわからない。だって、みんな聞いてるのに。でも、そうするのって、結構見たことがある。みんなをちょっと前かがみにさせて、耳を自分のほうへ向けさせ、マグネットみたいに引きつけて、それからまたもとにもどすみたいな。一種の見えない力みたい。ハンナが友達のところに泊まりに行ってるのは残念だと思う。でなきゃ、わたしたちが救われるのはもうそんなに遠い話じゃないって聞けたのに。たぶん、わたしはチーズの検査棒の事件を忘れなくちゃいけないんだって。あのおかげで獣医さんへの信頼がちょっと薄れちゃったんだし。ちょうど、お父さんがわたしをテーブルに呼んだ時——わたしは小学四年生だった——みたいに。お父さんとテーブルで牛が主人公じゃない話をしたのは、それが最初で最後だった。

「話さなきゃいけないことがあるんだ」お父さんが言った。なにかにしっかりつかまらなきゃと、わたしの指はナイフとフォークを探した。でも、食事の時間まではまだだいぶあったから、テーブルの上にはなんにも出てなかった。

「シンタクラースはいないんだ」

そう言ったお父さんは、わたしのほうは見ずに傾けたカップの底に溜まってるコーヒーの残りかすを見つめていた。そして、あらためて咳ばらいをして言った。「学校のシンタクラースはな、うちのミルクの固定客のティールだ。禿げ頭のな」わたしはティールを思い浮かべた。ジョークで自分の頭を握りこぶしでコツンとたたいて、口からポクッと音を出してみせたことがあった。やるたびにわたしたちは大喜びだった。

そのティールがシンタクラースのひげつけて司教冠《ミトラ》かぶってるのなんて想像つかなかった。わたしはなにか言おうと思ったけど、喉が、縁までいっぱいになってる庭の雨量計みたいになった。そしてとうとうそれがあふれて、わたしはすすり泣きはじめた。嘘だったいろんなことを思った。暖炉の前に座ってシンタクラースの歌をシンタクラースに聞こえるようにと願いながら歌ったこと。それがせいぜいシジュウカラに聞こえるくらいの声だったにしても。靴の中に入れたみかん。ソックスがすっぱいにおいになったけど。ディウヴェルチェ・ブロックのこと。もしかしたらそれもにせものなのかも。それから、いい子にしてたこと。さもないと、麻袋に入れられてスペインに連れていかれるから。

「じゃあ、ディウヴェルチェは？」

「あれは本物だ。でも、テレビのシンタクラースは役者がやってるんだ」

わたしはお母さんがコーヒーフィルターに入れてくれたシンタクラースのお菓子のペーパーノーテン（独特なスパイスの入ったまるくて小粒のボーロ風クッキー）を見た。わたしたちがもらうものはぜんぶ、きちんと測ってあった。ペーパーノーテンもそう。わたしはそれに手をつけないでテーブルに置いたままにした。涙があとからあとから出てきた。すると、お父さんはテーブルから立ちあがって食器拭きのふきんをつかむと、わたしの涙を乱暴にごしごしふいた。お父さんはわたしが泣きやんでも、まるでわたしの顔が茶色の靴墨だらけになってるみたいに、それが想像上の汚れ、シンタクラースのお供のピートの顔についてる煤だとでもいうばかりに、ごしごしふいていた。わたしは、何年ものあいだ、お父さんがプレゼントを玄関のドアのところに置くと玄関のドアをどんどんたたいたのと同じように、お父さんの胸をどんどんたたいてやりたくてしかたがなかった。そして、晩の闇の中を走っていってそのあとしばらく帰ってきたくなかった。みんな、ずっと長いこと嘘ついてたんだ。それでもわたしはそのあと何年も、神さまを信じるようにして、この聖人さまのことをかたくなに信じようとした。目の前に思い浮かべられる限り、テレビで見られる限り、そしてお願いや祈ることがある限り、シンタクラースやピートはいた。

獣医さんはお皿のブロッコリーの最後のひと房を口に入れて、また前かがみになる。食べ終わったというしるしに、ナイフとフォークをクロスさせてお皿に置く。

「キミはいくつ?」獣医さんが質問する。

「十二歳」

「じゃ、ほぼ完了《コンプリート》だね」

「キチガイ一家のメンバーとしてって意味だろ?」オブが言う。

獣医さんはオブを無視する。だれかのために、ほぼ完了してると思うと誇らしい。わたしは逆に、ひとりますますバラバラになっていく気がするといっても。でも、完了っていつもいい意味だってことはわかる。ゲーム用のまるいチップのわたしのコレクションだってほぼ完了で、埋まってないプラスチックのホルダーはあと三つだけだ。だから、そのうちきっと、ファイルを一枚ずつめくり、勝ったり負けたりしたゲームの結果を思い出して同じ気持ちになる時がやってくるにちがいない。自分をめくるのはもっと難しいように思えるけど、でも、もしかしたらそのためには大人にならないといけないのかもしれない。ドアの柱につけた線が同じ場所にとどまって、自分の背丈の線をもう消しゴムで消さなくていいくらいに。そしてラプンツェルは十二歳の時に塔に閉じこめられて、王子に救け出された。ラプンツェルっていう名まえって、サラダに使うマーシュっていう葉っぱのドイツ語名から来てるって知ってる人はあんまりいない。

獣医さんは長いことわたしを見ている。「キミにまだボーイフレンドがいないなんて、わかんないな。ボクがキミぐらいの年頃にはそれを知ってただろう」わたしの両ほほはソース入れの外側みたいに熱くなる。わたしにはどうちがうのかわからない。どうして獣医さんは十二歳でそれを知ってただろうなのか、なのに、もう年のいってるお父さんは、もうどうするんだかわからないって。大人ってなんでも知ってるんじゃないんだっけ？

「あした、雨が降るかもな」ふいにお父さんが言う。お父さんはなんの話なのかちっとも聞いてなかった。お母さんはキッチンのカウンターとテーブルとのあいだをずっと行ったり来たりしていて、だからお母さんがほとんどなにも食べてないことにだれも気づかない。ネイチャーブックで読んだけど、アリには二つ胃がある。ひとつは自分のため、もうひとつはほかのアリに食べさせるため。思わず涙が出そうになるしくみだと思う。わたしも二つほしい。そうしたら胃のひとつはお母さんの体重を維持するのに使える。

獣医さんがわたしにウィンクする。獣医さんのこと、あしたベルに話そう。ようやくわたしもだれかのことをささやくようにして話せる。獣医さんには、アイロンをかけてないテーブルクロスよりもたくさんのしわがあるっていうことは言わないでおこう。気管支炎の仔牛みたいな咳をすることも。お父さんよりも年上で、鼻の穴がボールペン三本いっぺんに入るに決まってるくらい大きいことも。バウデヴェイン・デ＝フロートよりもかっこいいってことは言うんだ。大事なことだからね。ベルとわたしは、学校が終わってから、わたしの屋根裏部屋でよくバウデヴェインの歌を聴く。ベルは、トムがショートメールで大文字のX（キス）じゃなく、小文字のxしか送ってこないと、時々すごく落ち込む。ふつうに打ってたら自動的に大文字になるはずなのに、わざわざ小文字に変換して送ってきたって。おたがいがとても悲しいと、わたしたちは言い交わす。「胸の中に溺れたたちょうちょがいる」そして、よくわかるよその気持ち……と、おたがいの思いを察して、ただ、うんうんとうなずき合う。

五

オブのランタンの白い紙がまだちょっとくっついてる鍬《スペード》を持って、パジャマ姿のわたしは繁殖牛舎、うちでは種つけ小屋とも呼ぶそこの裏側にある牧草地を歩く。ティーシェを埋めて、オブが掘りかえした土を鍬の背でたたいて平たくならしたところのすぐ隣り、今回は思い出をふり返って静かに佇むようなものはないから棒きれを立てないその場所に、わたしは穴を掘る。掘っているあいだ、お腹の刺すような痛みは激しくなる。息が苦しくなり、尻っぺたをぎゅっとしっかり合わせてささやく。「ヤス、もうちょっと待ってて。もうすぐだからね」穴が十分な深さになると、あたりをすばやく見まわす。お父さんやオブはまだ寝ていて、ハンナはソファの裏側でバービー遊びをしている。お母さんがどこに出かけているのかはわからない。もしかしたら、隣りのリーンおばさんとケースおじさんのところにちょっと行ってるのかも。おばさんたちは、もうすぐ新しい牛たちが来る時のために、新品のミルク貯蔵タンクを買った。二万リットルはいるやつ。

わたしはすばやくしま模様のパジャマのズボンのひもをゆるめ、ショーツと一緒に足首まで引き下げる。お尻に氷みたいに冷たい風が当たるのがわかる。それから穴の上にしゃがむ。きのうの晩、お父さんがわたしのうんち問題の答えを聖書の中から探す最後の試みをした時、〈申命記〉の中の一節に出くわした。——陣営の外に一つの場所を設け、そこへ出て行って用をたすようにしなければならない。武器とともに小さなくわを持ち、外でかがむ時は、それで穴を掘り、用をたしてから、排泄物をおおわなければならない——お父さんはページをパラパラめくり、ため息をつきながら聖書を閉じた。どういう意味かというと、ここには答えになるようなことはなんにもないってことだ。でも、その一節はわたしの頭の中にこびりついてきのうの晩は寝つけなかった。暗闇の中で寝がえりばかりうちながら陣営の外っていう言葉について考えていた。神さまが意味していたのはきっと敷地の外ってことにちがいない。わたしはそこでしかうんちできないってこと？　わたしは計画してることをお父さんとお母さんにはなんにも言わなかった。なぜかというと、うんちができないっていうことが、いまだに分かち合えるただひとつの話題だったから。キッチンで二人の前に立ってTシャツの裾をまくりあげて、パンパンにふくれてまるで黄身が二つ入ってる卵みたいなお腹を、わたしのウコッケイが白くてでっかい卵を産んだ時と同じような誇らしい気分で見せると二人が見あげるっていうような。

わたしは足のあいだから後ろをのぞいて、うんちの穴が押し出そうとしてるのを感じる。オリーブオイルのおかげか、聖書の一節のおかげか、できた。ただ、肛門から湯気を立てて出る茶色の列みたいなやつが巨大イモムシみたいに土にもぐっていくんじゃなくて、まるくてコロンとしたものがいくらか出ただけだ。わたしはそのままいきむ。歯をくいしばったあごの上に涙が流れて、頭がふらふらしてきたけど、でも、ぜんぶ出すまでがんばらないと。じゃないと、いつかわたしは爆発する。そうしたら元も子もない。コロンとしたうんちは、ウサギのディウヴェルチェのにちょっと似てるけど、でもそれよりもひとまわり大きい。おばあちゃんが言ってた。おばあちゃんが時々作ってた脂っこい仔牛のソーセージみたいなのが一番健康なうんちなんだよって。わたしのうんちはそれとはどこも似てなかった。なんかもっと小さいミートパイみたいで。

穴からはますます湯気が立ちのぼっている。鼻をつまむ。牛舎いっぱいの牛がうんちしてるのよりもずっとくさい。もうなんにも出てこなくなると、まわりに葉っぱがないかと探す。とたんに、まわりの木ぜんぶがまる裸だったり、葉っぱが氷の下に朽ちていたりしてるのに気づく。わたしのうんちの穴、牧草地に置いてあって夏には牛たちが水飲み場にしてるバスタブの栓みたいにコチコチに凍りつかせたくない。だから、お尻をふかずに、下着とズボンをまた引きあげる。服の生地が肌につかないように気をつけて。じゃないと汚れちゃうから。それから体の向きを変えると穴のところにしばらく身をかがめ、雛たちにかぶさるワシみたいに身をのりだして積み重なったコロコロうんちを眺める。それからその排泄物を覆って穴を埋め、鋤で平たくして、その上を何度か長ぐつで踏み固める。そして、そこに木の枝っきれを突きさす。自分のかけらを失くした場所がわかるように。わたしは牧草地から出て歩き、鋤をもとどおりにほかの鋤やピッチフォークのあいだに置く。そして、失くしたものをトイレの便器の中なんかで見つける隣りの男の子たちのことをちょっと考える。ジャケットの青いボタン、レゴの部品、移動遊園地の景品ピストルのプラスチック弾、ねじ。しばらくのあいだ、わたしは大人になったような気になる。

六

ベルが言う。「悲しみって大きくなっていくんじゃなくて、空間が大きくなるってことなんだね」ベルは思いつきで言ってるだけだ。ベルが言う空間っていうのは金魚ばちの大きさで、その空間はベルの二匹のグッピーが死んだからできたんだし。ベルが十二歳になったいま、それは水槽になった。そこだけのこと。わたしのほうの悲しみは、大きく大きくなって、止まらなくなってるけど。はじめは一メートル八十センチで、そうこうするうち、聖書の巨人ゴリアテくらいの大きさになってる。聖書には、六エレン一スパンって書かれてるけど。まあそれでも、わたしはベルのほうを向いてうなずく。水槽のガラスが割れて、ベルの涙が流れ出すのもいやだし。わたしは泣いてる人をどうにもできない。わたしのミルクビスケットみたいに銀紙で包んじゃって、干からびるまで暗い引き出しの中に入れておきたくなる。悲しみなんて感じたくない。行動を起こしたい。わたしの日々を突き破るなにかを。水ぶくれを針で突っついたらつぶれて楽になるようなこと。でも、わたしは獣医さんが帰ったあとにお母さんがひともんちゃく起こしたきょうの午後のことをまだうだうだ考えている。お父さんはそんなに深刻に受け取らなくていいことはぜんぶ、もんちゃくって呼ぶ。お母さんが突然「死にたい」って言ったのだ。お母さんはただ、ふつうにテーブルを片づけて、食器洗い機に食器を入れ、まな板の上のじゃがいもの芽をニワトリのエサにするのに生ゴミ用のかごに入れてただけだったんだけど。

「死にたい」お母さんはくり返した。「これ以上生きていたくない。もしあした、車に轢かれてペちゃんこのハリネズミみたいになったとしても本望だわ」お母さんの目の中に、わたしははじめて絶望を見た。お母さんの目はビー玉じゃなかった。そこをめがけてビー玉をころがす敷石タイルのくぼみ、アスファルトにあいた空洞だった。お母さんはただみんなの目を集めたいんだ。いつも見ていてもらえるように。同時に八つぜんぶの目を。お母さんを勝たせてあげなくちゃ。こっちが負けてお母さんを失うことにならないように。オブがテーブルから立ちあがった。自分の頭のてっぺんに握りこぶしを押しつけていた。黙ってなんかいられなかった。「そんなら、勝手に死んじまえばいいだろ」

「オブ！」わたしはささやいた。「お母さんは壊れる寸前なんだよ」

「ここでだれが壊れるっていうんだよ？　壊れるもんがあるとしたら、おれたちだろうが」オブはどなりながらガスレンジの上のデルフトブルー（デルフト焼きの陶器特有のあざやかな青）のタイルの壁に携帯電話を投げつけた。「神なんかくそくらえ《Godverdomme》」オブのノキアがこっぱみじんになった。わたしはゲームの〈スネーク〉のことを考えた。あのヘビも、きっと死んじゃったな。ヘビはたいてい、くねくねしながら現れて、ネズミをあんまりいっぱい食べるとスクリーンから飛び出す。そのヘビももう壊れちゃった。

しばらく続く沈黙。聞こえるのは蛇口から水がしたたる音だけだ。その時、居間からお父さんが嵐みたいな勢いでやってきた。悪いほうの足はお父さんのあとからひょこひょことついていく。お父さんはオブを乱暴にキッチンの床に押しつけて、両腕を背中にまわして束ねた。

「やればいいだろ。そんなら自殺すればいいんだ。でなきゃ、おれがおまえらみんな殺してやる！」オブは叫んだ。

「汝は、汝の神、主の御名を、みだりに唱えてはならない。なぜなら、主は、御名をみだりに唱える者を、罰せずにはおかないからである」お父さんが大声で言った。お母さんは研磨スポンジに洗剤をちょっと絞りだして、オーブン皿をゴシゴシ擦った。

「ほらね」お母さんは小声で言った。「わたしは悪い母親だし。いなくなるほうがいいんだよ」わたしは両耳を両手で挟みつけてふさいでいた。叫び声が止んでお父さんがオブを放すまで。お母さんがオーブンを開けて手首を何秒か、まだ熱が残ってる天板《てんぱん》に押し当てて、お母さんの内側がまた温まるまで。「お母さんは最高のお母さんだよ」とわたしは言い、嘘をついている自分の声を聞いた。その声は、うちの牛舎みたいにからっぽで空洞だった。そこには生きてる気配がなかった。でもお母さんはさっき起こったことをもう忘れちゃってるみたいだった。お父さんは両腕を頭の上にあげた。そして「おまえたちにはお手あげだ。気が変になる」と言うと、薪置き小屋へ行ってしまった。「争いの芽はすぐに摘まなきゃいけないよ」と、敬虔なほうのおばあちゃんが言ってた。芽って、わたしたちのことだったのかな？　そしてわたしは思った――いやちがう。親は子どもたちの中に生き続ける。その逆じゃなくて。親の持ってる狂気がわたしたちの中に生き続けるんだ――。

「ほんとに死にたいの？」わたしはお母さんにきいた。

「そうよ」お母さんは言った。「だけど、気にしなくていいんだよ。わたしは役立たずの母親なんだからね」お母さんはくるりと向きを変えると、生ゴミ入れのかごを持って小屋のほうへ歩いていった。わたしはしばらく立ちすくんでいた。それから、オブに手を差しだした。オブは鼻血を出していた。そしてわたしの手をはらいのけた。「弱虫」オブは言った。


ベルとわたしは種つけ小屋のほこりっぽい石の床に座っている。小屋の真ん中には疑牝台《ぎひんだい》が置いてある。台には金属のフレームと、その上に雄牛を興奮させておくための牛の毛皮がついてる。毛皮の下には金属のレールがあってその上に小さい黒革の椅子がついてる。椅子は精子を採取するため、前後に動かせる。毛皮のあちこちがすり切れている。台は〈ディルク四世〉と名づけられている。それは何百もの仔牛の父親になった有名な雄牛にちなんでつけられた。その銅像が作られて、それは台座の上に乗せられ、村の広場の中央に建っている。悲しみはいつもはじめは少しでそれが拡大するんだってベルが力説してるのをわたしはさえぎる。ベルが知ってる暮らしは、観光客があるひとつの村を知ってるみたいなものだ。観光客は、暗い路地や部外者立ち入り禁止の小道があることを知らない。わたしは言う。「ディルクに乗ってみなよ」理由もきかずに、ベルは疑牝台《ぎひんだい》に乗る。わたしはベルの下にある黒革の椅子に座る。表皮の中側は空洞になってて、そこは補強のために一本の管で固定されている。両脇にベルの足がぶらぶらしてる。ベルのオールスターのつま先は泥まみれで、靴ひもはグレーになってる。

「それで、乗馬してるみたいに腰を動かして」

ベルが動きだす。わたしは横から見ようと体を傾ける。ベルはちゃんとつかまるために毛皮の表面をしっかりつかんでいる。

「もっと速く」

ベルは動きを速める。ディルク四世がきしむ。何分かすると、ベルは動きを止める。そして息を切らせて言う。「こんなのつまんないし、疲れちゃった」

わたしは椅子を調節して、ベルの腰の真下になるように座る。あと四つ先の穴のところにできる。

「すごいことがある」わたしは言う。

「いつもそんなこと言ってるけど、これはやりようがないよ」

「まあ、いいからさ」

「牛がトムだと思って。できるでしょ」

「それで？」

「もう一度、動かすんだよ」

「それで、どうなるの？」

「そうしたら、最後にはすごい色が見えるよ。ファイヤーボールみたいにさ、どんどん色が変わって、そして悲しみのない、橋のむこう側にいく。そこではグッピーがまだ生きてて、ベルが飼い主なんだよ」

ベルは目を閉じる。そしてまたゆさゆさと前後に動きだす。ベルのほっぺたはだんだん赤くなって、唇は唾液で濡れてくる。わたしは椅子の上で体をあおむけに倒す。もしかしたら、お父さんとお母さんに、学校で順番にやるみたいなプレゼンテーションをしなくちゃいけないかもしれない、とわたしは思いつく。そうしたら、わたしのテーマはヒキガエルにする。そして、交尾のしかたについて説明する。重要なことはお母さんがお父さんの上にならなきゃいけないってことだ。お母さんの背中はアーモンドシン（アーモンドを使って薄く焼きあげたクッキー）みたいにもろいから。それがお母さんがまたものを食べるようになる唯一の方法で、するとお父さんにはまたつかまるものができる。だから、家の中でカエルの大移動を企画しなくちゃ。そうしたら、お父さんを部屋のいっぽうの片隅に、お母さんをもういっぽうの片隅にセッティングして、交差させる。バスタブをいっぱいにして二人が一緒に泳げるようにしてもいいかな。うちに新しいミントグリーンのバスタブがきたあの日みたいに。あれは、十二月のあの事件の日の二日前で、お父さんとお母さんは一緒にバスタブにつかった。「二人とも素っ裸なんだぜ」とマティースが言って、わたしたちは思いっきりクスクス笑い、アップルベニエを二つ、揚げ油の中にぽちゃんと放りこむところを想像した。きっとキツネ色になって出てくるにちがいない。バスタオルを紙ナプキンみたいに胴に巻きつけてって。

ダミー牛の蝶つがいがきしむ音がますます大きくなる。お父さんはディルク四世が自慢だった。そして、使ったあとにはいつも、このダミー牛の胴をポンと軽くたたいていた。急にわたしの喉が焼けつくようになって、目がチクチクする。今年の初雪は降るのが早く、わたしの心の中に落ちる。それは重く感じる。

「色なんて見えないけど」

　わたしは椅子から体を起こすと這いだして、目を閉じたままのベルの横に立つ。そして、すばやく、小屋の作業台の横にある椅子にかかっていたお父さんのライトグリーンのレインコートを着る。すると、突然小屋のドアが開き、そのむこうからオブが顔をのぞかせる。オブの視線はわたしからベルへと移り、そしてまたもどる。オブは中に入り、ドアを閉める。

「なにして遊んでるんだ？」

「くだらない遊び」ベルが言う。

「どっか行ってよ」わたしは言う。オブが一緒に遊ぶなんてダメだ。きっとまたなんか悪いことする。オブは村の天気と同じくらいに信用ならない。オブの鼻にはまだキッチンの床にぶち当たった時の血がついている。

　わたしはどこかでオブのこと、かわいそうだと思ってもいる。オブは前よりも悪態をつかなくなってるとはいっても。そのいっぽうで、オブは食べ物をよく盗んだり、暖炉の上の休暇貯金の缶からお金をくすねたりする。だから、どこかにキャンプに行くチャンスなんてゼロになるし、お父さんの家出計画もダメにしちゃって、缶の中身で買えるのはせいぜいトースターと洗濯もの干しのラックくらいになっちゃってる。いつか、オブはお父さんとお母さんの心も盗むだろう。そうしたら、オブは捕まえた鵜を口にくわえた野良猫がするように、牧草地に穴を掘って二人を埋めるんだ。

「おもしろいこと知ってるぜ」オブが言う。

「だめだよ、一緒に遊ぶのは」

「わたしはいいけど。ヤスってば、つまんないことばっかり考えるんだもん」

「ほらみろ。ベルはいいってよ」オブは言い、作業台の上の棚から〈アルファ薬莢《やっきょう》〉の小さな箱と銀色の人工受精用ピストル――先っちょに色のついてる長い棒――を取りだす。これは、なかなか妊娠しない牛に人工受精するために使われる道具だ。オブはわたしに青い手袋を渡す。オブのことを見たくない時には、オブのあごの不精ひげを見る。あのひげはクミンの粒みたいだ。お母さんが凝乳《カード》に入れて時々混ぜてるクミン。何日か前からオブはひげを剃ってる。わたしは、緊張しながらオブの動きを目で追っている。

「おまえは助手になるんだ」オブが言う。

オブはまた棚を開ける。今度は液体の入った小瓶を取りだしている。そして、それをピストルに塗りつけている。〝潤滑剤〟とラベルに書かれている。

「さて、ズボン脱いで牛の上に腹くっつけて乗るんだ」ベルは抵抗せずにオブの指示に従う。突然、わたしはベルがこのところトムのことを話すことが少なくなり、よくオブのことを話すことに気づく。ベルはオブの趣味とか、好物とか、金髪と茶色い髪のどっちがいいのかとか知りたがる。わたしはオブにベルをさわらせたくない。もしも水槽が壊れたとしたら、どうしろと？　ベルがディルク四世に乗ると、わたしはベルの尻っぺたを両側に広げて、うんちの穴がまる見えになるようにしておかなくてはならない。学校のペンホルダーの穴みたいに。

「痛くしないよね？」ベルがきく。

「恐れることはない」わたしはほほえんで言う。「汝は、たくさんの雀よりもすぐれた者である」

これは〈ルカによる福音書〉からのやつで、いつかおばあちゃんの家に泊まりにいって、寝てるうちに死んだらどうしようってわたしが怖がった時に、おばあちゃんが言った言葉だった。

オブは、やりやすいようにと、さかさまにした飼料バケツの上に立って、ベルのお尻のあいだに人工受精用のピストルを当てて、なんの前ぶれもなく、その冷たい鉄の棒を中につっこむ。ベルは、まるで傷ついた小さい動物みたいな悲鳴をあげる。わたしはびっくりしてベルのお尻から手を離す。

「そのままにしてるんだ」オブが言う。「じゃないと、もっと痛くなる」ベルのほっぺたから涙が流れて、体が震えている。熱に浮かされたように、わたしはインクもれする自分の万年筆のことを考える。先生は、冷たい水にひと晩つけておいて、翌朝きれいに洗い流して、水気を吹き飛ばすといいって言ってた。ベルも冷たい水につけないといけないのかな？　わたしがおびえながらオブを見ると、オブは部屋の隅の樽のほうを向いてうなずく。そこには窒素の中に保存してある雄牛の精液の入ったストローが保管されている。お父さんは樽を閉めるのを忘れている。オブも同じことを考えてるとわたしは思う。きれいに洗うつもりなんだ。わたしは樽を開けて、ストローを一本オブに渡す。人工受精用のピストルはベルのお尻のあいだに刺さったままになっている。

「おまえ以上の助手はいねえよ」

氷はちょっとだけ解けはじめてる。これでいいんだ。時には、神さまがアブラハムにイサクを捧げるように言ったけど、アブラハムは結局動物を捧げたみたいに、思ったよりも素敵じゃないものを生贄にしなくちゃいけない。だから、わたしたちもいろんなことを試さなければいけない。神さまがわたしたちの死と出会う試みに満足してそっとしておいてくれる前に。

そしてオブはピストルにストローを押しこむ。わたしたちにはいくらでも方法があったけど、それでもこうする。窒素がベルの皮膚にやけどを負わせることを知らずに。種つけ小屋から走り出て、そのあとにオブが追いかけてくる時、わたしは卑怯な行いが足どりを重くするのを感じる。わたしたちは敷地の別々の方向へそれぞれ飛ぶように走る。「わたしたちを試みに会わせず、悪からお救いください」わたしは声をひそめてつぶやく。すると、ハンナが家の横で壁ぎわに自転車を停めているのが見える。ハンナは荷台のバンドに枕をくくりつけている。手にはお泊まり用のスーツケースをさげている。ハンナがあまり長いことおばあちゃんの家に泊まりにいかないでいると、スーツケースの中は紙魚《しみ》でいっぱいになる。わたしたちはそれを親指と人差し指で粉々にひねりつぶしてほこりみたいにする。そして指のあいだから吹き飛ばす。

「一緒においで」わたしは言い、ハンナの前をウサギ小屋の裏の干し草ブロック置き場へむかって走る。そしていくつかの干し草ブロックのあいだにもぐりこむ。お父さんから、カラスから、そして神さまから見えないように。

「ぎゅっと抱きしめて？」わたしは頼む。

わたしは、まだ耳に響いているベルの悲鳴や、半分水の入った金魚鉢が破裂したみたいに大きく見開いたベルの目を思い出して泣きそうなのをこらえようとしている。

「どうして？　なにがあったの？」

ハンナは心配そうにわたしを見る。「すっかり震えてるけど」

「だって……だって、そうじゃないと破裂しちゃうから」わたしは言う。「あの時のお父さんのニワトリみたいにさ。卵が大きすぎてお尻から半分はみ出したままになってて。もしお父さんが殺さなかったら、破裂して内臓がほうぼうに飛び散ってたよね。そんな風にわたしも破裂しそうなんだ」

「ああ、そうそう」ハンナが言う。「あれはかわいそうだったね」

「わたしもかわいそうなんだ。もっと抱きしめてよ？」

「抱きしめてるよ」

「あのさあ」ベビーシャンプーの香りのするハンナの髪に鼻を押しつけながら、わたしは言う。「わたしは大きくはなりたいけど、でも腕も一緒に伸びてほしくないな。ハンナとこうしてるの、いまぐらいの長さがちょうどいいんだもん」

ハンナは一瞬黙って、それから言う。「もし長くなりすぎちゃったら、わたしのマフラーみたいに、ぐるぐるっと二重に巻きつければいいだけだよ」

七

その夜わたしはベルの夢を見た。わたしたちは村はずれの森の渡し舟のすぐそばにいる。そしてキツネ狩りごっこをしている。なぜかはわからないけど、ベルはわたしのおかあさんの日曜日用のマントを着て、おかあさんの日曜日用の帽子をかぶっている。ヴェールみたいなので覆われてて横に黒いリボンのついてるやつ。マントの裾が地面をひきずって、木の枝やら泥やらがくっつき、ズルズルと音を立てている。そこでわたしは、はっと気づく。ベルとキツネが混ざり合って、ある部分は人間である部分は動物になってる。わたしたちは森の奥へ歩いていき、しまいには、暗い中に長ぐつぬぎがまっすぐ立ってるみたいな背の高い細い木々のあいだで道に迷ってしまう。わたしが歩くところには、赤茶色のキツネの体をしたベルがぼんやりと姿をみせる。

「おまえはキツネか？」とベルが質問する。

「そう」わたしは言う。「おまえを生きたニワトリみたいにむさぼり食う前にとっとと消えろ」ベルは軽蔑するようにあごを持ちあげ、髪を後ろへなびかせる。

「たわけ者め」ベルが言う。「キツネはわたしだ。これからおまえに質問する。もし答えられなければ、おまえは嘔吐しあるいは下痢をして、早死にするだろう」ベルの鼻と耳は突然とんがっていく。先のとがったものにはすべて特別な価値がある。食べ物に穴をあける犬歯、針の落ちる音も聞きのがさないピンと立った耳。キツネ姿はベルににあっている。ベルが一歩前に出るたびに、わたしは一歩後ろへ下がる。ベルが繁殖牛舎でのように恐ろしい悲鳴をいつあげるかとわたしは待っている。釣り針にひっかかった魚のように、目を大きく見ひらいて。どうすることもできずに。

「おまえの兄はほんとうに死んだのか、それとも死がおまえの兄なのか?」しまいに、ベルは質問する。わたしは首をふり、靴の先をじっと見つめている。

「死は家族を持たない。だからそれはいつも新たな体を探し求めているのだ。孤独でなくなるように。そしてその体の主がひとたび地下の住人となれば、さらなる体を探しにいくのだ」

ベルは片手を差しだす。夢の中で突然、牧師さんの言葉が聞こえる。〝敵と戦う唯一の方法は、それを友とすることです〟わたしは一瞬ふり返り、病原菌が含まれていない新鮮な空気をひと息吸いこむと、質問する。「おまえの差しだすその手をにぎり返したらどうなるのだ?」

ベルはどんどん近くに迫ってくる。ベルの体は焦げた肉のにおいがする。ベルのお尻に、突然ハンザプラストの絆創膏が貼りつけられる。「そうしたらおまえをあっという間に食ってやる」

「そして、手をにぎり返さなかったら?」

「そうしたら、もっとゆっくり、もっと痛みが増すように食ってやる」

わたしは走ってベルから逃げようとする。でも胴体の下で足がへなへなになって力がはいらない。

わたしの長ぐつは急に大きくぶかぶかになっている。

「キツネの腹の中に何匹のハタネズミがいれば、腹のすきぐあいを気にせずにすむか、わかるかい？」ベルからようやく逃れると、ベルは内蔵の木霊《エコー》効果を使い、かくれんぼする時の声でわたしを呼ぶ。「ハタネズミちゃん、ハタネズミちゃんはどこかなどこかなどこかな」

八

お父さんは銀メッキのスケート靴をどの高さにひっかけようかと目を細めて見さだめている。唇のあいだにねじを三本くわえている。一本は落ちた時の予備に。そして手には電動ドリルを持っている。お母さんはうるんだ目をしてそれを少し遠くから見ている。掃除機のホースを持ちあげながら。わたしはお母さんの白いシャツを見ている。それはバスローブのひもがほどけてるから見えてるんだけど、薄い生地にお母さんのだらんと垂れさがったおっぱいが透けている。いつかオブが校庭で売るのに作ってた、冷凍用の袋に四つ入りのメレンゲ、あれを二つ並べたみたいだ。卵白が古すぎると水っぽくなって、だらんとしたメレンゲになる。お父さんはキッチン用のはしごから降り、お母さんは掃除機の電源を切る。するとその静けさも銀メッキされたようだ。

「斜めになってる」お母さんが言う。

「なってない」お父さんが言う。

「なってるって。見てごらんよ。ここから見ると斜めにかかってるんだから」

「だったらそこに立たなきゃいいんだ。斜めなんてものは存在しない。見る角度によってちがうんだ」

お母さんはバスローブのひもをしっかり結び、急ぎ足で居間から出ていく。ホースのついた掃除機も一緒に引っぱっていく。それは聞きわけのいい犬みたいに一日じゅう、家の中をお母さんのあとについていく。時々わたしは、おかあさんが自分の子どもたちよりも一緒にいるように思えて、その青くて醜いやつに嫉妬する。お母さんが週末にどんなに愛情こめてやつのお腹をきれいにしてまた新しい掃除機の袋を入れてやってるかを見てるし。わたしのお腹は破裂寸前だっていうのに。

わたしはまたスケート靴を見る。靴の内側には赤いベルベットが張ってある。そして、なるほど斜めにかかってる。言わないけど。お父さんはソファに座って、前のほうを見つめている。肩にちょっとちりがついている。手にはまだ電動ドリルを持っている。

「なんか、かかしみたいだな、おやじ」中に入ってきたばかりのオブが言う。その声は挑戦的な感じだ。朝帰りだったオブは、明けがた五時頃にようやく家にもどってきた。わたしは寝ながら心臓をドキドキさせて待っていた。そして、いろんな物音にいちいち耳を澄ませていた。よたよたした足どり、壁をよろよろつたいながら、オブは階段の六段目と十二段目がきしむのを忘れてた。しゃっくりが聞こえてそれからそんなに経たないうちにバスルームのトイレで吐いた。そんなことがもうここ何日か続いてる。わたしのパジャマはそのたびに汗でぐっしょりになった。お父さんが言うには、吐くというのは、体の外へ出さないといけない古くなった罪だ。オブが生き物を殺すことでたくさん過ちを犯したのは知ってたけど、でも、屋内ライブフェスに行くことでどんなまちがったことをしたのか、わたしにはよくわからなかった。ただ、オブがいつもちがう女の子の口に舌を差しいれてたのは知ってた。それはわたしの部屋の窓から見えた。オブはまるでイエスさまになったみたいに、そして天国の光に包まれているみたいに牛舎のライトの光の中に立ってた。そしてわたしもそのたびに、自分の口を腕にくっつけて、汗ばんだ肌に舌を押しつけくるくるまるくなめた。しょっぱかった。次の日の朝、わたしはばい菌を吸いこまないように、そして吐かないように、オブにほとんど話しかけなかった。それで、わたしが最初で最後に吐いた時のことを思い出した。マティースがまだ生きてた時だった。

それはある水曜日のことで——わたしは八歳ぐらいだった——、わたしはお父さんと一緒に村のパン屋さんへパンを受け取りに行った。帰り道に、お父さんからまるくて特大のブドウパンをもらった。青白い斑点なんかなく、まだ焼きたてのほやほやだった。そしていつもパンをつめた飼料袋を届けにいくおばあちゃんのところに着いた時、わたしは気分が悪くなった。わたしたちは家の裏を歩いていた。なぜかというと、家の前のドアはどっちかというと飾りのためについてたから。それで、裏にある菜園の土のところでわたしは吐いた。干しブドウはふくれた埋葬虫《シデムシ》みたいに茶色っぽい液だまりに浮いていた。そこはおばあちゃんがニンジンを植えた場所だった。すぐにお父さんが長ぐつで土を引き寄せてその上にかけた。ニンジンが引き抜かれた時、おばあちゃんがわたしのせいでいつ病気になって死ぬかと楽しみにしてた。その頃には、自分がいつか死ぬことをまだ恐ろしく思っていなかった。怖くなったのは、マティースがもうもどってこなくなってからで、庭での出来事がいくつか形を変えて起こってからだ。最悪の時には、ぎりぎりで死から逃れた。もしかしたら、と急にわたしは思った。あの女の子たちはオブの喉の奥まで舌を差しいれたのかもしれない。それでオブは吐いちゃったのかも。ハブラシを口の奥までつっこむとおえって吐きたくなるみたいに。お父さんとお母さんは、オブにどこへ行ったのか、どうしてまたもビールとタバコのにおいがするのかをきかなかった。

「自転車に乗ろうか?」わたしはソファのむこう側で絵を描いているハンナにささやく。ハンナの描いてるどのお人形さんも胴体がなくて頭だけだ。まるでわたしたちが他人の機嫌だけに注意を向けてるみたいに。お人形さんたちは悲しんでいるか、怒っているかだ。ハンナは右腕にお泊まり用の小さいスーツケースをかかえている。お泊まりからもどってきてからというもの、ハンナはスーツケースを肌身離さず持っている。逃げる可能性を自分の手でかかえていたいみたいに。わたしたちはそれにさわることも口にすることも許されない。

「どこへ行くの?」

「湖だよ」

「何しに?」

「計画《ザ・プラン》」と、わたしはたったそれだけ言う。

ハンナがうなずく。計画を実行に移す時が来たのだ。わたしたちはここにこれ以上長くはいられない。

玄関ホールでハンナは青いフックにかかっているウィンドブレーカーを着る。オブのフックは黄色で、わたしのはグリーンだ。わたしの隣りは赤いフック。そこにはウィンドブレーカーではなくてそれを着る体が欠けている。お父さんとお母さんのだけが木のフックで、ウィンドブレーカーの襟にかかった雨の湿気でゆがんでいる。かつては家の中で唯一頼もしかった肩が、いまはだんだんさがってきている。

　わたしは急に、お父さんがわたしのフードをぎゅっとつかんだ時のことを思い出す。マティースが死んでからまだ何週間も経たないうちだった。わたしはお父さんに、なぜわたしたちはマティースのことを話してはいけないのかと、それから、天国には図書館があって、そこでは期限日に返さなくても罰金なしで借りられるとマティースは知っていたのかときいた。マティースはお金を持って行かなかったから。わたしたちはしょっちゅう、本を返すのを忘れた。特に、ロアルド・ダールの『魔女がいっぱい』っていう物語だ。わたしたちはそれをこっそり読んだ。なぜかというと、お父さんとお母さんはそういうのを邪悪な本だと思ってたから。わたしたちは安心して司書の女の人に本を返却できなかった。その女の人はわたしたちにやさしくなかった。マティースは、女の人は子どもたちのベタつく指で本をさわられるのとか、ロバの耳をしおり代わりにページに挟むのとかを恐れているんだって言ってた。ロバの耳を挟むのは、ほんとうの家を持たない、いつでももどれる場所のない子どもたちだけで、だからもどれる場所を覚えておくのにロバの耳を使う。わたしもそうするようになったみたいに。だけど、ロバの耳って、ほんとはロバよりネズミみたいだけど。わたしがお父さんにそういうことを質問した時、お父さんはフードごとわたしをつかんで赤いフックにひっかけた。わたしは両足を前後にちょっとぶらぶらさせたけど、自分をフックからはずすことはできなかった。床はわたしの足のずっと下にあった。

「ここで質問するのはだれなんだ？」お父さんが言った。

「お父さんです」とわたしは言った。

「ちがう。それは神だ」

わたしは懸命に考えた。神さまがわたしに質問したことってあったっけ？　思い出せない。だれかになにか質問された時のための答えはたくさん考えてたけど。もしかしたら、そんなことしてるせいでわたしには神さまの声が聞こえなかったのかも。お母さんが〈音楽のフルーツバスケット〉を聴いてる時も、ボリュームをあんまり上げてると、わたしたちがお菓子をねだってるのが聞こえないしね。

「マティースがもどってくるまで、ずっとそうしてぶらさがってろ」

「いつもどってくる？」

「おまえの足が床についたらだ」

わたしは床を見おろした。これまでの経験上、わたしの背の伸びぐあいからすると、これはまだだいぶ時間がかかるんだろうなと思った。お父さんはそこからいなくなったふりをして、数秒後にまたもどってきた。首もとのファスナーが喉に食いこんで痛くて、息が苦しかった。わたしはまた床におろしてもらい、もうけっしてマティースのことを質問しなかった。そしてわざと図書館から何度も罰金をくらい、時々かけぶとんの下で、これが天国にいるマティースの耳にも届きますようにと願いながら、声をはりあげて物語を読んだ。そのあと、わたしのノキアでベルにだいじなテストのことをメッセージ録音する時みたいにして、最後に♯を押した。

わたしはハンナのあとに続いて自転車で堤防の上を走っている。ハンナはお泊まり用の小さいスーツケースを自分の自転車の荷台にくくりつけてある。とちゅうで隣りのリーンおばさんとすれちがう。わたしはおばさんの自転車の後ろに乗ってる息子くんを見ないようにする。いまではもう、自分が小児性愛者《ペドフィリア》じゃないとわかっていても。その子の金髪の巻き毛はやっぱりどこか天使の髪みたいだ。わたしは天使が大好きだ。それがわたしよりも年上でも年下でも。でも、おばあちゃんが言うには、猫とベーコンを一緒に置いておいちゃいけないって。おばあちゃんちには猫もいないし、ベーコンもないけど、猫とベーコンを同じ家の屋根の下に置いておいたらうまくいかないだろうっていうのは想像がつく。隣りのリーンおばさんは、少し離れたところからわたしたちにあいさつする。おばさんの目は心配そうだ。わたしたちは明るく笑わなくちゃいけない。そうすればおばさんはなにも質問しない。お父さんとお母さんにも。

「楽しそうなふりするんだよ」わたしはハンナに小声で言う。

「どうするんだったかわかんなくなっちゃったよ」

「学校で写真撮る時みたいにすればいいよ」

「ああ、そうするのか」

ハンナとわたしは思いっきり口を大きく横に開いて笑う。両方の口の端っこが引きつる。そして隣りのリーンおばさんと難なくすれちがう。わたしはちょっとふり返っておばさんの息子くんの背中を見る。とたんに、目の前にその子が屋根裏のロープからぶらさがっているところが浮かぶ。天使はいつも吊るさげられなくてはならない。自分を軸にくるくるまわってまわりのだれもに祝福をふりまくことができるように。そんなひどい想像をふり払おうと、わたしは何度かまばたきをして、レンケマ牧師がこの前の日曜日の礼拝の時に言った言葉のことを考える。それは主に〈ルカによる福音書〉からの引用だった。「〝悪は外からわれわれの心の中に入ってくるのではなく、中から外に出ずるものだ。そこにわれわれの病巣がある。聖堂にいた取税人は自分の胸をたたいて祈った〟あたかもこう表明したいかのように――ここにあらゆる悪の根源がある――」

わたしは少しのあいだ、全身が硬くなるほど胸に握りこぶしを強く押しつけ、自転車の上でよろめきだす。それから口の中でモゴモゴと言う。「神さま、お赦しください」そして、ハンナのお手本になるように両手をハンドルにもどす。ハンナが手離し運転をしてはいけないから。もしてたら、ちゃんとハンドルをにぎるように大声をあげる。車が横を通る時、「自動車だよ」とか「トラクターだよ」とかけ声をかけるようにして。ハンナが自転車をこぐことだけに集中するよう、わたしは隣りを走る。そしてオブから聞いたジョークを言ったりする。「ヒトラーはどうして自殺したか？」ハンナはまゆ毛を持ちあげる。

「知らないよ」

「ガス代が払えなかったからだよ」

ハンナが笑う。ハンナの前歯には一ヶ所、苗の植えつけ機みたいなすきまがある。ちょっとのあいだ、わたしの張りつめた胸の中にもっと空気がはいってくるのがわかる。時々、わたしの胸の上には巨人が乗ってるような感じがして、夜にマティースに近づこうと息を止めてると、巨人はわたしの学習机の椅子の上から生まれたての仔牛みたいに大きな目をしてこちらを見る。巨人はわたしを励ます。「もっと長く、もっとずっと長くだ」時おり、それって、わたしのロアルド・ダールの本から〈ビッグ・フレンドリー・ジャイアント〉が逃げだしたんじゃないかと思う。なぜかというと、一度、その本をベッドサイドチェストの上に開きっぱなしにして、そのまま寝ちゃったから。でも、この巨人は親切《フレンドリー》ではなく、怖くて傲慢だ。巨人にはえらがなくて、それでもすごく長いこと息を止めていられる。時には一晩じゅうでも。

　橋のところで、わたしたちは道ばたに自転車を乗り捨てる。手すりのはじまってるところに木のボードが立っていて、そこにはペンキでこう書いてある。**〝身を慎み、目をさましていなさい。汝の敵である悪魔が、ほえたける獅子のように、獲物を捜し求めながら、うろついているから〟**これは〈ペテロの第一の手紙〉からの言葉だ。草の上にチューイングガムの空箱が落ちている。だれかがきっと、さわやかな息でむこう側に渡りたかったんだ。湖は静かで、まるで、どこにも嘘の見当たらない偽善者の顔みたい。水際のあちこちにもう薄氷が張っている。わたしは湖に石を投げる。石は氷の上に乗ったままだ。ハンナは水に削られてまるくなった石の上に立とうとしている。ハンナはお泊まり用のスーツケースを自分の隣りに置き、むこう側を眺める。手を小さい屋根みたいに目の上にかざして。

「パブの中に隠れてるらしいよ」

「だれが？」わたしはきく。

「男たちがだよ。男たちの好きなものってなにか知ってる？」

わたしは答えない。後ろから見ると妹は妹ではなく、だれと言っても通用するだれかみたいだ。ハンナの黒っぽい髪がますます長くなっている。わざと長くのばしてるんだと思う。そうすればお母さんが毎日三つ編みにするから、そうすればお母さんはハンナのこと、毎日触れるから。わたしの髪はいつでもそのままでいい。

「いつまでも味のなくならないチューイングガム」

「そんなのあるわけないよ」わたしは言う。

「いつもあまくて、ずっとあまくないといけないんだよ」

「それなら、あんまり噛まなければいい」

「それに、ベタベタくっつきすぎるのもダメ」

「わたしのガムはすぐ味がなくなるよ」

「牛みたいに噛むからだよ」

わたしはお母さんのことを考える。お母さんは一日にそれは何度もあごをもぐもぐ動かしてて、そこにはやっぱり緊張が高まってるってことがあるにちがいないんだけど、緊張が高まるってことは、飼料サイロからとび降りるとか、お母さんがチーズの温度を計る時に使う水銀温度計を壊して水銀を飲むとかの理由になる。お父さんはわたしたちがとても小さい頃から水銀に注意するようにと言ってた。水銀飲んだらすぐ死ぬって。それでわたしは、ゆっくりでもすぐでも死ねるってことや、どっちにもいい点と悪い点があるってことを学んだ。

わたしはハンナの後ろに立って、頭をハンナのウィンドブレーカーに当てる。ハンナは静かに息をしてる。

「いつ出発する？」ハンナがきく。

冷たい風がわたしのジャケットを吹きぬける。わたしは震える。

「あした、コーヒータイムのあと」

ハンナは答えない。

「獣医さんが言うには、わたしは完了《コンプリート》なんだって」わたしが言う。「獣医さんがいったいなにを知ってるっていうんだろう？　獣医さんは完全《コンプリート》な動物だけ見て、不完全な動物たちは安楽死させるのに」ハンナの声は急に苦々しく響く。やきもち焼いてるのかな？

わたしはハンナの腰の両側に両手を当てる。ひと押しすれば、ハンナは水にころがり落ちる。そうしたら、マティースがどうやって水中に落ちたのか、かつて起きたことはどんなだったかが見られる。

そして、わたしはそれを実行する。ハンナを石の上から押して水に落っことし、ハンナが頭から沈んでまた息を吹きだしながら上に浮かんでくるところを見る。黒いふたつの魚釣りの浮きみたいに、恐怖で両目を大きく見ひらいて。わたしはハンナの名を叫ぶ。「ハンナ、ハンナ、ハンナ」でも、言葉は風に飛ばされ石に当たって砕ける。わたしは水際に膝をつき、ハンナの腕を引っぱる。そのあとはもうあの時と同じじゃない。わたしは全体重をかけてびしょ濡れの妹の上に覆いかぶさり、くり返す。「死なないで、死なないで」教会の鐘が五回鳴ると、わたしたちはようやくそろそろと立ち上がる。妹の体のあちこちから水がしたたっている。わたしは妹の手を取り、それをしっかりつなぎ、ぎゅっと握る。まるでその手が濡れた食器洗いのスポンジみたいに。わたしたちはぬけがらみたいにからっぽになっている。朝ごはんのテーブル上のベアトリクス女王のついたブリキ缶みたいに。それは、朝食用のパウンドケーキのはいってた缶で、いつか郵便番号の宝くじで当たったものだった。もうだれもわたしたちをいっぱいにしてはくれない。ハンナはお泊まり用のスーツケースをつかむ。ハンナの体は激しく震えている。橋のわきにかかってる赤と白のウィンドブレーカーと同じように。わたしはもう、どうやって自転車に乗るのか、どうやって家にもどれるのかもわからないほどだ。どこへ行けばいいのかもわからない。むこう側の〈約束の地〉は、突然色あせた灰色の絵はがきになる。

「わたしがすべって落っこちた」ハンナが言う。

わたしは首をふり、握りこぶしをこめかみに押しつけて、ゴツゴツした関節をぐいぐいと皮膚にくいこませる。

「そうだってば」ハンナが言う。「そういうことにしよう」

九

その夜わたしは、また熱に浮かされるように夢を見る。でも今度は妹の夢だ。妹は両手をうしろで組み、目の前に小さい雲のような息を吐きだしながら湖の上をスケートしている。レンケマ牧師はヘッドライトを氷のほうへ向けて水路側にフォルクスワーゲンを停めている。ヘッドライトの照らす光でハンナがすべる一周の大きさがわかる。黒い祭服を着たレンケマ牧師は聖書を膝に乗せてボンネットの上に座っている。まわりのすべてが雪と氷で白い。

そして、ヘッドライトがゆっくりとわたしのほうを向く。わたしは人間ではなく、桟橋のそばに置きざりにされた折りたたみ椅子だ。もうだれも、わたしにつかまってすべる必要がない。足が凍えて、背もたれは人の手が恋しい。ハンナが通り過ぎてスケートが氷の上を滑走する音が聞こえるたび、わたしはハンナにむかって叫びたい。でも、椅子は叫ぶことができない。わたしは風で氷に割れ目ができてるところがあぶないとハンナに警告したい。でも椅子は警告できない。わたしはハンナを抱きしめたい。背もたれに押しつけたい。膝に乗せてやりたい。一周ごとに、妹は一瞬わたしを見る。ハンナの鼻は赤く、耳にはお父さんの耳あてをしている。それは、わたしたちの冷たい頭のまわりにお父さんの両手を当ててほしい時に、わたしたちがつけたりする耳あてだ。ハンナのことがどんなに好きか、わたしは教えてやりたい。一日お客さんを乗せてたあとに木が温まるみたいに、わたしの背、つまり背もたれがしばらくぽかぽかほてるくらいにねと。でも椅子はだれかをどんなに好きか、言うことはできない。そして、わたしが椅子だということ――ヤスが椅子に変装している――をだれも知らない。ちょっと先のほうをオオバンが何羽かすべっていく。オオバンたちが氷から落ちないのにほっとする。妹のほうがオオバン三十五羽分くらい重いけど。また氷の上を探すと、ハンナがヘッドライトの光の外へ、そしてだんだん視界から消えていくのが見える。レンケマ牧師がクラクションを鳴らしはじめ、ライトを点滅させる。黄色い手編みの帽子をかぶった妹は、沈む太陽のようにゆっくりと沈んでいく。わたしは妹に沈んでほしくない。自分をアイスピックのように妹の中に刺しこんで、わたしを妹にしっかり釘づけにしたい。わたしは妹を救いたい。でも椅子は救うことができない。椅子は、ただ黙って自分のもとに休みに来るだれかを待つことができるだけだ。

十

「土の上の枝の立ってるところに、モグラの罠がしかけてある」お父さんが言って、わたしにシャベルを手渡す。わたしはシャベルの柄をしっかりつかむ。暗闇の中で罠にかかるモグラがかわいそうだと思う。わたしはモグラそっくりだ。昼間がどんどん黒くなっているように思えるし、晩にはもう目の前の手だって見えない――わたしの目は、ふわふわした小さい哺乳類みたいに皮膚の奥深くについている。わたしは周囲を少し掘り、わたしたちが草の層の下に埋めたものを掘りおこす。

今朝、わたしのベッドサイドチェストの上にある地球儀ライトを点けたら、ピカッと光ってそのあとまた真っ暗になった。わたしはもう一度スイッチを入れた。でもなにも起こらなかった。一瞬地球儀の海が流れ出したように思えた――わたしのパジャマはぐっしょり濡れていて、おしっこのにおいがした――。わたしは息を止めてマティースのことを考えた。四十秒。それからもう一度空気を吸いこんで、地球儀をまわして開けた。電球はまだだいじょうぶだ。ふと思った――これが暗闇で、最後の災いなんだ――これでぜんぶってことだ。わたしはすぐにまたこの考えをふり払った。

保護者面談の時、先生はちゃんと理由があってお父さんとお母さんに言ったんだ。わたしは想像力を働かせすぎで、自分のまわりをレゴで作った世界にしてしまうって。カチッてはめたりはずしたり、レゴみたいにすれば簡単なんだ。そうしてわたしはだれが敵でだれが友達かを決めた。先生はお父さんとお母さんに、わたしが先週、ドアのところでヒトラー式の敬礼をしたってことも話した。確かにわたしはオブに言われてやったように、腕を宙に差しだして「ハイル・ヒトラー」って言った。先生が笑うにちがいないと思って。先生は笑わず、わたしは放課後に残されて罰としてこう書かされた。〝**わたしは神を愚弄しないのと同じに、歴史を愚弄いたしません**〟わたしは思った――先生、先生はわたしがいいもんの味方だってことを知らないんです。お母さんがユダヤ人の人たちを地下室にかくまっていることや、その人たちはいろんなお菓子を食べていいっていうこと、好きなだけ炭酸の飲みものを飲んでいいっていうことを。ユダヤ人の人たちが食べていいお菓子には、マーブルケーキなんかもある。マーブルケーキって、ココアがはいってて、二つの色が混ざり合ってる。わたしもきっとそんな風に二色が混ざってて、ヒトラーでもユダヤ人でもあり、また、善悪どっちでもある。濡れたパジャマをわたしはバスルームで脱いで、床暖房のついてる床の上に広げる。清潔な下着をつけ、ジャケットを着て、バスタブに寄りかかって座り、パジャマが乾くのを待つ。するとドアが開いてオブが入ってきた。オブはまるで死体でも見るようにしてわたしのパジャマを見た。

「パジャマにもらしちゃったのかよ？」

わたしは激しく首をふる。地球儀の電球を握りしめながら。それは平たく小さい電球だった。

「ちがうよ。水が地球儀から出てきたんだよ」

「うそつけ。そんなとこに水なんかねえよ」

「ほんとだよ」とわたしは言った。「五つ海があるんだもん」

「それならなんでおしっこのにおいがするんだ？」

「海がそういうにおいだからだよ。魚だっておしっこするし」

「そりゃそうだろうけどな」オブが言った。「生贄の時間だぜ」

「あしたにして」わたしは約束する。

「いいだろう」オブが言った。「あしただな」もうしばらくオブはわたしのパジャマを見て、そして言った。「じゃないと、校庭でみんなに言ってやるからな。おまえはおねしょモンスターだってな」そしてオブはドアを閉めた。

わたしはバスマットの上にぺちゃんと腹ばいになって、バタフライをした。それは、まるでわたしのぬいぐるみのクマみたいなふわふわのマットにただ股のつけ根をこすりつける動きに変わった。まるで海の中で魚たちと泳いでいるみたいに。


お父さんのあとから牧草地の中へ歩いていく。わたしの長ぐつの下にある草は、凍える寒さでカチカチに固くなっている。牛たちがいなくなってからというもの、お父さんは毎日、罠を点検している。右手にいくつか新しいのを持ち、仕掛けてあったガシッと閉じてるのと交換する。わたしが宿題をしてると、部屋の窓からよく、お父さんがいつも畑の同じコースを歩きまわってるのが見える。日によってはお母さんとオブも一緒だ。畑を上から見ると、ダイヤモンドゲームのフィールドみたい。そして、ボードゲームの駒みたいにみんなが無事この牛舎のある農家にもどってくるとほっとする。みんなが一ヶ所に一緒にいるのはますます難しくなってるにしても。ひとつの部屋にいられるのは駒ひとつで、それ以上に増えればすぐにけんかになる。すると、お父さんは家の中にもモグラ罠を仕掛ける。あとはもうお父さんにはすることがなく、一日じゅうタバコ椅子の上で、わたしたちを獲物にするまではく製のサギみたいに黙って座っている。サギはモグラが大好きだ。お父さんがなにか言うとしたら、だいたいは国定訳聖書からの口頭試問だ。髪をなくして、そして力もなくなったのはだれか？　塩の柱に変わってしまったのはだれか？　くじらに飲みこまれたのはだれ？　だれが自分の兄を殺したか？　新約聖書は何巻からなっているか？　わたしたちはタバコ椅子を疫病みたいによける。でも、それでも通らなくちゃならない時がある。たとえば、ごはんの前とか。そうするとお父さんは質問し続けるから、それでスープは冷めるし、ブレッドスティックはしけてふにゃふにゃになる。答えがまちがってると、自分の部屋へ行ってよく考えないといけない。お父さんは、わたしたちがもうどんなにたくさん考えることがあるのかも、考えることがますます増えていることも、わたしたちの体が成長することも、この黙想が教会のベンチでのようにペパーミント一個でじっと座っていられるようなものじゃないこともわかってない。

「むかしは、皮一枚につき一ギルダーもらったもんだ。それで、木の板に打ちつけて乾かしたんだ」お父さんが言う。そして目印の棒の一本のところにしゃがむ。お父さんは捕まえたモグラをいまでは牛舎の裏でサギたちにやっている。サギたちはモグラをまず水に浸ける。乾いてると飲みこめないからだ。そして噛まずに丸のみする。まるでそれがお父さん、そして神さまの御言葉であるみたいに。御言葉もそうしてつるっと体の中にはいっていく。

「ほら、おまえさんたち、ここに頭をくっつけるんだ。パチンと閉まれば一巻の終わりだからな」お父さんは棒を土の奥深くにつっこみながらささやく。なにもはいってない。わたしたちは次の罠へと歩く。また空《から》だ。モグラっていうのはひとりで生きるのが好きだ。暗闇にひとりでもぐっていく。長いあいだにはだれもが自分の暗さと闘《たたか》わなくてはいけないみたいに。わたしの頭の中はますます真っ暗闇になってきている。でも、ハンナのは日によってちがう。ハンナは時々自力ではいあがっている。わたしはもう、どうやってあの呪われたトンネルからぬけ出たらいいのかわからない。あそこは、どこからでもお父さんとお母さんを阻止できる場所だ。二人の体の横に弱々しい羽根のようなわたしの腕をつけながら、かつては役目を果たしたけどいまではすっかり飾りになって物置きのペンチやねじまわしの横にかかってる錆びついたモグラ罠のように。

「あいつらには寒すぎる」お父さんが言う。鼻から一滴しずくが垂れている。お父さんはもうここ何日かひげを剃っていない。枝にひっかけてできた傷が鼻に赤く一筋ついている。

「そう、寒すぎるよね」わたしも言い、風よけスクリーンみたいに肩をあげる。お父さんは遠くにある何本かの棒を見つめたかと思うと、いきなり言う。「村では、おまえのことをあれこれ言ってるんだ。ジャケットのことをな」

「わたしのジャケットのなにが悪いの?」

「その下にはもう、モグラ塚が育ってるのか？　そうなのか?」お父さんがニヤッと笑う。わたしは赤くなる。ベルのはもうゆっくりと育ってきてる。学校の体操の授業の時、更衣室の隅っこで見せてくれた。ベルの乳首はピンク色で、二個のマシュマロみたいにふくれていた。「さあ、あんたの番よ」ベルは言った。わたしは首をふった。「わたしのは、暗いところで育ってるから。チコリみたいにね。じゃまするわけにはいかないんだよ。じゃないと、元気がなくなってぐったりしちゃうから」ベルはわかってくれた。でも、そのうちすぐにがまんできなくなるんだろう。オブとわたしが、しばらくベルに口どめしたとはいっても。なにが起きたか、ベルは両親に言わなかった。というのは、怒りの電話がかかってこなかったからだ。ただ、学校ではわたしたちの机のあいだに歴史の本がベルリンの壁みたいに積んである。あの出来事以来、ベルはわたしに話しかけなくなって、わたしのミルクビスケットコレクションにさえも関心を示さなくなった。

「健康な娘にはだれにでもモグラ塚がある」お父さんが言う。

お父さんは起きあがってわたしの前に立つ。お父さんの唇は寒さで荒れている。わたしはすばやく少し先のほうにある枝を指さす。

「あそこにモグラがいると思う」

お父さんは体の向きを変えると、わたしの指した場所を見つめる。お父さんの金髪はわたしとちょうど同じぐらい長くのびている。もうほんの少しで肩に届きそうだ。ふだんなら、お母さんが広場の床屋さんへわたしたちをとっくのむかしに行かせてたはずだ。お母さんは忘れていた。それとも、お母さんはわたしたちの髪がボサボサののび放題になって、だんだんと消えてしまえばいいと思っているのかもしれない。ツタが家の前壁をすっかり覆いつくすみたいに。そうすれば、わたしたちがどのくらいわずかになってるか、もうだれにも見られないですむ。

「おまえはいつか神の御前《みまえ》で結婚できると思うか？」

お父さんはシャベルに足をかけて土につきたてる。一対ゼロで、お父さんのリード。クラスの中でわたしにふり向く男の子なんてひとりもいない。わたしのことは、物笑いの種にするだけだ。きのう、シモンが自分のズボンの中に手を入れて、チャックから人差し指を突きだした。

「さわってみな」シモンが言った。「硬いんだぜ」

よく考えもせずに、わたしはその指をつかんでぎゅっと握った。タバコのせいで黄色っぽいその薄い皮膚の上から骨を感じた。クラスじゅうがどっと湧きあがった。笑い声がますます大きくなり、ベルリンの壁がその土台から揺らぐ中をわたしは困惑ぎみに窓ぎわの自分の席にもどった。

「わたしは結婚しない。わたしはむこう側へいく」まだ教室でのことを考えながら言う。気づかないうちについうっかり口がすべった。お父さんの顔が蒼白になる。まるでわたしが〈ヌード〉という言葉を使ったみたいに。その言葉は、胸のふくらみがどうとか言うのよりももっといけない。

「橋を渡ってやれなんて下手な考えを起こすやつはな、二度ともどってこられないんだぞ」お父さんは大声をあげる。マティースが帰ってこなくなった最初の日から、お父さんは警告していた。町というのは、もしそこに行ってふらふらいい気になってると、底に引きこまれる肥溜めみたいなところだと。

「ごめんなさい、お父さん」わたしはささやくような声で言う。「言ってみただけだよ」

「おまえの兄貴がどうなったかわかってるだろうが。おまえもそうなりたいのか？」

お父さんはシャベルを土から引きぬくと、わたしから離れていく。風がまたわたしたちのあいだを吹きぬけられるように。お父さんは最後の罠のところにしゃがむ。

「あした、おまえはそのジャケットを脱げ。そしておれはそれを焼く。それでもうその話はしない」お父さんは大声で言う。

とたんに、お父さんの体がモグラ罠の鉄のあいだにはさまってるようすが目の前に浮かぶ。ボードゲームの駒がどこで死んだかわかるように、わたしたちは小枝を一本、お父さんの頭の横に置く。罠はウサギ小屋にある樽の中にかかってるホースですすぐ。ひどい想像をふりはらおうとわたしは頭をふる。わたしはモグラ塚は怖くない。でも、その下に広がる暗闇が怖い。

獲物なしでわたしたちは家へもどる。途中でお父さんは時々モグラ塚の上をシャベルでたたいて平たくならす。

「たまにはちょっと脅かしてやらないとな」お父さんは言って、こう続ける。「おまえ、お母さんと同じくらいぺちゃんこでいいのか？」

わたしはお母さんの胸を思い浮かべる。だらんと垂れさがってて、まるで教会の献金袋が二つ並んでるみたいなのを。

「それはお母さんが食べないからだよ」わたしは言う。

「心配事でいっぱいだからな。他になにもはいらないんだ」

「どうして心配なの？」

お父さんは答えない。わたしには、それはわたしたちと関係あることなんだとわかってる。わたしたちがふつうにふるまえないから、たとえなるべくふつうにしようとしてみても、まるでわたしたちがまちがった品種みたいで、ちょうど今年のジャガイモみたいで、がっかりする。お母さんにとって今年のジャガイモは、ほろほろくずれて柔らかすぎか、硬くてしっかりしすぎだった。学習机の下のヒキガエルのことや交尾の寸前だってことも、お母さんに言い出せない。もうすぐ交尾するって知ってるし、そのあとはまたエサを食べるようになって、万事うまくいくんだ。

「おまえがジャケットを脱いだら、お母さんにはまた自然に肉がつくだろうさ」お父さんはわたしをわきから見る。にっこりしようとしてるけど、口の両はしは凍りついているように見える。わたしはなんだか大きくなったような気がする。大人の人たちは笑い合う。おたがいにわかり合って、それどころか、自分たち自身のことがわからない時でさえ、笑い合う。わたしはジャケットのファスナーに手をやる。お父さんが目をそらすと、わたしはもう片方の手で鼻をほじくって鼻くそを口に入れる。

「ジャケットは脱げない。脱いだら病気になる」

「おまえはおれたちを笑いものにしたいのか？　そのおかしな態度でおれたちを死に追いやろうとしてるんだぞ。ジャケットはあした脱ぐんだ」

わたしはお父さんの少し後ろになるようにのろのろと歩き、背中を見つめる。お父さんは赤いジャンパーを着て、背中に野ウサギ用の獲物袋を背負っている。そこに野ウサギははいっていない。もちろんモグラも。お父さんの足の下で草がパリパリ音を立てている。

「お父さんとお母さんに死んでほしくないよう」わたしは風にむかって叫ぶ。お父さんには聞こえてない。お父さんが手に持っている何組かのモグラ罠が、風に吹かれてかすかにすれ合う音がする。

十一

ヒキガエルたちの頭が、芽キャベツみたいに水面に浮いている。わたしはキッチンからこっそり持ってきた小さいミルクパンの中の太ってるほうのカエルの頭を人差し指でそっと押す。また浮きあがってくるまで。カエルたちは弱っていて泳げないけど、浮かぶのはだいじょうぶだ。

「あと一日したら、もう行ったっきりなんだよ」わたしはカエルたちに言い、水から引きあげて赤いしま模様のソックスで軽くはたきながらイボイボの皮膚を拭いてやる。下でお母さんが叫んでいるのが聞こえる。お母さんとお父さんがけんかしている。なぜかというと、むかしからのミルクのお客さんのひとりが教会の集まりで苦情を言ったからだ。今回はミルクが青白すぎるとか水っぽすぎるとかではなくて、わたしたち、三博士についてだ。特に、わたしの顔色が青白くて、目がなんだか水っぽいと。お母さんはお父さんがわたしたちをちゃんと見てないせいだと言い、お父さんはお母さんがわたしたちをちゃんと見てないせいだと言う。そのあと、二人はどちらも、家を出ていくと脅かしはじめる。でも、そんなことはできっこなさそう。だって、一度にどっちかだけが出ていけるんだし、一度にどっちかだけが悲しくなるんだし、どっちかひとりが帰ってきて何事もなかったようなふりができるんだから。いまは、どちらが出てくかで揉めている。わたしはひそかに、お父さんだといいなと思う。なぜかっていうと、そうしたらだいたいコーヒータイムの頃、またもどってくるから。コーヒーがないと、お父さんは頭痛になる。お母さんはどうかよくわからないけど。お母さんをおいしいものとか食べ物でおびき寄せることはできない。わたしたちのほうが、どんなことでもしますからと、頼みこまないといけない。二人の立ってる場所はだんだん離れていってるように見える。日曜日に二人が堤防をこえて自転車で改革派教会へ行く時、お母さんはいつも少し早くこいで、そうするとお父さんは空いた距離を縮めなくてはいけないみたいな。けんかの時もそんな感じになる。つまり、お父さんが解決しなくてはいけない。

「あした、お父さんとお母さんはわたしのジャケットを脱がせるんだよ」わたしはささやく。ヒキガエルたちは、まるでこの知らせにびっくりしたようにまばたきする。

「なんか、サムソンになったみたいな気分だよ。わたしのは髪の毛じゃなくてジャケットに力が隠れているんだけどね。ジャケットがなかったら、わたしは死の奴隷になっちゃう。キミたち、わかる？」

わたしは立ちあがって濡れたソックスをベッドの下の濡れた何枚かのショーツと一緒にして隠し、ヒキガエルたちをジャケットのポケットに入れるとハンナの部屋へ歩いていく。ドアがうっすら開いている。ハンナはドアに背中をむけて寝ている。わたしは部屋に入り、手をハンナのネグリジェに入れて裸の腰に当てる。ハンナの皮膚に鳥肌が立つ。レゴのプレートみたいな手ざわり。そこに自分をカチッと組み立てられるかも。もうけっして離れないように。ハンナが眠そうに体をくるんとこちらへ向ける。わたしはモグラのことや、お父さんにジャケットを脱げって言われたことを話す。けんかのこと、出ていくって脅かすこと、いつもそう言って脅かすことも。

「わたしたち、孤児になるんだよ」わたしは言う。

ハンナは半分しか聞いていない。なにか別のことを考えてる目をしてる。わたしはイライラする。わたしたちが一緒にいる時にはふつうならいつも敷地をうろうろしている。そして、逃げ道をあれこれ考えたり、もっといい暮らしを空想したり、ゲームの〈ザ・シムズ〉みたいな世界をまねしたりする。

「モグラ罠にはまる、それとも、温度計の水銀を飲みこむ?」

ハンナは答えない。ハンナは懐中電灯でわたしの顔を照らす。わたしは目の前を腕で覆う。わたしたちがうまくいっていないことがハンナにはわからないんだろうか? わたしたちが睡蓮の葉に乗ったお父さんとお母さんからゆっくりと遠ざかっていくってことが。その逆じゃないってことが。死はお父さんとお母さんにだけやってきたんじゃなく、わたしたちの中にもいて、それはいつも生身の体や動物を探してて、なにかを捕まえないではおさまらないってことが。わたしたちはいとも簡単にちがう結末を選べる、わたしたちの知ってる本の中のとはちがう結末を選ぶことだってできるってことを。

「きのう、死はこんなものだと想像できるんだって聞いたよ。だんだん自分の中に穴が増えていく。なぜかというと、死は自分が壊れちゃうまでかじるから。それなら、いっそ、自分で壊れちゃうほうがましだ。そのほうが痛みが少ない」妹は顔をわたしの顔のそばに近づける。わたしは続ける。「むこう側には、暗闇の中でだけ上に覆いかぶさる人たちが待っている。ちょうど夜が昼を地面に押しつけるみたいに。だけど気持ちいいやりかたでね。そして、みんな、腰を動かすんだよ。ほら、ウサギたちもやってたようにね。そのあとは、ほんとの女の人になって、塔の中のラプンツェルみたいに髪を長くのばせるんだ。そしてなんにでもなれる。なりたいものぜんぶに」ハンナの呼吸が荒くなる。わたしの頬っぺたは、ほてってくる。そして、ハンナが懐中電灯を枕の上に置いて、片方の手でネグリジェをまくりあげ、もう片方の手をカラフルな水玉もようの下着に押しつけているのを見る。ハンナは目をつむって、口を少しだけ開けている。ショーツに当てた指が動いている。

ハンナがうめきはじめ、その小さな体を傷ついた動物みたいにまるくすると、わたしはあえて動かずにいる。ハンナは体をかすかに前に押したりもどしたりする。わたしがぬいぐるみのクマにするみたいに、でもこれはちがうけど。ハンナがなにを考えてるのか、わたしにはわからない。ただ、ディスクマンがほしいだとか、ヒキガエルの交尾を思い出してるとかではないってことはわかる。それじゃなに？　わたしは枕から懐中電灯をつかんでハンナを照らす。おでこに汗の粒がいくつかついている。冷たい場所で熱くなりすぎた体から出る水滴みたいに。急いで助けてやらないといけないのかどうか、わからない。痛いのか、それとも、熱が出てるみたいに見えるし、もしかしたら四十度になってるかもしれないから、下からお父さんを連れてこなくちゃいけないかどうか。

「なに考えてるの？」わたしはささやく。

ハンナの目はどんよりしている。どこかわたしのいないところにいるのがわかる。あのコーラ缶の時みたいに。わたしはイライラする。わたしたちはいつも一緒なのに。

「裸の男」ハンナが言う。

「そんなの、どこで見たっていうの？」

「ファン＝ラウクのお店。雑誌のところだよ」

「行っちゃいけないことになってるじゃない。ファイヤーボールを買ったの？　辛いやつ？」

ハンナは答えず、わたしは心配になる。ハンナはあごを持ちあげて両目をぎゅっとつむり、下唇を歯で噛んで、もう一度うめくとベッドの中のわたしの隣りにドサッと倒れる。汗びっしょりになって、顔のわきに髪が一筋、張りついている。痛いようなそうでないような感じ。ハンナの行動を説明してみようとわたしは考える。これは、わたしがハンナを水につき落としたせいなんだろうか？　ハンナはもうすぐちょうちょが繭からはい出すみたいに自分の皮を突き破って、それからパタパタと窓に当たり、オブの手の中で粉々に壊れるんだろうか？　わたしはハンナにごめんなさいと言いたい。そういうつもりで湖につき落としたんじゃなかったって。マティースの頭がどんな風に沈んでいったのかを見たかった。でも、ハンナの頭はマティースのではなかった。わたしはどうして一緒くたにしてしまったんだろう？　ハンナに悪夢のことを話して、そして、冬がまたそりに乗ってやってくるからには、けっして湖でスケートしないって、ハンナに約束してほしい。でもハンナはしあわせそうだ。そして、わたしが怒ってプイっと横を向こうとしたちょうどその時、聞きなれたカチンという音がする。ネグリジェのポケットからハンナは赤いファイヤーボールを二つ取りだす。わたしたちは気持ちよく並んで寝ころんでガムをしゃぶり、ふくらませて、ファイヤーボールが辛くなってくると時々ゲラゲラ笑う。ハンナはわたしに体を押しつけている。わたしたちの知ってることなんて、ハンナのネグリジェの上でピチンと音を立てる肩ひもみたいに薄っぺらい。隣りでは、部屋のドアがバタンと閉まり、お母さんの泣く声がする。あとは静かだ。以前は、お父さんの手がお母さんの背中をふとんたたきみたいに、愛をこめてたたいてたのが聞こえたものだ。昼間お母さんが吸いこんだものを吐きださせてあげようと。あの灰色のものぜんぶ、日々のちりやほこり、何層もの悲しみ。でも、ふとんたたきはもうずっとなくなったままだ。

ハンナがふうせんを大きくふくらませる。それはパチンとはじける。

「さっきはなにしてたの?」わたしはきく。

「わかんない」ハンナが言う。「最近よくあるんだよね。お父さんとお母さんには言わないでよね」

「うん」わたしはやさしく言う。「もちろんだよ。ハンナのためにお祈りするよ」

「ありがとう。お姉ちゃんって、だれよりもやさしいね」

十二

目覚めた時、わたしのいろんな計画はいつもより大きいものに思える。朝のうち、椎間板に水分がより多く含まれていて背が数センチのびたように思えるのと同じに。でも、今回、計画は等身大のままだ。きょう、わたしたちはむこう側へ行く。それで変な感じがするのか、まわりがいつもより暗く見えるのかどうか、わからないけど。オブと一緒に、わたしは牛舎の裏に立っている。わたしたちの上から初雪が降っている。ほっぺたに雪の塊が張りついていく。まるで神さまが上からわたしたちの頭に粉砂糖をふりかけているみたいだ。けさ、お母さんが今シーズン初めて作ったオリーボレン（オランダ風ドーナッツ。アップルベニエとともに大晦日に食べる伝統食となっている、日本でいう年越しそばのようなもの）にかけていたみたいに。オリーボレンにかぶりつくと口のまわりが油にまみれる。お母さんがオリーボレン作るの、今年は早かった。お母さんは自分で揚げて、ミルク缶の中に三層にして入れた。オリーボレン、キッチンペーパー、アップルベニエの順に。そして、いっぱいにした二缶を地下室へ、ユダヤ人たちのところへ持っていった。その人たちだって無事新年を迎える権利があるんだから。お母さんの両手はアップルベニエのためにリンゴの皮むきをしたせいですっかり曲がっていた。

オブの髪は雪で白くなっている。オブはわたしが生贄を捧げたら、ベッドでまだおねしょをすることを言いふらさないって約束した。そして、〈最後の審判〉の日もきっと延期になるって言った。オブは、お父さんのニワトリ小屋から雄鶏を一羽引き出してきた。お父さんはこの鶏をとても自慢にしていて、時々「七つの乳房を持った牛と同じくらいの値うちだ」って言うほどだった。それは、背中の羽が真っ赤で、首が緑で、耳たぶが大きくて鶏冠《とさか》が輝いてるみたいだからだ。この雄鶏はたった一羽だけなににもやられず無事生き残ってて、胸を突きだして敷地じゅうをねり歩いている。雄鶏はわたしたちの前に静かに立って、眠そうな目でこちらを見ている。わたしのジャケットのポケットの中でヒキガエルたちが動くのを感じる。風邪ひかなきゃいいけど。手袋の中に入れればよかったな。

「三度鳴いたら黙らせていいぞ」オブが言う。

そしてわたしに金づちを渡す。わたしがこれを握るのは二度目だ。わたしは考える。お父さんとお母さん、ディウヴェルチェ、兄のマティース、グリーンソープでいっぱいのわたしの体、神さまとその不在、お母さんのお腹の中の石、わたしたちに見つけられない星、脱がないといけないわたしのジャケット、死んじゃった牛の中のチーズの検査棒のこと。雄鶏はたった一度鳴いただけだった。あとには、その肉のあいだにくぎ抜き金づちが取り残されて、死骸が敷石の上に横たわっていた。この同じ金づちで、お母さんはわたしに貯金箱を打ち壊すように言った。いま、ここからはお金ではなく、血が流れ出している。自分の手で生き物を殺したのはこれが初めてだ。それまではただの共犯者だった。いつか、おばあちゃんのいた特別ケアハウス——っていっても特別なものはどこにも見当たらなかったけど——で、わたしがクモを踏み殺した時、おばあちゃんが言っていた。「死というのは、いろんな行動の過程で、その行動にもいろんな段階があるんだよ。死はただ起こるんじゃない。いつもなにかわけがあるんだ。今回はおまえだよ。おまえもなにかを殺せるってことだ」おばあちゃんは正しかった。わたしのほっぺたの雪は、流れる涙で解けはじめた。肩は不規則にひくひく動き、止めようとしても止まらなかった。オブは雄鶏の肉のあいだから金づちを無造作に引き出して、牛舎の横にある蛇口の下で洗うと言う。「おまえ、ほんとに病気だな。こんなことまでするなんてな」それからオブはくるりとあっちを向き、雄鶏の両足を持って牧草地へ歩いていく。雄鶏の頭が風に吹かれてかすかに揺れている。わたしは自分の震える両手を見る。わたしはショックで身を縮めていた。そしてまた身を起こして立ちあがると、なんとなく関節に割りピンが入ってて、すべてくっついてるけど独立して動いてるみたいな気がする。そして、いきなりわたしの横を羽にインクをこぼしたような黒い斑があるスグリシロエダシャクが飛ぶ。オブのちょうちょコレクションから逃げだした蛾だと思う。そうにちがいない。十二月にちょうちょや蛾がいるわけない。みんな冬眠してる。わたしは両手をかごみたいにまるくしてそれを捕まえ、耳もとに当てる。オブの髪の毛もだけど、オブのおもちゃにはなにもさわってはいけない。そうでないとオブは激怒するか、罵るかだ。頭のてっぺんにだってさわってはいけない。オブは自分ではいつもすぐ手を当てるのに。手の中の蛾があわてふためいて羽ばたいているのが聞こえ、手を握りこぶしにしてつぶす。まるで無礼な言葉の書かれたメモ用紙みたいに。静かになる。ただ、わたしの内の暴力が騒音を立てている。それはだんだん大きくふくらんでいく。まるで悲しみのように。でも、悲しみには、ベルが言ってたようにもっと空間が要る。それを暴力はあっさりとつかみ取ってしまう。わたしは手の中で死んだ蛾を放し、雪の上に落として、長ぐつで上から新しく雪をかける。氷のように冷たいお墓。わたしは怒って握りこぶしを牛舎のドアにたたきつけ、こぶしの先を少しすりむく。歯を食いしばって牛舎を見る。またここがいっぱいになるまで、もうそんなにはかからないだろう。お父さんとお母さんは新しい牛たちを待っているところだ。お父さんなどは飼料サイロのペンキを塗り直したほどだ。それでわたしは不安になっている。塗りたてのペンキは、お母さんにとっては心の中にちらつく自殺願望のように、前よりももっと目につくだろうから。とはいっても、すべてはまた、まるでふつうになるみたいな気がする。マティースのことや口蹄疫のあと、みんながまた、まるでふつうに過ごしているみたいに。わたしをのぞいては。もしかしたら、死への願望は伝染するのかもしれない。それとも、ハンナのクラスの頭ジラミみたいにぴょんと次の頭――わたしの頭――に跳びうつるのかも。わたしは雪の上にあおむけに倒れて、両手を広げちょっと上下に動かす。いま、空に昇れるなら、いま、陶器になれるなら、わたしはどんなことでもしたい。だれかにまちがって落っことされてわたしが粉々に割れ、銀紙に包まれたあのクソ天使たちのように壊れて役立たずになったわたしをだれかが見るためにならなら。わたしの吐き出す小さい雲みたいな息はだんだん少なくなっている。雄鶏の肉に打ちおろした金づちの取っ手の感触がまだ手のひらに残っている。耳に残る雄鶏の鳴き声。「汝、殺すなかれ、報復するなかれ」わたしは仕返しをしたんだ。そしてそれは、あとひとつ災いが残っているって意味かもしれない。突然、わきの下に二つの手を感じ、わたしの体は起こされる。ふりむくと、そこにはお父さんが立っている。いつもの黒いベレー帽はもう黒ではなく、白くなっている。お父さんの片手がゆっくりとわたしのほっぺたのところまで持ちあがる。一瞬、わたしの肉が健全か病気かを検査するのかと、家畜商のところでみたいに平手でピシャってたたくのかと思う。でも、お父さんの指はまるく曲がり、わたしのほっぺたをなでる。それはあっという間のことで、わたしはそのあと、いまのはほんとうだったんだろうか、実はただの風だったのに、寒さでわたしたちの息が霧みたいな塊になったのをわたしが勝手に手だと思ったんじゃないだろうかと疑う。わたしは震えながら敷地の上の血のあとを見つめる。お父さんはそれを見ない。そして雪がゆっくりと死を隠していく。

「中にはいれ。すぐジャケットを脱がしに行ってやるから」お父さんが言い、ビーツ剝きの機械のある牛舎の横へ歩いていく。お父さんがハンドルをゴリゴリとまわすと、錆びた歯車がきしみながらまわる。砕かれたビーツがお父さんのまわりに飛び散る。そのほとんどは、鉄かごの中にはいる。これはウサギ用で、ウサギたちの大好物だ。歩き去る時、わたしは雪の上にあとを残していく。わたしがこう願うことはますます増えている。だれかがわたしを見つけてくれますように。わたしが自分自身を見つけられるようにしてくれますように。きっとこんな風に言いながら。「まだまだ、もっと先、近い、もうちょっと、あと一ミリ」って。

牧草地からもどってきたオブには、なんの変わったところもない。お父さんに背をむけてオブはわたしの前に立ち、わたしのジャケットのファスナーに手をかけると、いきなり乱暴に引き上げる。おかげでわたしのあごの皮が挟まってしまう。わたしは叫び声をあげ、一歩後ろに下がる。そっとファスナーを下げると、金具のあいだに皮が挟まって剝けた皮膚が痛い。

「裏切ったらこうだからな。これはまだ序の口だ。おれが企んだなんて、もしおやじに言ったらただじゃすまさねえよ」オブがささやく。そして、指で自分の首もとを切る動作をすると、向きを変え、お父さんに向かって「いよっ」と片手をあげてあいさつする。オブは一緒に牛舎の中にはいっていい。お父さんはひさしぶりに全頭の牛が処分された場所に足を踏み入れる。一緒に行くかときかず、わたしを寒さの中に置きざりにする。ファスナーのあいだにはさまった肉とお父さんに触れられて熱くなったほっぺたと一緒に。イエスさまのように、わたしももう片方のほっぺたを見せなくちゃいけなかった。お父さんがそういう意味だったのかを知るために。わたしが家のほうへ歩いてもどると、ハンナが雪玉をころがしているのが見える。

「わたしの胸の中には巨人がいる」ハンナの隣りに並んで立つとわたしは言う。ハンナは手を休めてわたしを見あげる。凍えるような寒さで鼻が赤くなっている。ハンナはマティースの青いミトンの手袋をしている。それは獣医さんが湖から持ってきて、夕食用の肉みたいにお皿にのせて、ストーブの裏で解凍していた。マティースは、お母さんが失くすのを心配して両手のミトンをヒモでくっつけるのを子どもじみていると思っていた。お母さんは、指が凍えるのは最悪、と言った。あまりに長く寒さにさらされた心臓や、それがどんなにひどいことかを考えずに。

「その巨人はそこで何をしてるの？」ハンナがきく。

「ただ、座ってる、ドスンと」

「いつからいるの？」

「もう長いこと。でも今回はもう立ちあがらない。オブがお父さんと一緒に牛舎へ行った時にやってきたんだ」

「あ」ハンナが言う。「やきもち焼いてるんだ」

「ちがうよ！」

「そうだよ。うそつきは主の大きらいなものだよ」

「うそなんかじゃないよ」

わたしは胸をふくらませて、また引っこませる。まるでわたしも金づちを打ちこまれたみたいに。金づちのあの感触はまだ残っている。ちょうどわたしの上にオブがのしかかった重みが、シャワーを浴びたあともずっと残ってたのと同じように。わたしは、オブがお父さんと一緒に行けるのにやきもち焼いてるんじゃない。オブはお父さんのたいせつな雄鶏が死んだことをちゃんと知っていたのに、どうして雪の上に張り倒されないのかということだ。どうしてオブはわたしたちを巻きぞえにするような冷酷なことをしてるのに自分はぞっとしないんだろう？　ハンナに雄鶏のことを話したい。お父さんとお母さんに生きててもらうために、わたしがどんな生贄を捧げなくてはならなかったか。でも、わたしはなにも言わない。ハンナに余計な心配をさせたくないから。もし話したら、ハンナはもう二度とわたしに、どんなにたくさんのものが隠れてるかわからないわたしの胸に、ハンナが思ってるよりももっとたくさん隠せるそこに、寄りかからなくなるかもしれない。これもあんな午後と同じだと、わたしは思う。日記にプリットのりで別のページに貼っておいて、あとでそっとはがす午後。はじめによけておいて、あとでほんとうに起こったことだったのかと見る出来事。

「自分自身を大きくすれば、巨人は小さくなる」ハンナが言い、二つの雪の玉を積み重ねる。胴体の上に頭。それを見て、ハンナとオブと一緒に雪だるまを作って、それにハリーって名づけた時のことを思い出す。あれはクリスマス当日だった。

「ハリーのこと、覚えてる？」わたしはハンナにきく。ハンナの口の両端はくるんと持ちあがり、ほっぺたがボールみたいに、白いお皿の上にモッツァレラチーズが二つ乗っかってるみたいになる。

「ニンジンを変なところにくっつけちゃったよね。お母さんがあわてふためいて、貯蔵してたニンジンまるごとぜんぶウサギ行きになっちゃった」

「ハンナのせいだったんだよ」わたしはニヤニヤしながら言う。

「ファン＝ラウクのお店のあの雑誌のせいだよ」ハンナが修正する。

「その次の日の朝、ハリーはいなくなって、お父さんが雪でずぶ濡れになって居間にいた」

「重大な知らせだ。ハリーが死んだ」ハンナは野太い声をしながら言う。

「そして、もう二度とグリーンピースとニンジンのつけ合わせじゃなく、グリーンピースだけしか食べなかった。ニンジンを目にしたらまたやらしい想像するからって」

ハンナは背中を曲げて笑っている。わたしは無意識に腕を広げる。ハンナは膝の雪をはらって立ちあがる。そしてわたしにしっかりしがみつく。こんな真昼間から寄りそって抱き合うのなんて奇妙だ。まるで、昼間は腕がこわばって、夜はワセリンを塗ったみたいになるとでもいうように。わたしたちの顔みたいに。ハンナは突然、ジャケットのポケットから折れたタバコを取りだす。敷地内で見つけたんだけど、きっと夜中にオブの耳の後ろから落ちたにちがいない。オブはタバコをそこに挟んでいる。なぜかというと、村じゅうの男の子たちがそうしてタバコを挟んでるから。ハンナはちょっとタバコを唇のあいだに挟むと、雪だるまの頭のニンジンの下に挿しこむ。

十三

手を見る。握りこぶしの関節の先が赤くなって、そのうちの二ヶ所は皮がすりむけている。そこの肉だけは赤にピンクが混ざったよう、破けて血のにじんだ縁のところはエビの頭が破裂したみたいだ。わたしは物置き小屋へ歩いていき、かたっぽの長ぐつの先をもうかたっぽのかかとに当てて手でさわらないようにして長ぐつをぬぐ。もうだれも助けを求めなくなってひとりぽつんと立っている長ぐつぬぎを使いたくない。牛たちがいなくなってからというもの、お父さんとお母さんは黒い木靴しか履いていない。以前、うちには鋳物の長ぐつぬぎがあったけど、それはお父さんの変形した足のせいで曲がってしまった。長ぐつをぬぎ捨てて仕切りドアを通り、キッチンにはいる。そこはピカピカで、椅子だってテーブルから同じ間隔をあけてあるし、いくつものコーヒーカップはカウンターの上にしかれたふきんの上にきれいにふせてあって、スプーンはその隣りに先をそろえて並んでいる。カウンターの上にノートが置いてあり、こう書かれている〝**よく眠れなかった**〟。そしてその上に日づけ。殺処分の前の日だ。口蹄疫が発生してからの日々、お母さんの文は短くなってる。牛たちが殺処分になった日のところはこうだ〝サーカスがはじまった〟。これ以上でもこれ以下でもなく。ノートの横にメモが一枚置いてある〝応接間で家庭訪問。静かにすること〟。

居間にくつ下でそっと入り、応接間のドアに耳を当てる。教会の長老たちのおごそかな話し声が聞こえる。長老たちは週に一回、〈説教の成果〉があるか、つまり〈御言葉の撒かれたあとに作物は育っているか〉を見にやって来る。わたしたちがよきクリスチャンか、神さまに、そしてレンケマ牧師の説教に耳を傾けているか？　そのあとは決まって赦しについて話しはじめる。マグカップのコーヒーの中をかきまわして、わたしの腹いたのもとになる、錐で穴をあけるような視線そっくりのうずまきを作りながら。家庭訪問の時には、だいたいはお父さんとお母さんが一緒に受けてわたしたち三博士は一ヶ月に一度そこにいればいい。そういう時には、聖書のどの部分をよく知っているか、インターネットやアルコール、成長期のあふれだす情熱、外見の変化についての考えや接しかたをよく質問される。そのあとはいつもの警告の言葉。――義認に聖化が続くのだ。この二つは切り離せない。パリサイ人のような偽善に注意しなさい――

これから新しく家畜たちが到着するところなので、お父さんは準備に忙しい。だからきょうはお母さんがひとりで家庭訪問を受けている。ドアのむこう側で長老のひとりが質問するのが聞こえる。「いま、あなたの行いはどれほど清らかでしょうか？」わたしは耳をドアの板にもっと強く押しつける。でも、答えは聞こえない。お母さんが小声の時って、だいたいもう察しがつくんだけど、神さまに聞かれたくないわけ。とはいっても、わたしたちはみんな、長老たちの耳は主の耳でもあるってことを知ってる。それに耳はそもそも神さまが創ったんだしね。

「バターサブレはいかがですか？」突然お母さんが大きな声でたずねるのが聞こえる。そしてフタにベアトリクス女王の顔がついてるクッキーの缶を開ける。バターサブレは絶対にコーヒーに浸してはいけない。わたしのいるところからでも、あのほろっと崩れるバターサブレの甘い香りがする。バターサブレは絶対にコーヒーに浸してはいけない。浸したらすぐにボロボロになるし、そうしたらコーヒーの底にたまってるのをスプーンですくわないといけない。それでも毎回長老たちはバターサブレをマグカップの中に浸している。牧師さんが教会の洗礼式で、〈マタイによる福音書〉からの言葉を静かに唱えながら、もろくて壊れそうな子どもたちを水の中に浸すのと同じ用心深さで。

わたしは時計を見て、家庭訪問がまだはじまったばかりだとわかる。長老たちは、少なくともまだ一時間はいる。よかった。それなら、だれにもじゃまされない。わたしは地下室のドアをそっとたたいてささやく。「ごめんください、善良な民でございます」応答なし。お父さんの雄鶏を殺したわたしはもう善良な民じゃない。だけど「悪《あ》しき民でございます」って呼びかけてもやっぱり返事はない。おびえてカサコソ逃げる足音もしないし、だれもアップルムースの瓶の並んでる裏にすばやく隠れるようすもない。といっても、オブとハンナがパンにでもなんにでもいろんなものにつけちゃうから、アップルムースの瓶はもうほとんどないんだけど。

わたしはドアを押して開け、手探りで壁をつたって電気のヒモを探す。電気は点こうかどうしようかと迷ってるみたいにしばらくまたたいてから、一気にパッと点く。地下室には、オリーボレンとアップルベニエのつまったミルク缶からの揚げ油のにおいが立ちこめている。ユダヤ人たちはどこにも見えない。ユダヤ人たちの上着についてるグロウ・イン・ザ・ダークの星もどこにも光っていない。棚のボードの上のクロスグリのジュースのビンも、数十缶のウインナーやビン詰めのアドヴォカートの横にもとのまま並んでいる。もしかしたら、みんな逃げていってしまったんだろうか？　あぶないからってお母さんがどこか別の場所へ連れていったのかな？　わたしはドアを閉め、クモの巣にひっかからないように頭を曲げて地下室のもっと奥へと歩いていく。もうだれも隠れていない中の灰色のクモの巣の静けさ。ジャケットのポケットの中のヒキガエルたちをさわる。二匹はようやく上下に重なって、氷の塊みたいにジャケットの布にくっついている。「すぐに自由にしてあげるよ」わたしはカエルたちにやさしく言い聞かせる。そして〈出エジプト記〉の言葉を思い出す。――異国人をしいたげてはならない。汝ら自身、異国人の立場を知っているからだ。なぜなら、汝らもかつてはエジプトの国で異国人であったからである――二匹を自由にしてやる時だ。だって、二匹の皮膚が冷たくて、まるでお母さんが雑貨屋さんの〈ヘーマ〉で買ったフォンダンクリーム入りのカエルとネズミ型のチョコみたいだから。わたしはいつも銀色の包み紙を爪でなめらかにのばしてとっておく。

きのうテレビで、ディウヴェルチェ・ブロックが紫のカエルの頭をかじっていた。そして、白い中身を見せた。中はアイスクリームでできてて、ディウヴェルチェはウィンクして言った。なにもかもうまくいくからだいじょうぶ。ピートたちが迷子になっても目ざといお百姓さんが見つけて道を教えてあげるから。どの子も、みんなの心みたいにきれいに煙突をそうじしておきさえすれば、ちゃんとプレゼントをもらえますよ。

そのあと、お母さんはアイロン台のむこうからクイズ番組の〈リンゴー〉を見ていた。ハンナは、お母さんもテレビに出て参加しなくちゃ、みんなでお母さんの申しこみをしようと提案した。わたしはハンナに向かってダメダメと首をふった。もしもお母さんがテレビのガラスのむこうの人になったら最後、わたしたちは二度とお母さんを取りもどせない。それか、スクリーンが雪景色になった時にはピクセル画像でもどってくるかもしれないけど。それに、そうしたらお父さんはいったいどうなる？　そして、だれが十文字の言葉を当ててるっていうの？　それ当てるの、お母さんが得意なんだから。きのうは〈D〉ではじまる言葉だった。お母さんははじめて当てられなかったけど、わたしにはすぐにわかった。〈D-u-i-s-t-e-r-n-i-s〉――暗闇――それは、無視できないぞというサインみたいにわたしには思えた。

壁に寄せて置いてある冷凍庫のところで、わたしは立ち止まっている。そして、上にかかっている、四隅にくだもの型の錘がついている布――地下室には風なんて吹かないから要らないのに――をわきへ寄せると上の扉を開ける。クリスマスのシュトレンがいくつかはいってるだけなのが見える。お父さんとお母さんは毎年、肉屋さんやスケート協会、スケート連盟からシュトレンをもらう。わたしたちには食べきれないし、ニワトリたちも飽き飽きしてて、つつかないまま養鶏場にほったらかしになって、だんだん朽ち果てていく。

冷凍庫の上の扉はとんでもなく重くて、内側のゴムパッキンがはがれるまで思い切り引っぱらないといけない。お母さんはわたしたちにいつも警告していた。「もしここにころげ落ちても、次に見るのはクリスマスの頃なんだからね」すると、凍ったアーモンドペーストみたいになったハンナの体や、お母さんがそんなハンナをくりぬいているところが目に浮かんだ。なぜかというと、お母さんは甘いアーモンドペーストは好きじゃなくて、でもシュトレンの外側の皮のところは好きだから。

一度上の扉が開くと、わたしは急いで冷凍庫の縁にあるつっかえ棒を立てて、上の扉が開いたままになるようにする。そしてそこに、あの湖の氷の割れた穴みたいなところに体をねじこむ。とたんに凍えるような冷たさに息がつまる。マティースのことを考える。マティースもこんな風に感じたんだろうか？　マティースも急に息切れするような呼吸になったんだろうか？　突然、獣医さんがエヴェルトセンさんと一緒にマティースを水から引きあげた時に獣医さんの言ったことを思い出す。「人が低体温になっている時には、割れものにさわるように扱わなければいけないんだ。ほんのちょっとのことでも、死に直結するかもしれない」わたしたちはもうずっと、ほんとうに気をつけてマティースと接してきた。マティースの話さえしないように。そうしてわたしたちの頭の中でもマティースが粉々の破片になってしまわないように。

わたしはクリスマスのシュトレンのあいだに横になると手を組み合わせる。またもパンパンに腫れているお腹の上に。ジャケットの上から、突き刺さってる画びょうや冷凍庫の両側の壁の氷を感じる。そして、スケートが氷をける音が聞こえる。それから、ヒキガエルたちをジャケットのポケットから取りだしてわたしの隣りに置く。二匹の皮膚は青っぽく見える。目をつぶっている。ヒキガエルが重なると、オスの前足の親指は黒いタコみたいなコブになってメスにしっかりつかまっていられるようになるとどこかで読んだ。二匹がじっと静かにくっついているのを見て、わたしは涙が出そうになる。ジャケットのもう片方のポケットから、きれいにのばしたチョコレートのカエルの色つきの銀の包み紙を取りだし、それを二匹の上にそっとかけてやる。寒くないように。あとはもう考えずに、つっかえ棒を足でけって、そしてささやく。「大好きなマティース、すぐ行くからね」バタンと大きな音がして、冷凍庫の中の小さなライトがふっと消える。真っ暗で静かになる。氷のように静かに。

訳者あとがき

本作『不快な夕闇』（原題*De avond is ongemak*）の著者、マリーケ・ルカス・ライネフェルト（Marieke Lucas Rijneveld）は、一九九一年、オランダ南部の北ブラバント州ニウエンダイクという小さな村に生まれ、ユトレヒト大学に入学するまでを同地で過ごした。今年（二〇二三年）で三十二歳になる。大学で国語教師になるためのコースを一年履修した後、アムステルダムの作家養成学校に通った。生家は酪農ではなかったが農家であり、また、小説に描かれているほど厳格ではなかったにしても、改革派プロテスタントの家庭だった。三歳の時、当時十二歳だった兄を交通事故で失くしている。小学生時代、J・K・ローリング『ハリー・ポッターと賢者の石』に夢中になった。両親が同書を読むことを――邪悪な書物だと――いわば禁じており、図書館で借りた本を一冊まるごとキーボードで打ちこんでコンピューターに保存したほどだった。二〇一五年のデビュー詩集『仔牛の羊膜（原題*Kalfsvlies*）』は詩集としては異例にも版を重ね、翌年には、国内の新人詩人に授与される著名な賞を受賞する。当時は、本名のマリーケ・ライネフェルトと名乗っていた。

二〇一八年に上梓した本作は初の小説で、マリーケ・ルカス・ライネフェルトとしても初の著作である。詩集が先になったのは計画していたのではなく、本作も同時に執筆していた。以後、これまでに『幻想夢（原題 *Fantoommerrie*）』（詩集、二〇一九）、『僕の愛しいお気に入り（原題 *Mijn lieve gunsteling*）』（小説、二〇二〇、ちなみに、この二作目の小説には段落がない！）、『クミンを割く者たち（原題 *Komijnsplitsers*）』（詩集、二〇二二）、『温かな砦（原題 *Het warmtefort*）』（エッセイ、二〇二二）と、奇しくも韻文・散文作品を交互に上梓している。

ルカスというのは、小学生のころ、男の子になりたいと思っていた作家の空想上の男友達の名である。中学に入ると変わり者扱いされて多少いじめにあい、高校を卒業するまでは「ロングヘアでいかにも女の子っぽい服を着て」過ごしていた。二十代前半に、作家はあらためて自己と向き合うようになった。しばらくはノンバイナリーを自認していたが、そのうちマリーケでもルカスでもありたい自己に気づき、自分の分身的なルカスを加えたペンネームを用いることにした。二〇二二年には、男性（he/him）として生きる道を選択したと公表している。

本作の主人公の名であるヤス（オランダ語ではJas）は、ジャケット（あるいはコート）という意味であり、ヤスのジャケットは物語の中で重要な役割を果たしている。

小説には、長男の死を発端として、残された家族が各々その喪失と向き合うさまが描かれているが、常に鬱々としているわけではなく、軽妙なユーモアも散見される。また、粗野で非道な次兄のオブとは異なり、楽観的な妹のハンナは仄《ほの》かな希望のような存在である。二〇〇一年にオランダ全土で猛威を奮った口蹄疫も登場するが、これがとくに酪農家にとって悪夢のような出来事だったのは紛れもない事実で、当時十歳だった作家の生家付近でも同じ状況だったことは想像に難くない。牛を愛する作家は、二〇一六年ごろには酪農家でアルバイトをしており、そこでの主な作業は牛糞の始末だった。当時のある詩関連のイベントで、作家は「とてもインスピレーションの湧く仕事だ」と冗談まじりに話している。ちなみに、十八歳以降、牛肉は口にしていない（が、魚は食べる）そうである。

本作には聖書関連の事柄も頻出する。両親が敬虔な改革派プロテスタントで、教会に通うヤスの身のまわりには、常に聖書の言葉がある。ヤスは、兄のマティースが死んだのも、両親がもう〈交尾〉しなくなったのも自分のせい、その罰があたかも聖書の〈十の災い〉であるかのように天から降りかかるものだと思いこむ。物語を読み進むにつれ、聖なるものであるはずの言葉の数々はしだいにヤスを追いつめ、まるで呪縛となっていくかのようにも感じられる。自己を外界から守ってくれるジャケットを無理やり脱がされそうになったヤスは、〈十の災い〉の最後に残った〈暗闇〉というメッセージを感じ取り、物語は終幕へと向かう。

ライネフェルトは、本作のエピグラフの詩の作者であるヤン・ヴォルカース（Jan Wolkers 一九二五〜二〇〇七）に心酔しており、ヴォルカースの作品から小説の書き方のすべてを学んだと言っている。かつてオランダ文学の四大作家の一人と称されたヤン・ヴォルカースも、ライネフェルトと同じく改革派プロテスタントの家庭に育ち、実父との関係や当時の保守的なオランダ社会と葛藤した作家である。そして長兄を病気で失っている。ヴォルカースの型破りな小説『危険な果実（原題 *Turks fruit*）』（一九六九）は世界的にヒットし、オランダ人監督であるポール・バーホーヴェンにより一九七三年に映画化もされた（邦題『危険な愛』）。ヴォルカースはまた、自然や動物を愛した作家でもある。本作の執筆中、ライネフェルトは仕事場の机の目の前の壁に自分のヒーローであるヴォルカースのポスター、その横に、友人からの大切なアドバイス〝冷徹に（書く）〟を紙に大きく書いて貼りつけ、励みにしていた。

二〇二〇年に、本作の英訳者とともにブッカー国際賞を受賞したライネフェルトは、初のオランダ人作家として、しかも、初の小説にしていきなり同賞に輝くという快挙を成し遂げたばかりでなく、同賞の歴代受賞者としても最年少という記録を打ち立てた。自身の大好きなロアルド・ダールや『ハリー・ポッター』を生んだ英国で認められたことは、ライネフェルトにとって大きな喜びだったにちがいない。

これを契機に、ライネフェルトは国内でも一気に脚光を浴びるようになった。まさに、〈オランダ文学界の若き巨星あらわる〉といった扱いだった。二〇二二年のオランダ全国読書週間には、著名な作家が手がける書き下ろし作品の執筆者に選ばれ、その年のテーマ〈初恋／ファーストラブ〉をエッセイ（前出の『温かな砦』）に仕立てた。

二〇二三年一月現在、作家は三作目となる小説『シギF．の悲しみ（原題 *Het verdriet van Sigi F.*）』を準備中である。『不快な夕闇』邦訳刊行にあたり、文学に関連する質問を二問だけさせてもらった。以下がそのやり取りである。

Q1. あなたの小説がこのたび日本で翻訳されることについて、どんな気持ちでしょうか？

自分の本が世界中で翻訳されるということが、いまだに現実とは思えないでいます。そこに日本が加わるというのは、とても誇らしく名誉なことです。日本の読者が『不快な夕闇』をどのように思うのかに、大変興味があります。それは、内容がいかにもオランダらしく、わたしたちの文化が日本とかなり違うからでもあります。でも、逆を言えば、その違いこそが文学を重要なもの、希望を与えるものにしているのだと思います。なぜなら、わたしたちはそこからどんなにたくさんのことを学ぶことができるかしれないからです。ですから、主人公のヤスの思いが日本の読者の心にも響くことをとくに願っています。

Q2. 日本の作家の作品を読んだことはありますか？

偶然にもいま、大江健三郎の『セヴンティーン／性的人間』というタイトルの本を読んでいるところです。しばらく前、新聞で書評を読んで関心を持ちました。まだ読み始めたばかりですが、すでにすばらしい作品だと思っています。ある少年が自分の性的な特質を発見するという物語ですが、いまの自分が本当の自分ではないと感じ続けていると、人は時に道を踏みはずしてしまうものだという物語でもあります。

同書の刊行当時の大騒動については知っています。ですから、いま現在こそ、この本を読むことあるいは再読することが大切なのだと考えます。ここに書かれている多くの事柄がいまもなお当てはまるからです。そして、文学に境界があってはならないし、文学を追放してはなりません。想像する力はわたしたち人間の持つ自由の一部なのですから。

早川書房の編集者、茅野らら氏には大変お世話になった。ズームやメールでやり取りをする中で、わたしたちは日本とオランダでそれぞれコロナに感染し、編集作業のままならない日々もあった。どちらの体調も戻り、校了を迎えることができてなによりである。冒頭の二つのエピグラフをいとも簡単に翻訳してくれた夫の國森正文はオランダ語の達人でもあるが、ふだんは静かに日本の古典を愛読しているような人で「こんな芥川賞みたいなとんでもない小説、つき合いきれないなあ」と言いつつも、訳者の疑問について逐一ともに考えてくれた。オランダで生まれ育ち、蘭・英・日トリリンガルの息子、潮音《しおね》も、オランダ語ネイティブとしてきわめて適格なアドバイスをくれた。ちなみに、英訳では、たとえばヒトラーに関するジョークなどの削除部分や英語読者のためだけに工夫されている箇所も少なくない。邦訳では、作家の希望どおり、可能な限りすべてを訳出したつもりである。

聖書関連の事柄については、敬虔なプロテスタントである友人の水越啓《さとし》氏、榊原順子氏にアドバイスをいただいた。そもそも、オランダ国定訳聖書の和訳というものは存在しないので、聖書からの引用部分については、その都度いくつか種類のある聖書の日本語訳から適当だと判断したものを用いた。オランダ人でもふつうは知らないような古い祈禱文や、作家自身が一部を故意に誤って記していたり、ひねりを加えていたりする箇所もあり、苦労もあった。約二年前に翻訳の依頼をいただいた際には、このようなタイプの小説を手がけるのは初めてのことで戸惑ったが、こうして無事刊行にこぎ着けられたのは家族やよき友人たちのおかげでもある。心よりの感謝を捧げる。

二〇二三年一月二十二日　ライデンの自宅にて

國森由美子

解説

翻訳家・文芸評論家
鴻巣友季子

マリーケ・ルカス・ライネフェルトの二〇二〇年ブッカー国際賞受賞は鮮烈な衝撃を世界文学にもたらした。二十九歳での同賞最年少受賞もさることながら、その小説の内容も革新的だった。原題を*De avond is ongemak*、邦題を「不快な夕闇」という本作に描かれることは「不快」などというものではない。

しかも、これはデビュー作なのだった。

オランダで酪農場を営む改革派教会の信徒一家の崩壊の物語である。改革派のなかでも、ごく敬虔で厳格な信念をもつ両親。いや、敬虔で厳格なだけでなく、宗派の外部者からは常軌を逸しているようにも見えるだろう。

語り手のヤスは物語の出だしでは十歳。ある日、最愛の兄マティースがスケート大会のため、「向こう岸」へと出かけることになるが、連れていってくれなかった兄への腹いせに、ヤスは「どうか、(クリスマスのディナーになってしまうかもしれない)わたしのウサギではなく、兄のマティースを連れていってくださいませんでしょうか、アーメン」と神にお祈りする。すると、マティースは氷の穴に落ちる事故で突然亡くなってしまう。

遺された父母と、「三博士」と呼ばれる妹弟三人は悲しみと絶望のさなかに突き落とされる……はずなのだが、その深い悲嘆はいたく屈折しねじれた形で表れてくる。父母に関しては、息子を亡くしたというのに、それまでと変わらないひたすら禁欲的な毎日を送ろうとするのだ。

ひとの背負う罪、神のあたえし労苦、過酷な酪農場の仕事。ヤスは赤いジャケットを脱がなくなり、チックを発症して隠し、へそに画鋲を刺す。そして、慢性的なひどい便秘……。

支配的な父は彼女に「尻っぺた」を丸出しにさせ、石鹸の小片をのせた指を穴につっこむ。子どもの便秘のための療法だというが、性倒錯の気配を感じないでもない。語りのあちこちに顔を出すスカトロジー、父母の結婚前の中絶経験、ヤスと弟オブ、ヤスと妹ハンナのインセスト的な接触、動物への虐待、感染症対策のための殺処分……。

物語はヤスの妄想や狂気をとりこんでふくらんでいく。

■

ライネフェルト自身も、厳格なキリスト教徒の家庭に育ったという。いまの日本でこの小説を読むと、どうしても宗教の二世信者のことが重なってくるだろう。

ヤスの一家は兄を失っても、「〈主の家〉（教会のこと）にやっぱりふつうにやってきて、いろいろあってもやっぱり信じている」という。信徒たちの心は神に忠実であればあるほど、ある意味、不可逆の硬直に陥ってしまう。こんなくだりがある。

時間が経てば、傷口の柔らかい皮はこちこちに硬くなって、親指と人差し指でむける。わたしたちはつねに新しくなる。ただ、お父さんとお母さんはもう新しくならない。まるで〈旧約聖書〉みたいに、言葉も、しぐさも、生活パターンも作法も、くり返すだけだ。あとに続くわたしたちが二人からどんどん遠ざかっていくとしても。

まるでアパシーに陥ったような父母、父と発想を同じくする息子のオブ。がちがちの家父長制の家庭に閉じこめられたヤスとハンナの姉妹は、高い塔に閉じこめられたラプンツェル姫にたとえられもする。「ラプンツェルは、ある日、塔から救われた。わたしたちにも救い主が必要だよ。わたしたちをこのバカげた村から、お父さんやお母さんから、オブから、わたしたち自身から連れ出してくれるだれかが」と、ハンナは言う。

そう、彼女たちは因習的な村や親や教会からだけでなく、自分の中から出ていくことが必要だった。ところが、ふたりは自力で抜け出すには幼すぎた。

エンディングは「希望の光がひとすじ射してくる」類のものではない。しかしこの破滅の物語を語る子どもの言葉が詩性を帯びるのは、その明るさとユーモア故なのだ。

ライネフェルトは優れた詩人でもある。

■

ライネフェルトはその詩人の才能を買われて、あるアメリカ詩人の翻訳者に指名されたことがある。アマンダ・ゴーマン――バイデン第四十六代米国大統領の就任式に自作の詩を朗読して一躍国際的なスターとなった若い黒人女性の詩人だ。米国大統領の就任式には、詩人が登壇して詩誦をおこなうのが習わしで、黒人の詩人が起用されたのは、クリントン大統領就任式で登壇したマヤ・アンジェロウ、オバマ大統領就任式に呼ばれたエリザベス・アレクザンダーに続き三人目だった。

国民の連帯と絆、そして同時に多様性を重んじるその詩は、テレビやネットを通じて瞬く間に世界に広まり、各国、各言語からの翻訳の申込みが殺到した。そのなかにオランダ語版もあった。

同年代の若い小説家であり詩人のライネフェルトにエールを送るような気持ちで、ゴーマン自身が指名したと言われているが、その後に予想外の展開が待ち受けていた。ゴーマンの訳者にライネフェルトはふさわしくないと、ネット上で強い抗議運動が巻き起こったのだ。その主な理由は、ライネフェルトがゴーマンと違って「白人であり」「女性ではない」といった属性に関わるものだった（翻訳の実績がないという指摘もあった）。

これは国際的な論争に発展した。ライネフェルトは男女の性別は自認も公表もしていない。ブッカー国際賞受賞後、自らを指す代名詞は they/them にしてほしいと公表し、現在は he/him としている。ともあれ、このニュースを聞いた各国の翻訳者たちには戦慄が走ったことだろう。翻訳の力量や言語能力ではなく、原作者との属性の不一致でもって異議を唱えられたのだ。この伝で言ったら、代々日本に生まれ育った家系の翻訳者には、外国文学を訳すことが難しくなりそうだ。結局、ライネフェルトはゴーマン翻訳者のポストを辞任した。

これは、「代弁者・表現者の資格」、つまり当事者表象にまつわる議論に発展していった。突き詰めていけば、翻訳だけでなく、小説、詩、絵画、映画などの創作物、ドキュメンタリー制作、舞台演技、演奏、はては料理など、あらゆる文化、あらゆる表現行為に関わってくるだろう。たとえば、戦争を知らない者に戦争小説が書けるか、聴覚が健常な者にろうあ者の役を演じられるか？　などの問いにもつながっていく。

ライネフェルトの一件の後にも、ゴーマンのカタルーニャ語訳者（白人の男性で当時六十代）が「訳者には詩人と同じく若い活動家の黒人女性が望ましい」として、版元から契約を解除された。過去にブラックカルチャーに関する本も訳してきたベテラン訳者の彼は、「だったら、古代ギリシャのホメロスはだれにも訳せないではないか」という趣旨の疑義も呈している。

ここには、翻訳という場における複雑な政治的パワーバランスの問題もからんでいる。出版、映像、学術などの翻訳において、黒人と女性は白人と男性に比べて起用される機会が圧倒的に少なかった。そういう歴史的な不均衡が事実としてある。だから、ゴーマンのような黒人の女性詩人の作品の翻訳者には、黒人の女性が採用されてしかるべきだ、白人や男性がその任に就くことはマイノリティの雇用機会を奪うことになる、という非難も肯けるところは大いにあるのだ。

ライネフェルトは辞任後に自らも詩を発表した。『不快な夕闇』の英訳者でもあるミッシェル・ハッチソンによる英訳 *Everything Inhabitable* からの重訳になるが、部分的な大意を記しておきたい。

「あの不屈の精神は決して失せず……説教壇や、ものごとの正誤を決める〝ことば〟（聖書）に屈したのでもなく、横暴な者には立ちあがって向きあい、レッテル貼りにはこぶしを上げて戦うことを厭わなかった」

「分類され奴隷にされること、人間を箱に押しこめるあらゆる行為に抗ってきた」

「大切なのは相手の立場でものを考えられるか。相手の怒りに燃えた目の奥に悲しみの海を見てとれるか。……たとえ理解が十全ではなく、琴線に触れられるとは限らなくても、その差異が溝になったとしても、感じる、そう、それは感じられると言いたい」

「あの不屈の精神は失せたわけではなく、いまもしっかり摑んでいる。だれかのほうがもっと〝居心地のよい（住みやすい）〟ものができるから、きみは適任でないと言われ、一篇の詩に跪《ひざまず》くことになっても」

「いまもって不平等はたくさんあり、人びとは差別をやめず、しかし自分の求めるものが友愛であり、抗義が必要であり、とはいえ自分の手は力不足だと知っているから、あるいは、まず自分から相手の手をとり和解すべきだとわかっているから」

これはゴーマンの詩へのみごとなアンサーでありパラフレーズとも言える。歪んだポリティカルコレクトネスやキャンセルカルチャーへの抵抗ともとれるが、ゴーマンもライネフェルトも目指すところは同じはずである。偏見や決めつけ、不平等や差別のない、友愛を礎とする多様な社会だ。

■

最後にライネフェルトが最年少で受賞した二〇二〇年ブッカー国際賞のようすを伝えておきたい。

まず、この賞はブッカー賞とは違うのでご注意いただきたい。ブッカー国際賞は二〇〇五年から二〇一五年までは、すべての国籍の英語小説(他国語からの英訳を含む)を対象に隔年で開催されていたが、二〇一六年からは純然たる翻訳(英訳)文学賞として毎年開催されている。本家のブッカー賞はもともと対象をイギリス連邦諸国、アイルランド、ジンバブエの作家に限っていたのだが、二〇一五年からあらゆる国の英語小説(翻訳を含まない)という規定に変わったため、ブッカー国際賞はおのずと翻訳小説のみが対象になった。

二〇二〇年のショートリスト(最終候補作)にはこのような作家と作品が並んだ。これからの世界文学を担う、すでに担っている書き手たちである。
・ショクーフェ・アーザル『スモモの木の啓示』(ペルシャ語/イラン)訳者匿名

一九七九年のイラン革命直後のイランを描いた物語。著者が政治難民としてオーストラリアに受け入れられた翌年に書かれた。古典的なペルシャのストーリーテリングにマジックリアリズム的な手法を用いている。

・ガブリエラ・カブソン・カマラ『チーナ・アイアン（鉄の女）の冒険』（スペイン語／アルゼンチン）イオナ・マッキンタイア、フィオナ・マッキントッシュ訳

十九世紀末の近代化が進むアルゼンチンを舞台に、マッチョなガウチョ英雄伝をLGBT的な、女性のシスターフッド的な視点、ポストコロニアルの視点から語りなおした作品。

・ダニエル・ケールマン『ティル』（ドイツ語／ドイツ）ロス・ベンジャミン訳

十七世紀の三十年戦争の時代、主人公の放浪者ティルが道化師あるいはもぐりの職人となって、教皇・国王までを欺き、その愚かさを暴く風刺小説。五百年余も読みつがれてきた古典『ティル・オイレンシュピーゲル』の語り直し。

・フェルナンダ・メルチョール『ハリケーンの季節』（スペイン語／メキシコ）ソフィー・ヒューズ訳

メキシコの町で「魔女」の死体が見つかる。この人物から、女たちは堕胎薬を、男たちは麻薬を入手し彼女と交わっていた。複数の語り手による証言小説。ボラーニョの『野生の探偵たち』や芥川の「藪の中」を想起させる。

・小川洋子『密やかな結晶』（日本語／日本）スティーヴン・スナイダー訳

その島ではいろいろなものが次々と名前を失い、消滅していく。秘密警察は記憶が消滅しない村人までも根絶しようと連行する。著者が深く関心を寄せるアンネの日記から着想され、小説家を語り手とする名作。原著は一九九四年刊。

まさに綺羅星のごとくというべきか。アーザルの作品は『スモモの木の啓示』として二〇二二年に邦訳が刊行され、日本でも高い評価を得ている。フェルナンダ・メルチョールも二〇二三年に出る邦訳に期待が集まっているところだ。

小川洋子の長篇第一作『密やかな結晶』が*Memory Police*（記憶警察）として英訳され、多くの英語読者を獲得したことも、注目すべきできごとだろう。その年の同賞選考委員長テッド・ホジキンソンはこんなコメントをしている。

「最終候補の六作は、創造神話から家族のフォークロアまで、従来の語りのスタイルに安住せず革新していく作品ばかりです。移りゆく自己との、ときには不愉快な、ときには心躍る出会いへと読者をつきおとす。巧みに創造されたディストピアにしろ、白熱した言葉の奔流を湛えた作品にしろ、それを捕えた翻訳はいずれも、とてつもない偉業を見せてくれました。この感染症による隔離の時期に、小説という会話に根差した芸術形式の頂点をなすものと言えるでしょう。この未曾有の時を乗り越え、わたしたちを魅了してやまない想像の広大な物語世界にひたってください」

COVID-19が猛威を振るいだしたあの年、わたしたちの心を支え耕してくれた文学作品群だ。なかでもライネフェルトの『不快な夕闇』はひときわ読者の心を揺さぶり、波立たせ、そして深く染み渡っていっただろう。

二〇二三年一月

本書では、一部差別的ともとれる表現が使われていますが、作品の性質、背景を考慮し、原文に忠実な翻訳を心がけた結果であることをご了承ください。（編集部）

訳者略歴　桐朋学園大学音楽学部卒，ライデン在住のオランダ文学翻訳家，ライデン日本博物館シーボルトハウス公認ガイド　訳書『慈悲の糸』『オランダの文豪が見た大正の日本』ルイ・クペールス，『アントワネット』ロベルト・ヴェラーヘン，『ウールフ、黒い湖』ヘラ・S・ハーセ，他

不快《ふかい》な夕闇《ゆうやみ》

2023年2月20日　初版印刷
2023年2月25日　初版発行

著者　マリーケ・ルカス・ライネフェルト
訳者　國森由美子《くにもりゆみこ》
発行者　早川　浩
発行所　株式会社早川書房
東京都千代田区神田多町2－2
電話　03－3252－3111
振替　00160－3－47799
https://www.hayakawa-online.co.jp

印刷所　中央精版印刷株式会社
製本所　中央精版印刷株式会社
Printed and bound in Japan
ISBN978-4-15-210211-9 C0097